此生
未完成

于娟 作品

增订新版

湖南文艺出版社
HUNAN LITERATURE AND ART PUBLISHING HOUSE

博集天卷
CS-BOOKY

目录

Contents

此生未完成

Part 1

病隙日记

01 "为啥是我得癌症"的非学术报告

在生死临界点的时候，你会发现，任何的加班（长期熬夜等于慢性自杀），
给自己太多的压力，买房买车的需求，这些都是浮云。
如果有时间，好好陪陪你的孩子，把买车的钱给父母亲买双鞋子，不要拼命去换什么大房子，
和相爱的人在一起，蜗居也温暖。

02 我的二〇一〇

透过生死，你会觉得名利权情都很虚无，
尤其是排列第一位的名，
说穿了，无非是别人茶余饭后的谈资。
无论你名声四海皆知响彻云天，也无非是一时猎奇，
各种各样的人揣着各种各样的心态唾沫四溅过后，你仍然是你。
其实，你一直是你，只是别人在谈论你的时候，你忘记了你自己是谁而已。

Part 2

人间烟火

03 写给我的宝贝

我不知道有没有机会育子成才，但可以用今天的行动告诉自己的孩子：
你的妈妈不是懦夫，所以你的人生里，遇到珍贵关键的人与事，
要积极争取，可以有失败，但是不能有放弃。

04 碎落在身后的时光

有太多的计划要完成，有太多的事情要应付，
总是觉得等做好了手头的事情，陪父母也是来得及的。
反正人生很长，时间很多。
现在想想并不尽然，只有一天天地过，才是一年年，才是一辈子。
无头绪地追逐与奔忙，一旦站定思考，发现半辈子已经过去，
自己手里的成败并无多少意义。
然后转身，才发现陪伴父母亲人的时间已然无多，
发现最重要的幸福已然没有时间享用。人生最大的悲哀莫过于此。

05 远在天涯

国外的闲适犹如一碗清水，腹饥的行人吃下，
会更怀想故里短短长长千丝万缕的阳春面，
那价廉而悠长的过往。

06 生为女人

我的房间很小，我就把窗户开得很大。
我的感情很重，我就把诺言许得很轻。
我的往昔很空，我就把今天填得很满。
我的喜悦很少，我就把笑容积得很多。

Part 3

唯念芳辰

07 刹那芳华：于娟的诗

人生的宴席一场接一场，锦灯繁花音袅舞影，
却冥冥间笃定相信自己在赶着自己寂寞的路。
因此三十出头的人，所谓分离不知道经历了多少，生离无数，死别亦有之。
虽是性情中人，在深夜一个人听那句
"走吧走吧，人总要学着自己长大"而挥袂洒泪之后，
很快便能调整到自己独有的世界里，找到只属于自己的那份潇洒和独立。
因此，如果真的要离开，我会是那个从容不迫收拾行囊的人，
面容微笑而平和，找不到一丝一毫的悲悲戚戚。

序1

周国平

　　我是在读这部遗稿时才知道于娟的，离她去世不过数日。这个风华正茂的少妇，拥有留洋经历和博士学位的复旦大学青年教师，在与晚期癌症抗争一年四个月之后，终于撒手人寰。也许这样的悲剧亦属寻常，不寻常的是，在病痛和治疗的摧残下，她仍能写下如此灵动的文字，面对步步紧逼的死神依然谈笑自若。我感到的不只是钦佩和感动，更是喜欢。这个小女子实在可爱，在她已被疾病折磨得不成样子的躯体里，仍蕴藏着那么活泼的生命力。

　　于娟是可爱的，她的可爱由来已久，我只举一个小例子。那是她在复旦读博士的时候，一次泡吧，因为有人打群架，她被误抓进了警察局。下面是她回忆的当时情景——

　　"警察开始问话录口供，问我是干什么的，我说复旦学生，他问几年级，我说博一。然后警察怒了，说我故意撒酒疯不配合。我那天的穿戴是一件亮片背心、一条极端短的热裤、一双亮银高跟鞋，除了没有化妆，和小阿飞无异。小警察鄙视的眼神点燃了我体内残存的那点子酒精，我忽地站起来说：'复旦的怎么了？读博士怎么了？上了复旦读了博士就非得穿得人模狗样，不能泡吧啦？'"

　　　　　　　　　　　　　　　　此 生 　未 完 成

她的性格真是阳光。多年后，在死亡阴影的笼罩下，这阳光依然灿烂，我也只举一个小例子。在确诊乳腺癌之后，一个男性亲戚只知她得了重病，发来短信说："如果需要骨髓、肾脏器官什么的，我来捐！"丈夫念给她听，她哈哈大笑说："告诉他，我需要他捐乳房。"

当然，在这生死关口，于娟不可能只是傻乐，她对人生有深刻的反思。和今日别的青年教师一样，她也面临着双重压力，一是体制内的职称升迁，二是现实生活中的买房买车，并且似乎不得不为此奋斗。现在她认识到——

"我曾经的野心是两三年搞个副教授来做做，于是开始玩命发文章、搞课题，虽然对实现副教授的目标后该干什么，我非常茫然。

"为了一个不知道是不是自己人生目标的事情拼了命扑上去，不能不说是一个傻子干的傻事。得了病后我才知道，人应该把快乐建立在可持续的长久人生目标上，而不应该只是去看短暂的名利权情。名利权情，没有一样是不辛苦的，却没有一样可以带走。

"生不如死、九死一生、死里逃生、死死生生之后，我突然觉得一身轻松。不想去控制大局小局，不想去多管闲事淡事，我不再有对手，不再有敌人，我也不再关心谁比谁强，课题也好，任务也罢，暂且放着。世间的一切，隔岸看花，云淡风轻。

"在生死临界点的时候，你会发现，任何的加班（长期熬夜等于慢性自杀），给自己太多的压力，买房买车的需求，这些都是浮云。如果有时间，好好陪陪你的孩子，把买车的钱给父母亲买双鞋子，不要拼命去换什么大房子，和相爱的人在一起，蜗居也温暖。"

我相信，如果于娟能活下来，她的人生一定会和以前不同，更加超脱，也更加本真。她的这些体悟，现在只成了留给同代人的一份遗产。

一次化疗结束后，于娟回到家里，刚十九个月的儿子土豆趴在她的膝盖上，奶声奶气唱："世上只有妈妈好，有妈的孩子像块宝。"她流着泪想：也许，就是差那么一点点，我的孩子，就变成了草。她还写道："哪怕就让我那般痛，痛得不能动，每日像个瘫痪病人，污衣垢面趴在国泰路、政立路的十字路口上，任千人唾骂万人践踏，只要能看着我爸妈牵着土豆的手蹦蹦跳跳去幼儿园上学，我也是愿意的。"还有那个也是青年学者的丈夫光头，天天为全身骨头坏死、生活不能自理的妻子擦屁股，说得最多的一句话是："我现在就求老天让你活着，求求老天让你活着，让我这样擦五十年屁股。"多么可爱的一家子！于娟多么爱她的孩子和丈夫，多么爱生命，她不想死，她决不放弃，可是，她还是走了……

我不想从文学角度来评论这部书稿，虽然读者从我引用的片段可以清楚地看到，于娟的文字多么率真、质朴、生动。文学已经不重要，我在这里引用这些片段，只因为它们能比我的任何言说都更好地勾勒出于娟的优美个性和聪慧悟性。上苍怎么忍心把这么可怕的灾难降于这个可爱的女子、这个可爱的家庭啊。

呜呼，苍天不仁！

2011 年 5 月 7 日

此 生 未 完 成

序2

赵斌元

路有千万条，但只能走一条。

1996 年我考入上海交通大学攻读博士，于娟考入本科。当年 10 月，我和于娟第一次相遇。在交大饮水思源英语角，于娟圆圆的脸，穿着一条背带裤，吟吟地笑着，加入我们的讨论。突然，她看着我抛出一句："你像个傻瓜。"我喜欢这种直接、男孩气的女孩。心里有了她，于是经常在校园里有意无意地遇到她：在她清晨打木兰拳的返途，在读书社的集会里，在食堂里……那年还发生了一次小地震，我和室友飞奔下十六楼，给我姐姐打了电话问平安后，就着急地去她宿舍附近，看是否会碰上她。我们一夜漫步校园，爱情成形，我们成了男女朋友。她的人生轨迹从此与我并行。

如果不算单相思、萌芽期的感情，我们互为初恋。让初恋成熟为婚姻，执子之手，与子偕老，是多么美好的一条人生之路，还有什么不可以包容？我们互相盟誓，终于在 2000 年登记结婚。

于娟比我聪明得多，记忆力惊人。她喜欢古诗词，喜欢写东西，持续在一些刊物上发表文章，是我心目中的才女。她读过数遍《红楼梦》，能够大段背诵。而我一遍都没有读过。她数次感叹，没想到嫁了个没有读过《红楼梦》的人！而我，则毫无愧颜，反而沾沾自喜，孩子的文学教育有着落了。

于娟好强。1999年我留校任教。她2000年毕业后在一家软件公司做市场文案工作，数月后决定报考复旦大学研究生。她自幼对复旦大学情有独钟。虽然内心深处希望她与我安稳地过日子，但为了不让她留有遗憾，我无法反对。第一次没有考上，她决定租房在复旦附近备考，而我在徐家汇校区上班，我们俩聚少离多。

2001年年初，我赴日本一年。事业心、繁忙的工作、新鲜的环境使我并没有感到相思之苦，她全力备考复旦，想必也是如此。7月，她被复旦录取，旋即来日探亲。我们俩在日本共度的两个月，是我一生中真正的夫妻生活。没有任何生活的压力，没有干扰，只有二人世界的享受。研究所离公寓很近。每天我上班后，她踩着自行车去附近的超市和菜场采购，然后回家准备午餐，坐在桌边等我回来。晚上则由我做饭，吃完饭一起去日本朋友家或者散步、泡温泉。她以前只会做鸡蛋炒鸡蛋皮，但也许是遗传吧，她做出来的饭也像模像样，让我刮目相看。那时我就想，假以时日，尘心平静，我的娟一定能够是优秀的贤妻良母。

2002年年初，我回国。她每个周末回家，我们成了周末夫妻。除了学业，她还有一些社团活动、朋友交往，她花了很多时间在网络上。据说，她在复旦BBS上是知名人物。2004年，她和我商量申请挪威留学一事。我说："不需要考虑我的感受，关键是你内心的愿望。亲爱的，你是否很想去？"她点头，目光坚定。2004年8月，于娟赴挪威奥斯陆大学留学，原为一年，后改为两年，2007年1月获硕士学位。其间我去挪威探亲两次。一次是专程前往，住了一个月。另一次是国际会议顺访，住了三天。我感受到她的快乐。挪威的森林，淹没了分离的痛苦。其间，于娟的姥爷、姥姥先后去世，电话里她号啕的哭声令我心碎。

　　回国后，于娟感到很不适应。生活的点滴压力逐渐积累：工作、博士论文、生育、经济条件。在上海这样的经济社会里，这匹马、这条鱼有牵绊、搁浅的感觉，她一时难以适应。现实终于露出了狰狞的面目，给我们这对小夫妻不断施加压力，考验我们的感情基础。事实证明，悲观焦虑没有任何意义。2007年年底，全家都在我家乡嵊泗过年的时候，于娟怀孕了。一切不快都烟消云散。于娟真正开始从天真的女孩向成熟的女人转变。她一生中最幸福的时光就是十月怀胎。2008年3月，她在复旦留校任教。

　　2008年9月25日，于娟剖腹产生下我们的孩子。这种快乐，无法用言语表达。喂养孩子的日日夜夜，她自然地成了一位出色的母亲。作为父亲，我没有付出什么，因此内心充满了感激。我们俩经常因为小儿的点滴趣事开怀畅笑，数次憧憬着将来再多生几个小孩，分别取名为阿尔法、贝塔、伽马。于娟请她的朋友们从国外拿来很多奶粉，又收了很多朋友送来的小孩衣服，乐此不疲地在开心网上与朋友们交流孩子的照片和抚养心得。她的朋友非常多，我不得不俯首称臣。

　　2009年9月，新学期即将开始，于娟决定给孩子断奶，投入到紧张繁忙的教师工作中。但从2009年11月开始，她身体就频繁出现疼痛，检查结果显示血液问题或者癌症可能。12月19日晨剧痛，送六院检查。12月20日做PET-CT检查，怀疑多发性骨髓瘤，当天送到瑞金医院急诊，当晚基本认定不是骨髓瘤。由于无法确定病因，医院无法收治，我们心急如焚。12月30日被瑞安肿瘤诊所收治镇痛，并用择泰治疗后，于娟被从死亡线上拉了回来。病理分析确定为乳腺癌骨转移，后转到瑞金乳腺诊治中心后，找到原发病灶再行穿刺确定。这段日子，我非常焦急。确定病因后，我并没有非常难过，因为我的内心直觉于娟能够克服这个巨大的困难而重获健康。我需要做的就是与医生沟通，确定日常饮食，让于娟保持信心。她真的很坚强，得知是乳腺癌时，她居然高兴地笑，因为乳腺癌相对来说更好治一些。我几乎没有落泪，只有一次，回家看到她和宝宝的合影，泪如雨下。

两次化疗后，于娟的疼痛就消除了。癌生化指标一直在下降。她的身体状况也越来越好。我没有隐瞒她的病是癌症，但我隐瞒了她的病情已是晚期，低分化癌恶性程度高，预后差，医生说最多两年。她开始上网后，全明白了。她问我是不是像网上说的那样，我说这是统计，对全体人群是百分比，对个体而言就是百分百。你一直能够冲关拔寨，这一次，一样可以。

五次化疗后，指标不再下降。六次化疗后指标开始上升，而且有点咳嗽。情况不妙。计划中最后的两次化疗是否要做，我们很为难。于娟想活下去，她想做，但她不知道做这两次化疗与活下去之间没有必然联系，也许还有负面作用。我那时也不清楚，就由她决定了。六次完成后指标不好，回家后不到一个月就出现气喘、腿疼、便溏、无力的症状，重新回到瑞金医院。我开始感到不安。化疗完成后没有稳定期，局面难以控制。

接着采用赫赛汀＋希罗达方案。经历了发烧、休克抢救等，于娟第二次被从死亡线上拉回来。整体情况开始好转。我的内心直觉依然如旧。经过两次赫赛汀＋希罗达方案后，于娟情况不错，能够在家里走动。但医生的话一直在我耳边回响："最多两年。"两年绝不是我想要的，我需要于娟一直生存下去，至少十年。

癌症究竟该如何治疗？饮食究竟是否应该控制？既然西医认为预后如此之差，中医能治好吗？当我从于娟病友丈夫处得知有民间中医擅治癌症，并且是中药＋饮食控制＋富硒水＋富硒茶，一百天后就能够让癌细胞消失，二十天就能看出效果，我心动了。于娟和两个病友一同来到石台县大山村，并相约其中的刘某二十天后下山去医院检查验证。岳母在山上陪着于娟。二十天很快过去了，于娟感觉不错，但刘某没有下山去医院检查。形势很快失控。四十天后，于娟咳嗽吐痰的症状出现，继而气喘心跳。民间中医说是正常反应，并依然保证他们都已经没有癌细胞了。在一个深夜，于娟打来一个电话，说她腹部某个位置疼痛，而且气喘，她需要我。她需要我！赶到山上，发现她情况很差，旋即调整饮食，接回上海。

无暇悔恨和伤心，马不停蹄地联系医院。瑞金无床位，进入中山医院。经过近两周的护理后，情况依然没有改善。肝功能恶化，已经出现黄疸。医生果断采用拉帕替尼＋希罗达方案，三天后症状平息，于娟又一次从死亡线上被拉回来。

看着她如此痛苦地在生与死的边缘挣扎，我心里充满内疚。在给于娟做治疗决定的时候，我开始怀疑自己。我需要更多地征求她本人、她妈妈和爸爸的意见。

于娟一直都想把她患病以来的所见、所闻、所思写出来，她说："我做不了什么了，能做的只有无畏施了。"这次活下来后，她开始在博客上大量写作。文章很快引起了巨大的反响。我能感受到她的快乐，她几乎每天都告诉我博客点击数的上升情况。她对突然得到的关注不敢相信，她说想不到这么多人关心她、帮助她。五个月来，她一天天好起来，开始锻炼身体。家人事后告诉我，只要我不在，于娟在电脑上写作的时间极长！这真的是用生命写就的日记！

我的心情极其复杂。这就是她应该过的日子，她最适合这样的日子。但她的病情需要她暂时放下这些，把注意力集中在饮食、静心上。她真的很喜欢这样的日子，在人生最艰难的时刻，她找到了她的位置。也许这就是命吧。

2011年4月2日，她过了最后一个生日。2011年4月19日，她离开人世。这段日子里，她经历了最后一次化疗，无效。气喘严重，吸氧，躺不下，没有胃口，反胃呕吐，肝痛，胸腔积液，穿刺放水……情况急转直下。这段日子里面，我不相信她会走，但我已经乱了。在她临走的一刹那，我依然不相信。我的大脑，一直在检讨自己所犯的错误。对于这个结果，我的每一个决定好像都是错的，都是愚蠢的。我无暇悲痛，她仿佛依然在病床上，等待我找出原因，重来一遍，救她回来。

我知道我还有很多事情要做，还有很多她的遗愿要完成，但我真的很失落，感到很失败。我和于娟同行了十五年，她的生命在这一刻戛然而止，我的生命还在吗？这十五年，已经消散，唯留记忆。

这，也是一条人生的路吗？如果她没有遇到我，现在在干什么？我想我一生都会背负着这个问题，无法解脱。

我从来没有看过于娟的博客，因为她不想我去看，也因为我知道她所写的内容。在她去世之前，我也不愿意去看她的照片，因为她就在我身边。最后的日子里，我问过她怎么很少写关于复旦的内容。她说接下来会写的，2010 年还没有写完，还有 2011 年、2012 年，一直写下去。

也许是命中注定，她在回到她的正轨上的时候，就刹车了。幸而，对关心、支持她的亲人、导师、朋友而言，还有这本书、她的孩子、她的精神和遗愿。

这本书的出版，凝聚了同道中人的心血和爱，完成了于娟的一个未完的心愿。生命，可以通过这种方式延续。非常感谢为于娟这本书的出版做出艰辛努力的朋友们。也借此机会感谢关心于娟的朋友们。安息吧，亲爱的娟。

2011 年 4 月 24 日

01

"为啥是我得癌症"的
非学术报告

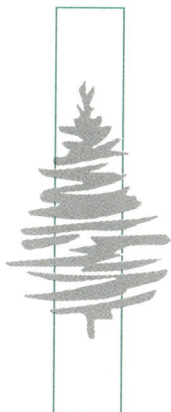

在生死临界点的时候，你会发现，任何的加班（长期熬夜等于慢性自杀），
给自己太多的压力，买房买车的需求，这些都是浮云。
如果有时间，好好陪陪你的孩子，把买车的钱给父母亲买双鞋子，
不要拼命去换什么大房子，和相爱的人在一起，蜗居也温暖。

我的坚强与柔软

我一直觉得自己是个分外坚强的人。

2009 年的最后一个星期，我被救护车拉进上海瑞金医院，放置在急救室。

病理科主任看到我那浑身黑乎乎的全息 CT 后，问了一句话："病人现在用什么止痛？"

我的老公，那个可爱的光头男答："没有止痛。"

那个四十多岁的主任，倒吸一口凉气，一字一顿地说："正常情况下，一般人到她这个地步，差不多痛都能痛死的。"

他们进行这段对话的时候，我只是屏着气，咬着牙，死死忍着，没有死，也没有哭。

在急救室待了三天两夜。医生不能确诊是骨癌、肺癌、白血病，还是其他癌症。

急救室应该就是地狱的隔壁，一扇随时开启的自动门夹杂着寒冬的冷风，随时送病危病人进来。

我身边的邻居，虽然都躺在病床上，但看看似乎都比我的精神好很多，至少不是痛得身体纹丝不能动。然而，就是这些邻居，凌晨两点大张旗鼓地被送进来，躺在我身边不足两尺的地方，不等我有精神打个招呼，五点多我就会被某些家属的哭声吵醒，看到一袭白单覆住一个人的轮廓。不用提醒，我知道那个人匆匆走了。

如此三天两夜，心惊胆战。我没有哭，表现得异常理智，我只是断断续续地用了身体里仅有的一点力气，录了数封遗书，安慰妈妈看穿世事生死。

后来，一天两次骨髓穿刺。骨髓穿刺其实对我来说，算不上疼痛。光头在旁边陪我，面壁而不忍再看，妈妈也已经濒临精神崩溃的边缘。

我的痛苦在于，当时破骨细胞已经在躯壳里密布，身体容不得一点触碰，碰了，真的就是晕死过去。那种痛不是因为骨穿，而是源于癌细胞分分秒秒都在啃噬骨头。

我还是没有哭，不是因为坚强，是因为痛得想不起来哭。那个时候，只能用尽全力屏着气。如果稍微分神，我就会痛得晕厥。我不想家人看到我的痛苦。

当 2010 年元旦我被确诊为乳腺癌四期，也就是最晚期的时候，我长舒了一口气，没有哭，反而发自内心地哈哈大笑。

因为这个结果是我预想的所有结果中最好的一个。

既然已然是癌症，那么乳腺癌总是要强一点。

至于晚期，我早已明了。全身一动不能动，不是扩散转移，又能是什么。

发现太晚，癌细胞几乎扩散到了躯干所有重要的骨骼。

我不能手术，只能化疗，地狱一样的化疗。

初期反应很大，呕吐一直不停。

当时我全身不能动，即便呕吐，也只能侧头，最多四十五度，枕边、被褥、衣裳、身上，全是呕吐物，有时候呕吐物会从鼻腔里喷涌而出，一天，几十次。

其实，吐就吐了，最可怕的是，吐会带动胸腔震动，而我的脊椎和肋骨稍一震动，便有可能痛得晕厥过去。别人形容痛说刺骨的痛，我想我真的明白了这句中文的精髓。一日几十次呕吐，我几十次地痛到晕厥。

别人化疗的时候那种五脏六腑的难受我也有，只是，已经不值得一提。

那个时候，我还是没有哭。因为我想，坚持下去，我就能活下去。

此后六次化疗结束，我回家了。

儿子土豆刚十九个月，他开心地围着我转来转去。

奶奶说："土豆唱首歌给妈妈听吧。"

土豆趴在我膝盖上，居然张嘴奶声奶气唱道："世上只有妈妈好，有妈的孩子像块宝。"

话音未落，我泪先流。

也许，就是差那么一点点，我的孩子，就变成了草。

于丹说：一个人的意志可以越来越坚强，但心灵应该越来越柔软。

无意之中，我做到了这点。这才发现，两者是共通的。

义气和义乳

    不知道是大彻大悟还是大痴大癫，哪怕是向来喜欢多思多虑的我，生病后却很少去想让自己不开心的事。也许这就是所谓的鸵鸟心态。我不想说我看穿生死，但生死有命，有时候想自己能活多久，后事如何，真的不如在活着的时候能帮别人就帮别人一点，能让大家快乐一点就快乐一点。不得不说，我得癌症后的日子是我人性最为升华的一段时间。

    光头有个叫阿海的堂弟，读书至初中，靠体力维持生计。十几年前曾经在上海工作过一段时间，于是和我有些交情。后来阿海结婚、生子，定居在浙江定海。而我每次过年回婆婆家，总是不能与他巧遇，一晃也就十几年没见了。

    我患乳腺癌的消息一直处于半封闭状态，婆婆那边的亲友知道我得了重病，已经是滞后两三个月。不过有趣的是，可能是因为受文化、地域和风俗的影响，也可能是乳腺癌有点性别色彩，当大家谈及我的病情，尤其是对年轻男性，不会说得很具体。于是，在一个深夜，光头收到了阿海发来的这样一条短信：

"哥哥，我听说嫂子得了重病。我没有什么钱，不能帮到你们，很难受。但是，如果需要骨髓、肾脏器官什么的，我来捐！"

光头看后哭笑不得，念给我听。我哈哈大笑说："告诉他，我需要他捐乳房。"

光头欲按我说的回复短信，写了一半转头说，算了，我这么说，他说不定和他老婆商量，把他老婆的乳房捐出来了怎么办？

如果捐的话，算不算义乳？

我是入院很久后才听说义乳这个词的。一般的乳腺癌患者，都是四十五岁以上发病。若是运气好，发现得早，没有远端转移，一般会接受切除手术。中国很多病人被问及"是否要保乳"时，通常都是底气十足地说："保命！保乳有啥用？"所以，化疗病房通常住的都是只剩下一个乳房的老女人们。我是患者里年纪最轻但是运气最差的一个，癌细胞转移扩散得厉害，没有可以动手术的资格，所以也是唯一不需要义乳的人。

现在想来，乳房可能是女人身上最为没用的器官，所以义乳不需要像义肢那般实现什么功能，只需要做个体积出来，穿上衣服之后具有观赏价值就可以了。义乳卖得很贵，一千多块一个，附带在一个特制的胸罩里。很多上年纪的阿姨虽然爱漂亮，但是更爱钞票，都觉得一千多块买个布袋没有太大意思，于是八仙过海，各自动手做义乳。

南翔李阿姨癌龄比我们长，又爱漂亮，最先开始做义乳。她传授给大家的失败经验是，不能用棉花布头做小袋子塞在文胸里，因为"那芯子轻"。据她介绍的亲身体验，一次戴着自做的棉花义乳去挤公交车，

　　　　　　　此　生　未　完　成

下车后发现大家都在看她，目光怪异。阿姨低头一看，原来伸手在车上拉吊环的时候，那棉花团被挤来挤去，跑到了肩膀下方锁骨的地方。乳房长在肩膀上的女人，比没有乳房的女人更能吸引众人的目光。

舟山庄阿姨非常有趣。劳动妇女天生有着敏锐的洞察力，她一开始就没有用棉花，而是选择了下垂感极强的绿豆。她用绿豆缝了个袋子，放在左胸充当义乳，形态很好，而且谁也看不出那是假的。庄阿姨发挥聪明才智为省下了一千多块而扬扬得意，房间里数个老太太纷纷效仿。然而在她第四次化疗之后，庄阿姨的大女儿就发现了问题，她觉得妈妈的两只乳房越来越不相称，绿豆义乳明显膨胀肥大。女儿趁妈妈洗澡的时候把绿豆袋子从胸罩里掏出来拆开，结果让大家捧腹大笑：那绿豆因受体温汗水滋养，发芽了。

庄阿姨一度沮丧，埋头创新，苦苦思索之后决定不再使用豆类做填充物，改用大米。大米倒是不发芽，但是无奈天气转热，大米义乳上岗不过两个星期，就开始发霉了。

有个退了休的甘老师，可能因为受教育程度高一点，对于差不多小学毕业的庄阿姨的举动颇不以为然。她受过教育，认为茶叶对人体好，于是把茶叶晒干了，像填枕头那样做茶叶义乳。实践出真理，茶叶的确不会发芽，也不会发霉，也的确有香气。但是乳房比头颅要娇嫩，甘老师花了数个星期做好的义乳，戴了不到半天就气呼呼扔到一旁：茶叶梗太硬，开过刀的地方被它刺得难以言表。

我虽没有义乳需求，但也热情澎湃地参与义乳创新。或许是因为人格魅力，我在病房倒真的有一大票粉丝，因此我的创新主意很容易被人实践。我说："外面不是有那种水珠按摩胸罩卖吗？她们是为了让小胸看起来大，我们做大一点是不是就可以让大家看起来从无到有呢？"

　　我还有个馊主意是：用气球灌水。那会儿我因为癌细胞骨转移而浑身不能动，不能亲自实践。黄山的吴阿姨是脑部转移，癌细胞不发作不疼痛的时候和正常人一样。她很是喜欢这个主意，于是实践了一把。出医院去吃饭的时候，买了气球装点水放在衣服里。有一天我躺在床上听到走廊一片大笑，吴阿姨捂着肚子弯腰进来："于博士啊，今天电梯太挤了，把我的气球奶奶（她把乳房叫奶奶）给挤破了，我的衣服湿得哟。"

走钢丝的孩子

其实，在抗癌大军里，我只是一个非常非常渺小、非常非常年轻的小兵，不敢妄言什么所谓的经验。更多的时候，我用很多次的病危在证伪，证明什么是错的，但是我仍然不能确信，或者很少的东西让我肯定是对的。对于对疾病康复有帮助的东西，我非常乐意分享，所以会有我的生命日记。有段时间我甚至一直在自嘲，觉得自己是在黑暗里于五百米高空走钢丝的孩子。更可怕的是，我不知道什么是正确的方向，错一步就是万丈深渊、粉身碎骨，不会有再来一次的机会。

我不想任何一个人像我那样，手提着脑袋摸黑探索。

有时，人会让自己大吃一惊，比如，我从没有想过自己可以如此面对癌症。

也许事情来得太过突然，当我知道自己身患癌症的时候，已然是晚期，癌细胞扩散到全身躯干骨。以前读武侠小说，对断肠蚀骨腐心之类的词并不陌生，但未必真的解意。这一遭癌症晚期骨转移的经历，让我突然明白，蚀骨是骨转移，断肠与腐心是化疗体验。

回望过往时光，几经濒死病危，数次徘徊鬼门。其实作为人，并不是死过一次就不怕死了，而是越死越怕死。所谓更怕死，无非是对这个世界的留恋越重而已。在此之前我是个有知识没文化的俗人，除了学校的哲学课本，就只有初中读过几本德国哲学简史的简明本。从来没有考虑过生死，更不要说从哲学上去看待生死。

病中的折腾，差点把我折腾成研究有关人生生死的哲学家。我对一个朋友说，别看你在交大教哲学，你现在未必有我思考的哲学问题多。如果说癌症对人有正面作用，此算其一，因为癌晚期里你很容易活明白。

虽然，可能有点晚。

此前我是个极度开朗好交友的人，这可能和性格有关。以前总是觉得能见面、谈得来就是场缘分，就是朋友，于是我朋友无数，三教九流，各种各样。朋友多自然是好事，但朋友太多也会导致形体羸顿，心力乏苦。

许是太年轻，许是愚钝，我总不知道在茫茫人海中，甚至在我所结识的人中如何去筛选真正的朋友。有一天突如其来的癌症席卷了我的全部，扬尘散土，洗沙留金。我只需静静躺着，闭眼养身，便可以分辨哪些是真正的朋友，哪些是所谓的朋友。这对我来说，是件大幸事。因为，我是为了朋友可以付出很多很多的人。

癌症一事，让我知道，若仍有后世，谁是我应该付出的人。朋友访我或是不访，都不是那么重要。重要的是当他得知我生病消息后的第一反应，眼神、表情、电话语气乃至网络留言里端倪尽出，你会觉得世间很多人情世故是那么让你淡然一笑。癌症的后遗症，会让当事人内心更加敏感，而外在表现愈加愚钝。我想我终于修成了此前羡慕而终不能得的"胸有惊雷而面如平湖"。此算癌症益处之二。

癌症是我人生的分水岭。别人看来我人生尽毁。也许人生如月,越是圆盈便越是要亏缺。在旁观者看来,我是倒霉的。

若论家庭,结婚八年,刚添爱子,昵唤阿尔法。儿子牙牙学语,本来计划申请哈佛的访问学者,再去生个女儿,名字叫贝塔。结果贝塔不见,阿尔法也险些成了没娘的孩子。回望自己的老父老母,他们的独生女儿终于事业起步,家庭圆满,本以为可以享受天伦之乐,不想等来的却是当头敲晕的一棒,有白发人送黑发人之虞。若论事业,好不容易本科、硕士、博士、出国,一道道过五关斩六将,工作一年,申请项目无论国际、国家、省、市全部揽入,刚有了些风生水起的迹象。犹如鹤之羽翼始丰,刚展翅便被命运掐着脖子按在尘地里。命是否保全是悬念,但是至少,这辈子要生活在鸡的脚下。

其实,我很奇怪为什么反而查出癌症以来,除却病痛,自己居然如此容易快乐。倒霉与否从来没有想过。我并没有太多人生尽毁的失落。因为,只有活着有性命,才能奢谈人生。而我更多地在专心挣扎,努力活着,目标如此明确和单一,自然不会太过去想生命的外延。

三十岁之前的努力更多是因为自己有着太多的欲望和执着,从没有"只要活着就好"的简单。我不是高僧,若不是这病患,自然放不下尘世。这场癌症却让我不得不放下一切。如此一来,索性简单了,索性真的很容易快乐。若天有定数,我过好我的每一天就是。若天不绝我,那么癌症却真是个警钟:我何苦像之前的三十年那样辛勤地做蚍蜉。

名利权情,没有一样是不辛苦的,却没有一样可以带走。

小 瑞

患病以来，大风大浪，几生几死，却出奇地写不出太多关于人生的感叹，或许这真的是"强说愁"和"天凉好个秋"的境界差别。

一个朋友说我应该分享，分享我经历的那些鲜为人知的故事和感悟，说不定我的只字微言会改变某个人的一生。毕竟，这些东西绝大多数人是永远没有机会知道的，但是有些东西却是人生最内核而日常最容易忽视的。无论大家是否意识到，一个人走到最后，总是要面对自己的灵魂去修持。

小瑞不是我认识的第一个病友，却是我印象最深的一位年轻母亲。

在小瑞入院之前，我一直在瑞金病员中高居最受同情榜的榜首。一般来说得乳腺癌的都是五十岁以上的老太太，退休或者将近退休，儿女长大成人，人生的最大遗憾是不能享受金色晚年。而我，刚刚读完博士，事业刚刚起步，人生刚刚开始。这也就罢了，最郁闷的是儿子刚刚会叫妈妈，作为家中的独生女儿，刚刚开始能用工资给爸妈添件新毛衣……虽然我倒从不认为自己是天下最可怜的倒霉蛋，然而医生、护士包括护工，注目我和家人，窃窃私语一番后的目光里都饱含深切同情。

小瑞的到来取代了我的最受同情倒霉蛋地位，虽然她的病情比我轻得多。

她比我小两岁，女儿五个月，乳腺癌中晚期。

她的经历，可能只有电视上才会出现。

小瑞和老公是大学同学，两人极爱孩子。结婚六年却一直未有一男半女。去做生育体检，才知道做工程师的老公有些问题，怀孕非常困难。后来好事多磨，终于大功告成。此后小瑞每日像怀揣只熊猫一样如履薄冰，终于肚子里的"小熊猫"五个多月了，她却越来越觉得左边的乳房不太对劲。有怀孕经验的都知道，孕期有时候是觉得乳房不太对，但是小瑞的这个不对，也太不对了。于是一次孕期体检，小瑞无意向医生提了一句。

没有想到，医生摸了小瑞因怀孕而胖得有点变形的乳房后脸色大变，急急忙忙开了一堆的单子让她去检查。可怜的准妈妈小瑞非常惧怕检查对胎儿带来不良影响，趴在电脑上查了整整两天才挑出其中的一两个检查项目。检查单一出，立马安排穿刺手术。

小瑞的妈说，小瑞爱子心切，生怕对胎儿有影响，竟然穿刺的时候拒绝使用麻药。

穿刺结果，恶性肿瘤，乳腺癌。

医生非常严肃地找小瑞和家属谈话：必须马上引产，休养一个星期做切除手术，是否转移淋巴尚未可知，但手术后要立即化疗是肯定的。

夫妻抱头痛哭。

毛主席说"无限风光在险峰"。女人读书与不读书的区别，或者素质修养往往在人生极致处体现。老公仍在不顾旁人地大声啼哭，小瑞却异常冷静地问医生："有没有可能等我生下孩子后再动手术化疗？"

医生沉思了下说："太冒险了，你有性命危险，癌症不是开玩笑，早一天控制就多一分生机。"

小瑞又问："我有没有这个可能，等生完孩子再解决癌的事情？"

医生说："你要想好了，因为很有可能不等孩子出生，癌细胞扩散，到时候你有危险，孩子也是保不住的。"

小瑞追问："但是我有可能生下他，对吗？"

医生被迫无语，最后说："其实很多女人一辈子不生孩子，自己的命重要啊。"

小瑞含着泪笑了："我是觉得，有孩子，我做女人才完整。否则活着和死了也没有太大区别。"

如果是患病之前，我会被小瑞的母爱折服得五体投地，我会被她的决定感动得语不成句。然而，现在的我是一个在死亡线上挣扎了整整一年的癌症母亲。我只能说，她的决定与举措是至纯至爱，是无私忘我，是人世间最美的爱的体现。

但对于生命，对于生命的价值，她有些欠考虑。如果，爱仅仅是一命换一命，那就太简单、太容易了。一旦孩子降世，你就是把自己整条命给他都觉得不够，你心甘情愿为他死，但是你死不瞑目："我死了，别人给他喝的水会不会太冷？"

当然，此前我不认识小瑞，即便认识，我也不会劝她遵循医嘱，因为小瑞告诉我，这是她做母亲的唯一机会，哪怕她听了医生的话早做手术早化疗，因为她的癌细胞和雌激素、孕激素相关，以后她也无法怀孕生子。

人世间每个人都有自己真正想要的东西。知道自己想要什么是非常幸运的，而能真正即便丢命也在所不惜、尽其所能达到目标，我觉得是幸福的。

小瑞的母爱打动了上天，她赌赢了。她顺利分娩，产下一个健康的女儿。可怜的小姑娘只吃了十天的奶水。小瑞哈哈哈地开玩笑说，现在两个纯天然人肉奶瓶就剩下一个了。

每个人出生，都有一个只有妈妈才知道的出生故事。抽一点上网时间，回家问问妈妈，她未必有小瑞这样的明确取舍，但也是拼着自己的性命，有着一命换一命的勇气生下你的。世上人人不一样，但是女人生孩子，是同样的苦痛。

（化名小瑞的刘恒女士，已去世。）

孔雀爷爷

每次病危，总是被急救床推着去病房，病床推到走廊上，七八个人，医生、护士和病友掺杂，看着我花上半个多小时表演龟爬换床。

在中山医院，从 ICU 转出来的时候，晚上八点多，病房里已经一片安静了。我的到来打破了这片安静，护士医生忙是分内之事，可是，比她们还忙的，是一对父女家属。一个老头，精瘦但是矍铄，用极为难懂的口音憋足了劲儿对着痛苦爬行移动的我喊"加油"，简直像故意添乱。老头的女儿，也是个没有眼力见儿的主儿，一张包子脸，配一个橄榄身材。看在阿弥陀佛教导的分儿上，我不再形容她的身材容貌，这女儿约莫也有四十岁，但还是很没有分寸地对着万分痛心焦急的我爸妈问："这小姑娘那么年轻，啥病啊？这么重啊？"

我一边爬一边吐血一边无语，后来我实在忍不住看她为难我妈妈，因为我知道每次人家问这问题，就像刀戳我娘的心，于是我勉强抬起半个身子对着包子脸毫不客气地说："这是癌症病房，我当然是癌症啦。你们不是家里人得癌症？还是来玩的？"

　　　　　　　　　　　　　　　　此 生 未 完 成

于是，瘦老头和包子脸立马噤声，回到了病房。

安排妥当我才知道，他们是我对床那个精神焕发、面容干净的老太太的家属。老太太不太说话，我礼节性地朝她笑，她也回复我笑。

老头陪夜，包子脸去宾馆休息。我们也安排妥当，大家睡觉，一夜无话。

次日起床，我和我妈发现，老太太居然不能说话不会动，她的"话"只有老头听得懂。但老太太是个非常活泼的老太太，竟然对我非常有兴趣，不停对我问东问西，多大了、有没有结婚什么的，老头就开始翻译，但是口音太重。于是包子脸送早点来的时候，开始二传手翻译，那个累啊。包子脸翻着翻着对老太说："妈啊，你消停一点好不？我爸还没吃饭呢。"不等老太太反应，老头生气了："你不爱说话一边去，我替你妈说话。"

"你就护着她吧，累死你咋办？"包子脸喋喋不休，然后朝着我们演说，然后我们对老头肃然起敬。

那个容光焕发的老太太居然是个瘫痪了十五年的病人！老头就一路服侍她十五年不动摇：早上五点多做早饭，八九点带老太太去买菜，中午回来做饭；老太太吃饱喝足午睡，他洗衣服，洗好衣服老太太醒了要逛街找小吃，他就要一路推轮椅锻炼两小时腿筋，老太太心满意足地吃小吃，他开始做晚饭；晚饭吃好，冬天老太太要看电视看到十一点多才擦身，夏天老太太又要出门纳凉，回来洗澡；夜里老太太起夜，但凡一声哼哼，老头就要弹簧一般跳起来，服侍如厕。

后面几日，我们发现，老太太从来不会在床上解决问题，每次都要下床坐在一个特殊的椅子上小便。呜呼哀哉，可怜的老头。这个服侍如厕可是个巨大工程，一百一十多斤的老头，要把一百五十多斤的老太太扛下床，扛着半蹲着给她脱裤子，扶放到椅子上，然后给她擦屁股，再扛回去。

老太太一直不知道自己得了癌症，所以一直乐呵呵的，东要求西要求，一会儿要吃烤羊肉串，一会儿要吃盐津梅子。老头不知道听医生的还是听老伴的。因为老伴瘫痪多年，智商像个小孩子，不给吃就会一直哼哼唧唧哼哼唧唧，可以为一块糖尿病不能吃的奶糖哼半个上午，搞得一个病房的人都不得安宁。我们都忍无可忍了，被虐待的老头居然还是满腹耐心："老太婆，这个不能吃啊，不能吃。"我真是服了。

手术后老太太被抬回病房，我的天啊！病房里的人都痛过，虽然像我这种一声不吭的很少，但也就哎哟几声。她竟然体力巨好，一夜没有停过哼唧，用她独特的语言一会儿让老头这样，一会儿让老头那样。包子脸作为女儿，竟然从不陪夜。我为她感到愧疚。

第二天，所有的病友都面色萎黄、精神不振。老太太居然还在搞，她左腹部有个引流管，竟然要求老头把自己扳过身左侧。刀口在腰部，她竟然要求老头把自己扶起来坐着。我真是可怜那个老头。上上下下，一天几十遍，毫无怨言。

可是，老头可能就是传说中的黄盖，挨得心甘情愿。

因为手术，老太太不能下来大小便了，她第一次开始使用瘫痪病人早就该习惯的床上便盆。然后理所应当尿湿了，老头竟然把自己的换洗衣服垫在尿迹上，直到包子脸向护士要来多余的床单被套。

因为老太太的身体状态和我始终没有搞懂的病情，她暂时不能化疗，于是不几日就折腾着回老家了。

看电视，《中国达人秀》里有个一往情深的孔雀哥。那么，这个七十五岁高龄的老头就应该是孔雀爷爷了。

也许一切情都是不长久的，但是有这样一个十五年，老太太已然是幸福女人了。

其实，家属远远比病人更痛苦，因为病人的苦是肉苦，家属的苦却是心苦。病人生病了可以床上一躺眼睛一闭，而家属却要扛山过海，绞尽脑汁想办法跑路子，自己满肚子苦水，还要强颜欢笑，自己已经郁闷得要撞墙，还要去面对心情更加阴霾的病人，去做病人的心理辅导师。病人家属才是真的苦，才是真的伟大。

作为病人的我们活着，是因为他们的存在。病痛让我们失去一切帮助他们的能力，我们突然从并肩作战的伉俪变成了他们的负担。我们心有愧疚，这种愧疚太过正常，但是不要让这种愧疚成为病人与家属的隔膜和更深重的负担，对家属仁慈，对他们温柔，对他们悲悯，不要去加重他们的心理负担。这是我们仅能做的。

虽然生病让生命变得很痛苦，但是有更多真情让我们不能放弃；虽然生病让生命变得很惨淡，但是有更多的美好让我们不忍放手。所以，我们选择一起坚持，一起战斗。

土豆的圣诞节

　　我家租的房子附近有个元祖蛋糕店，土豆的姥爷反映说土豆每次经过，都会趴在玻璃上看玻璃窗里的圣诞树、圣诞彩球和姜饼屋。土豆眼神里有点想要，却乖乖看着，并不讨。

　　姥爷回想说："那个眼神让我想起了卖火柴的小女孩，有时候孩子听话，你反而会心酸。"姥爷告诉土豆，如果宝宝听话，圣诞节的时候，圣诞老人会送土豆一些彩球，还有一个大大的姜饼屋。

　　光头承诺出差尽量早点赶回来，好去元祖买姜饼屋。可是，彩球哪里能买到？我这一年多，除了医院哪里都没有去过，压根儿一点概念都没有。光头已经被自己那摊事和我累得瘦成电线杆了。姥爷除了菜场和复旦，上海啥地方都不认识。我倒是去淘宝上看了看，除了店家都是做批发之外，还有一个非常严重的问题，我压根儿没有支付宝。

　　于是，跑去复旦的 BBS 上问了句：谁有装饰圣诞树剩下的彩球？

　　然后，圣诞节上午刚起床，门铃响了，朋友 DODO 扛着棵圣诞树，圣诞阿姨来敲门了。一棵圣诞树，一个圣诞老人，好多玩具。土豆开始狂激动，兴奋得语无伦次，跺脚摇头呜呜呜大叫。后来发现吹管（随着吹气纸筒会一伸一缩的小玩具），一发而不可收，口水恰如黄河长江顺着下巴流到前襟，全身的小肌肉都在使劲中哆嗦。

DODO 刚走，又有人敲门，一对不认识的夫妻报了我的名字，后来才知道是 MIDI 夫妻，也来做土豆的圣诞叔叔和圣诞阿姨，带来一棵大圣诞树，一堆玩具，一个大红包。土豆还没有从 DODO 的纸吹筒的兴奋里拔出来，让他叫叔叔阿姨，小伙子居然说："等一会儿，还没有好。"可见热度需要一点时间消化。好在最终赶在 MIDI 夫妇出门前嘟囔："刚才没有说'谢谢'是不对的。叔叔阿姨，谢谢，再见。"MIDI 夫妇估计还没有走到楼下，小土豆就开始狂叫："这么多礼物啊！这下可发财了！"

我笑问他："叔叔阿姨送你那么多圣诞礼物，你以后要怎么谢谢人家啊？"

土豆拿着个彩球说："那我就生个蛋给他们吧。"后面补充，"生个五花蛋，宝宝还没有学会生亮蛋。"亮蛋是土豆给圣诞彩球起的名字。

第三次土豆打了鸡血的兴奋源于 FRIENDY 的彩球快递。小家伙居然要求我把球一个个穿起来，自己挂在脖子上，沙僧一样，得意扬扬，不许别人帮他摘下来。婆婆打电话给公公感慨："世上好人真多啊！"

看着孩子开心，本身就是一种幸福。而今天的幸福，却远远大于这些。无论是季节的寒冬还是人生的寒冬，有种叫作大爱的暖流，在圣诞彩灯的荧光里慢慢涌动。

（DODO、MIDI、FRIENDY 均为复旦大学 BBS 用户名。）

黑色幽默话自杀

第三次化疗的时候，我已在瑞金医院二十二楼非常有名，有一大票老阿姨粉丝。一是因为她们都觉得我是个奇迹：第一次入院，清扫工的拖把碰到床脚引起轻微震动，我都会因骨头癌痛而晕死过去。而三次化疗之后，我却能在不打点滴的时候在病房里上蹿下跳找相熟的病友聊天。其二，则是因为光头和我顶着个博士的名头，并且热衷研究乳腺癌，想来老太太们也真容易被迷惑，看我和医生护士操着各种医学术语、药物名词辩论得热火朝天，便觉得我博学多才。因这两点，很多老太太有事没事就找我说话，喜欢和我玩。

一日，我去大病房找小尼姑阿姨。52床的美凤阿姨靠在摇起一半的床上，愁眉紧锁地问我："于娟啊，你读书读得多，你说说看，什么自杀办法不那么痛苦啊？"她的表情并不是开玩笑，我知道她是晚期，并且有肺转移、骨转移。她的转移非常轻，就左手上臂那么一小段，却也疼得，每晚在走廊就能听到她撕心裂肺的惨叫。

我非常谨慎地回答"不知道"，然后表情木然地站在那里，我承认那一刻我在出神。

然后病房里炸了锅。"咱都活着，想什么死啊！"不知谁说了一句。

"你们说心里话，你们都想到过死吧？"美凤有点急，"疼起来，谁没有想过死比受罪舒服啊？"

病房里一片静寂。然后大家开始说自己自杀的经历。

53床是上海人，那是我第一次看到她。后来我因她讲的自杀故事管她叫馄饨阿姨。

馄饨阿姨按她的说法是苦命人，她天生有点跛足，并且兔唇。三十多岁孀居，男人出工伤"希特勒"（上海话＜音＞：死掉了），留了两个儿子，一个十岁，一个六岁。20世纪80年代，她光荣地成为第一批国营棉纺织厂的下岗职工。然而，苦难再多，日子却不能过。两个孩子都没有成年，于是她开始摆摊做馄饨、萝卜丝饼、炸臭豆腐，在"下只角"做营生。"这些原本上海人是不做的。"她解释给我听。先前没有城管管，但是为了多赚钱，要像游击队员一样多走几个地方。小叔子给她做了个特制小推车，方便移动摊位。后来有城管了，她就开始跛着脚推着车逃亡。

日子就这么一跛一跛过去，但是日子再难，孩子总是在长大。不枉母亲一片苦心，大儿子现在做瓷器出口生意，事业蒸蒸日上。小儿子结束学业，跟着哥哥做帮手。馄饨阿姨终于不用再卖馄饨臭豆腐，不用再拐脚逃城管，然而却得了乳腺癌。

一个没有怎么读过书的老妇听听癌症就要吓死。左一刀右一刀的皮肉苦、化疗反应吐心吐肺吐胆汁的折磨苦、惶惶不可终日的心苦，让馄饨阿姨做了个决定：去跳黄浦江，而且要从杨浦大桥上跳。

"否则哪里死得了？黄浦江污染太厉害，岸边都是淤泥垃圾，没淹死先臭死，被人捞上来，阿拉是丢不起这个人的！"

老太太穿戴整齐，趁着一个艳阳天就上了杨浦大桥。长期躲避城管练就的蹑手蹑脚躲人耳目功夫，让她轻易逃过了大桥上那个小亭子。然而走在杨浦大桥上，看高楼耸立车水马龙的世间繁华，心中不免暗自长叹，无论多少理由可以轻生，但是在最后那一刻，总归有对这个世间的不舍。

馄饨阿姨不禁转身，想回望那个她生活了五十多年的杨浦区，不承想看到一个制服男冲着她走来，一边走一边吆喝。她大惊，错以为此时是彼时，那着急慌忙逃避城管的馄饨岁月。于是，本能反应，转了身撒腿就跑，一直跑到浦东地面上。跛足逃生未必慢，"后面几年我们那片的城管没跑得过我的"。馄饨阿姨志得意满的神态让我想起了兔子和狮子的故事，狮子跑就是一顿饭，兔子跑是为了自己的一条命。

馄饨阿姨如此混沌的自杀让我们捧腹大笑。"后来想想，那时候那么苦、那么没有头的日子都这样过来了，现在儿子们都好了，受罪就受罪吧，反正病嘛，有的治就活着。你看，我熬啊熬，也三年了。"

本以为馄饨阿姨的笑话已经够给力了，却没有想到56床阿姨听后一脸淡定："你这个自杀就是多跑了一次桥。我可惨了，死还没有死透。"

56床阿姨是安徽人，据说一直住在村里。因为晕车，病前从来没有走出过以她家为圆心、半径二十里的圆。这个看似弱小的女人有着巨大

024　　　　　　　　　　　　　　　　　　　此 生 　未 完 成

的能量，她自幼丧母，父亲续娶，后母恶毒，虐待小孩子。她是家中长女，十五岁带着众弟妹揭竿起义，另起炉灶，甚至最后带着最小的一对弟妹出嫁。结果，卧薪尝胆的生活不小心把弟妹培养成了富翁富婆。她却守旧，依旧喜欢过她的一亩三分地的日子。

知道自己得了乳腺癌，她两眼一黑，人事不省。弟弟妹妹分别自上海、深圳、台州和池州飞赶过来。一家子人坐满八仙桌，商议如何救治家里曾经的顶梁柱、保护伞。她暗自神伤，并不以为得了癌症还能活，可是等死的滋味却并不比爽快一刀舒服。老太太于是摸索摸索，突然发现灶房窗台上有一个画着骷髅的瓶子，如获至宝。跑到自己房间，插上门，一把拿下，咕咚咕咚喝下。

如果你以为她喝了冒牌的农药而没有死掉，那就大错特错了，她喝的不是农药，是她儿子用随手拿的瓶子装的摩托车润滑油。

我傻乎乎问她："润滑油怎么能和农药混了呢？一看就应该知道是油啊！"

老太太反问我："谁喝过润滑油，谁喝过农药啊？再说那个瓶子我见都没有见过，还以为高级农药就是这样的。"

可怜的老太太死意已决，喝一阵吐一阵，硬是把多半瓶润滑油喝光了，或者说马上就要结束的时候，妹夫破门而入，像扛半袋秋收的玉米棒子一般把她搭在肩膀上，一边狂奔出门一边大叫："去开拖拉机！"

据说那是整个庄上的一大景观，事过一年后还有人津津乐道：一个老男人慌里慌张开着手扶拖拉机奔腾或者说跳跃在崎岖不平的山路上，还不时往回看。一个女人头朝下被搭在另一个男人的后背上，一个年轻女人负责扶着老太太的头，另一个男人则负责去抠老太太的舌头喉咙，一路开一路吐，那个招摇。

县医院据说紧急处理喝农药的妇女以及溺水的儿童最为拿手，洗胃灌肠乱七八糟无论需要不需要，都轮番搞了个遍。当然，否则老太太哪里能安然坐在我们面前讲故事。

我们听得笑痛了肚子，而当事老太太憋了半天，想了半天说："奶奶的嘴啊，吐死了，我三天没有返过魂，那个捅屁眼（灌肠）捅得我一个星期不能下床啊。"

我笑出了眼泪。我相信，无论如何，她绝不会轻易再想着喝农药。

和我同住一个小房间的是指标阿姨。顾名思义，她的指标特别醒目，以 CA15-3 高达 900 但不痛不痒没有任何病症出现而闻名于整个楼层。CA15-3 是乳腺癌的监测和筛选的一个重要指标，正常人是 30 以下。由此可以想象指标阿姨听到自己 CA15-3 是 900 的概念。指标阿姨平时不太走动，但是听到我们这里很是热闹，于是踱步而来。听到我们在讲的话题，不由得开始感慨，讲起来她的自杀经历。

指标阿姨有个幸福家庭，财丰福厚，夫贤子孝。她的肿瘤是在洗澡时摸出来的，所以发现得并不太晚，最多算个中期。但医生告知伊得了乳腺癌的消息，扑通一声倒下的不是她而是站在她身后的男人，回家后号啕大哭声音最大的也不是她，而是她儿子。

可能一生都太幸福太顺利了，指标阿姨一家都不能面对这个残酷现实。病人扛不住，家属也扛不住，低头耸肩唉声叹气，动不动就哭声震天，搞得人家邻居一天到晚以为她家中来了送葬的亲戚。可能癌症太可怕，可能化疗太痛苦，更可能氛围太阴霾，于是指标阿姨决定一走了之。

这个有着千万身家的体面女人想不出个体面的死法。跳楼她觉得死得难看，割腕觉得太血腥，上吊找不到横梁，喝农药超市没有卖，连个杀虫剂都是喷雾瓶，在上海，连卧轨都成了太难执行的方案。想来想去，安眠药最好。

指标阿姨不像农药阿姨，她有上网的文化技术，网络上查了下，安眠药，要两百粒才可以。

于是指标阿姨像积累她的千万家财一样，开始积攒她的安眠药。开始谎称自己失眠，要医生开药。与此同时，为了防止和她同食同睡的家人发现，她用了个新丝袜做了贴身袋子，每次安眠药发下来（医院每天八点发固定颗粒的药，绝对不多发），她就做吞咽状，转身藏在被窝里，把药片偷偷放到丝袜里，掖在枕套中。

要攒够两百粒安眠药需要足够长的时间。这段足够长的时间里，指标阿姨发觉日子好得照旧可以上麻将桌，指标阿姨的男人觉得他老婆照旧生龙活虎，指标阿姨的儿子也觉得自己的妈妈似乎不像是已经土埋脖颈的人。他们一家人在这段足够长的时间里，知道了乳腺癌不等于死亡，知道了指标无非是指标，高指标可以吓死人，但是并不能说明指标高就能死人。

安眠药还没攒够，指标阿姨已经不想死了，她的化疗方案很轻，做了化疗似乎也没有什么反应。索性趁着所有人都没有发现，跑去洗手间，把一百二十多粒安眠药喂了马桶。马桶是不会因为吃多了安眠药而睡觉的，但指标阿姨做这个生死选择的时候，太过激动，把那个丝袜袋一起扔了进去，马桶塞了。

那天晚上，指标阿姨和我卧谈，问起我有没有想过死，我在黑暗里笑而不答。

生与死，生的路对我来说，犹如残风蚕丝，而死却是太过简单的事。不仅简单，而且痛快舒畅，不用承受日夜蚀骨之痛。但是死，却是让这个世界上我最爱的亲人们尝受幼年丧母、中年丧妻和老年丧子之痛。虽然能不能苟活，由不得我，至少我要为自己的亲人抗争与挣扎过。自戕是万万不能的，因为我是个母亲。虽然，我这个母亲做得很无力，我现在唯一能给孩子的，只有微笑，能为孩子做到的，也只有坚强。我不知道有没有机会育子成才，但可以用今天的行动告诉自己的孩子：你的妈妈不是懦夫，所以你的人生里，遇到珍贵关键的人与事，要积极争取，可以有失败，但是不能有放弃。

我想做个让儿子骄傲的妈妈，只此一点，无论到任何地步，我都不会选择自己走，哪怕，万劫不复的痛。

我可爱的朋友们

说起来有点不好意思，我做公益做得早，却良少贡献。很小的时候学校提倡"一帮一，一对红"，主要是一个城市小孩子用零用钱资助一个农村孩子读书的学费，两个孩子通信联系，我异常认真地参加了。让我比较伤心的是，这无非只是当年学校或者校长用来书写政绩的临时性社会活动，我们学校第二年便没了下文。但让我比较骄傲的是，我很认真地贯彻自己的行为。学校帮我找到的小姑娘是安徽巢湖的小 W，我一直帮到我的伙伴自己不想再读，她坚持了八年，读到高一。我也坚持了八年，那时，我貌似已经本科了。

我支出的所有资助费用，八年来可能不会超过一千块。那个时候貌似读书的学杂费太便宜了，或许那个地方物价水平很低？我不太清楚。我只是记得，第一年只有三十二块，最后一笔是三百五十块的样子。三十二块对那个时候的 CPI（居民消费价格指数），对那个时候尚且不富的家庭，以及那个时候年幼的我，可能还算作一笔不大不小的钱。现在想想，如今不够打的费的三十二块，而当年去这般用了，就能积善，就能改变世间某个角落某个小女孩的一生，实在是很美妙的一种感觉。我虽浪得虚名，是个学经济的博士，但真不善理财，这笔钱是我前半生最为值得的投资。

我和小 W 始终没有见过面，最后一点音信，也因着我数次出国易居而遗失在奔忙的岁月里。说来谁也不信，我们是单线联系，生活从未有过任何交集。如果不是她那通电话，这个世间可能没有人知道我们有段这样的过往。

我不知道小 W 具有怎样的神奇，怎么知道我得了病，又怎么拐弯抹角找到我。话说我正追在土豆后面喂水喝，手机响了，接起来听却是一通声浪巨大的哭天叫地，我"喂喂喂"半天仍没有任何其他声响，于是挂掉。然后手机再响，接听后仍然是巨雷一样的哭声，偶尔夹杂着不能自已的抽泣。我还是挂了，继续追土豆喂水。手机再响，我无奈地说了句"我靠"，土豆嬉笑着重复。我暗自自责当着儿子说脏话的同时，听到手机那边鼻涕抽搭搭地说："姐啊，我是 W。"

我引以为世间神奇，为这失散了十多年的笔友。

W 过得很好，老公是修玻璃钢窗的（也卖玻璃钢窗）。她马上就要生孩子了，怀的是双胞胎，腿肿得像大象，穿了棉衣两腿相磨，不能迈步。我遗憾自己不能去吃满月酒，看看这个有着十八年多友谊的孩提时候的伙伴，而她的遗憾是知道我病了，却不能来看我。

其实，联系上了笔友，最多算作高兴，不能算作趣事。后续的趣事却是，她竟然先斩后奏，一竿子把她那个颇具喜感的老公捅到了上海，代表她来探病。我不知道是应该感慨现在的女权主义强大，还是要感叹"母以子贵"这句古谚真理。

事隔几日，我接到一个口音极重的陌生男子的来电。他说是 W 的丈夫，"顺路"来上海看我，我实在不相信这个"顺路"。但是他说他连夜搭便车来的，正站在上海地面上，不见我回去，老婆是不会让他进家门的。最后一句话他说得有点着急，结结巴巴，又有点不好意思。让我觉得，他一点都没有开玩笑，不见我，可能他真要睡柴房。

我发了一个地址给他，一边继续蜷缩在被窝里看《收获》，一边等 M 和 D 的到来。

我不是想说脏话，MD 现在是一对夫妻，男姓孟，女姓杜，让我那么简写，成了 MD。他们是我 2004 年出国前介绍成功的最后一对。当年 M 在香港工作，D 去香港读书，我顺水推舟介绍他们认识，明里是 D 需要有人照应，暗地是 M 托我做红娘。

不知过了多久，门铃响了，家人开门，我听到 M 高亢的嗓门，于是鹞子翻身蹬开被子，急慌慌套着那身秋菊的大红棉袄夸张地走着猫步迎了出去。

这里要解释两个典故。

第一，最后一次和 MD 碰面，是 M 请客。一方面给我出国饯行，更重要的是和 D 确定恋爱关系。我们一共八人，吃过饭冲进淮海路的一个酒吧疯狂。我那次喝得有点高，一直趴在桌子上睡觉，等我恍恍惚惚地醒来，看见我们这帮人和一帮不知底细的人在打群架，于是脑门一热，拎着个只有 350ml 的青岛啤酒小酒瓶打算上阵帮哥们儿，谁想还没冲进阵营，警察来了。我极度冤枉地被一锅端抓进了警察局。

警察开始问话录口供，问我是干什么的，我说复旦学生，他问几年级，我说博一。然后警察怒了，说我故意撒酒疯不配合。我那天的穿戴是一件亮片背心、一条极端短的热裤、一双亮银高跟鞋，除了没有化妆，和小阿飞无异。小警察鄙视的眼神点燃了我体内残存的那点子酒精，我忽地站起来说："复旦的怎么了？读博士怎么了？上了复旦读了博士就非得穿得人模狗样，不能泡吧啦？我还非得个性下才行！"

因着这段典故，我想都没想，猫步出迎 MD。

第二个典故，是我的秋菊棉装。我有个姨妈，视我如亲生，听了和她一起打扑克的老太太怂恿，要给我冲喜。我这个德行，嫁和娶是一样难，如何冲喜？人家不听，好棉好布密密缝，给我缝了套冲喜的大红行头。里面是大红布，外面是土得不能再土的粉花绿叶红底棉布，棉裤是左边开衩的老式棉裤，四指宽的红布做腰带。我不想枉了这情，欢天喜地收下穿了。棉袄难看，但是挡寒暖和。所以，很熟的朋友来我家，经常可以看到我貌似《秋菊打官司》里的秋菊造型。

MD 算是见过大场面的人，一个穿着秋菊棉袄棉裤的人扭着猫步出迎算不得什么。而我的悲剧在于，当我和 D 见面熊抱时，我看到一个陌生的男人在旁，两眼呆滞，张着嘴，下巴明显脱臼状。

我收住夸张仪态，故作镇定，恢复常态打招呼。还是有些窘，我多么希望他是走错了门，或者是个送快递的。没有想到他愣了愣神，问我："是于老师的家吗？"

我哭笑不得，只好说："是。"

他追问："于老师？于博士？"

我沉重地笑着点头。

他报了我的名字，再次核实。我还是说："是。"

他皱着眉头，咽咽口水，一字一字地艰难地提醒 D："她是个博士啊，身体不是很好。"

我也跟着咽咽口水，说："我是你找的人。"

他说："我是 W 的老板。呃，我们那里管老公叫老板。"

若不是 MD 夫妻在，我真不知道如何收拾那么尴尬的局面。M 拍着 W 老板的肩膀跨过门槛说："兄弟，没错的，我认识她十几年了，如假包换。"

话说这兄弟战战兢兢走进门，防盗门关上的那一刻，我留意到，他往身后看了一眼。

M 嘻嘻哈哈地给这位兄弟回顾我们的往事，我开始走神。开心网有句话，"再多各自牛 × 的日子，也比不上一起傻 × 的岁月"，这句话绝对经典。我没有牛 × 过，但是我庆幸有限的年岁里，都在和一拨拨的弟兄傻 ×。

因为家里来客人，而土豆太闹，于是可爱的土豆在招呼众人后被带出门买菜。这位仁兄目送土豆离开后，默默然好一会儿，然后说："于老师，您家小孩子叫啥？"

我随口说："土豆啊。"

"啊！" W 老板苦着脸说，"咋叫这个名字？"

我不解，这位老兄自言自语道："W 说你是咱们认识的最有文化的人，要你给咱孩子起名字，双胞胎。"

我看到言者表情挣扎了一番，接着他说："唉，于老师，W 说你是她的贵人，还是你给孩子起个名儿吧，就是……就是……能不能不要叫土豆这样的名儿？"

我忍俊不禁。旁边的 D 一本正经地插嘴："双胞胎好啊，双胞胎一个叫萝卜，一个叫白菜，萝卜白菜各有所爱呀。"M 急忙用眼神制止。这兄弟明显不想当萝卜白菜的爸爸，听到 D 那么说，皱皱眉头，叹了口气。

这个实诚人把 D 的话当真了。不得不说，实诚真是一种美德。

家人烧了热水，水开我起身倒茶待客，刚离开座位，手机响了。我循声去找不知被土豆掼到哪个犄角旮旯去的手机，却看到那哥们儿急忙忙地欠起身来，忙不迭抱歉地说："不好意思不好意思，我还是怕走错门，弄错了回家不好交代，所以打个电话确……确……确……确认一下好。"

在我们的哄堂大笑里，M 走过去，友善地拍拍汉子肩膀以示安慰。汉子笑得有点羞涩。

我终于在笑声还没平息的时候明白过来，汉子为啥打我的电话确认身份，他是受了老婆重托的：他把电话放在兜里，然后从怀里掏出一个厚厚的用报纸包好的"小砖头"，放在茶几上。霎时我眼睛有些湿润。

我像被电击一样弹起来，开始和他推托撕打，我勒令 M 帮忙。两个男人熊抱着在客厅表演起了蒙古摔跤。我知道 M 练过数年跆拳道的身手，索性作壁上观。推搡之间，汉子试图把钱扔在地上夺门而逃，谁知道门一开他往地上一看，说了句谁也听不懂的话，便噔噔噔跑下了楼。

没等我们回过神来，他带着公鸡打鸣、扑腾和号叫的声响得意扬扬地重新跑上了楼："哼，这两个兔崽子还真能跑，都快到院子了！"

手里，是两只我从来没有见过的魁梧大公鸡。我真是服了，这两只鸡的绑法是游戏里两人三足的模式。汉子开始断断续续志得意满地介绍："这是家里娘用谷子养的，大姐你放心，本来打算自己用，没有给它们吃过一点饲料。W让我带给你，可是人家火车不让活鸡上车，我想法子搭了邻村结婚买家具的大车来的，要不还真不知道怎么……路上时间长，怕鸡捆死了不活络，就各绑了一条腿，没想到两个兔崽子居然下楼了！"

我双手合十，深深地鞠了个躬，说了声发自内心的"谢谢"，然后一把把门关上，留M在门外周旋。因为，我万万不能收他们的钱，一颗汗珠摔八瓣赚来的血汗钱。

事后想想这个场景蛮好笑的：门内一个穿着秋菊棉袄的女人高坐软榻，一个身着Chloé的小贵妇耳贴门偷听，时不时汇报所听到的进展。门外，寒风萧瑟中，一个穿了件薄绒衫的香港金融才俊，搂着一个衣着穿得像熊一样厚重的农村青年循循善诱，左推右推打贴身太极。

接着，我的手机响了，W的来电。半个多小时的通话里，她怕太坚持气坏了我的身子，我怕她太激动动了胎气。她的电话让我感触很多，她讲述十八年前三十二块对一个农村女孩的意义，讲小学二三年级辍学与读完初中再辍学的区别，讲她比周围女孩子多的探知世界的自学能力，讲她因此而改变的人生。而我对她讲，她所给予我助人的机会所带来的快乐。可能她不能理解，怀揣着一个让自己开心而不得与人说的秘密是何等幸福与兴奋。曾有一度我觉得"一帮一，一对红"可以让那个叫作于娟的灵魂看起来高尚那么一点点。就那么点子自认为的高尚，足以让一个十一岁的小孩子树立自己对自己的认可和喜爱，然后心安理得地暗自肯定自己的善良和爱心。喜欢自己，肯定自己，别说三十二，是我现在花三万二都买不来的享受。

　　最终，W 妥协，拨电话唤回了在我家门口等候领导指示的老公。冻得哆哆嗦嗦一直搓手的 M 终于进了门，哭笑不得地说："那哥们儿先给我掏烟，请我帮个忙帮你收了他的钱，后来和我商量，如果我帮他这个忙，他给我两百块好处费……听到没有？两百哟。"
　　我知道，这大概是最能进入他心里的两百块。

无畏施反被无畏施

病后养病，为求内心的柔劲清平，开始看一些宗教散书，包括佛学禅理。零星知道布施有三：财施、法施、无畏施。于财施，我俨然是个被施者。法施暂且还无余心力，因为我只是刚刚开始尝试了解的阶段。而无畏施，我想，我总是可以做无畏施的吧。但凡困境里的人，看到我的处境，便会从内心深处分泌出一种小巫见大巫的甜，从而觉得自己的苦不算什么，自己的痛也不算什么，自己正在经历的那些如山挫折其实无非蚁丘而已。

我很愿意做无畏施，因为无畏施不会让我现实中更痛苦，反而会带来很多精神的欣慰与安悦。同为世人，若是有人从我的苦难里得到无畏，那么我这份痛也算没有白痛。

于是，我在勉强可以出门的昨天，决定去看梅。

梅是我朋友杨的爱人。我在挪威求学的时候，学者和学生是两个不太一样的自由社会圈子，虽然我是已婚博士妇女，但总混在单身硕士里，和杨交往甚少。直到有次接妈妈去欧洲，才多少以家庭单位参与博士学者的家庭聚会，开始和杨结识交往。因突然发现杨梅夫妇居然是光头的校友兼师兄师姐，一见如故。2007年我回挪威答辩，没有申请到短期的学生宿舍，寄宿在杨梅家几近月余，和他们一家三口相处如同家人。

去年7月，因为家人全部感冒，我被迫逃去位于花桥的朋友的别墅里休养。突然接到杨的电话，说他们回国夏休来上海，要来探我，等我回上海赶紧给他们打电话。不过当我回上海找他们时，梅稍微有点咳嗽，不敢成行。我盼啊盼，盼他们来看我，哪里想到盼来的是一个难以置信的消息：梅去查咳嗽，查出了胸腺癌，幸运的是早期。

梅给了我一个晴天霹雳。后来我和其他朋友谈及这种旱地惊雷的感受，朋友大笑："你的病难道不是在我们被窝里炸二踢脚？"

梅是个强汉，葡萄牙的博士，身形不高，但是估计吃欧洲牛排太多了，壮实得不像中国人。性格也强，和我很像，但是比我更强，事业心更强，强到我看不懂。

"弓虽强，石更硬"，无语问苍天，难道这就是命吗？

梅和我似乎走了差不多的路子，在同样的时间段去走了极端的治疗方式。不同在于我们走的是两个极端，他是世界先进科技，我是中国传统中医。相同在于由于盲信，我们遭了不同的黑手，弄得奄奄一息，都进了鬼门关。然而弓强石硬，强大的内心有强大的未来，上天艰难地点头，睁一只眼闭一只眼，让我们都折回来，继续自己的人生。

他的治疗后遗症是重症肌无力。无力到不是说不能扛大米爬云梯，而是无力到不能走路说话；无力到自己不能吃饭，只能从鼻子里插胃管用针筒打流质进去；无力到自己不能喘气，要在喉咙打个洞，用呼吸机呼吸；无力到自己的心脏不足以一次压给自己足够的血液；无力到自己供给自己生存的能力受到挑战。

我的情况也好不到哪里去，所以，之前几次嚷着要去看梅，都被家人严厉的眼光封死。光头一个人去看杨梅夫妇回来，我问情况如何。光头苦笑说："杨那么弱小的女人，居然那么坚强。可能她也想哭，我看到她的泪在眼里打转。可是你知道她面对的是我，所以哭不得笑不得，相对无言，只好两个人相互拍着肩膀鼓劲。"

两个苦命人，不知无人处，多少泪千行。

我们的挪威运输大队长化枫来沪，地勤老邱接她从机场直奔我处运输物资，然后送物资去梅的医院。我搭便车去看梅，不为别的，我要去给老哥无畏施，多说无用，别人说千句，不如我去见一面。

颤颤巍巍地下楼，老邱吭哧吭哧地把我和我的轮椅塞进了他的车，晃晃悠悠从杨浦开到华山医院，然后哐唧哐唧地上了十五楼，然后看到了瘦成一把骨头、喉咙上还有个血洞、说话瓮声瓮气的梅大哥。

似乎很多人不会料想到我和梅两个人见面的反应。我们哈哈大笑，同时跷大拇哥给对方："没事的，咱挺得住！"也许更多人会对我们接下来的对话喷饭，万水千山只等闲，但是如此对癌症死神只等闲的两个极品，居然在监护器呼吸机林立的房间里讲笑话。更多人不会明白，我们两个的谈笑深处埋藏着多少不能言表的无声叹息。上一次见面，我和梅两个是多么风华正茂，像振翅云霄的鹰隼，挥着翅膀相约下次的冲天。这次的相逢，是灰头土脸被命运按在尘土里依然微笑的土鸡之间的问候。

然而，谁又在乎做鹰隼还是土鸡？我和梅曾经都以为幸福一定要飞到云端才能得到，一剑在手快意恩仇，殊不知泥土里才是真正踏实、坦然、温暖的幸福。我们一个躺在病床里，一个坐在轮椅上，却笑得比以往更加幸福和舒展。最真实地活着，拥有最真实的亲情、友情和爱情，体味着最真实最质朴的来自内心的温软。

　　浮云里，看到的只有浮云。而浮云仅仅是浮云。

病中病

前几天感冒了。

我一直怀疑事态起源于光头的学生及朋友 G，光头和 G 扎堆工作了半日，回家感觉嗓子不太对，一夜起来更觉得头疼身乏，感冒症状明显。全家临之如敌，将之扫地出门。光头仓皇逃窜至交大闵行校区，并且非常自觉地晚上去开旅馆，在旅馆睡了一夜还不见好，不敢回来，又流窜到朋友家，好心的朋友非但不嫌弃这个大病菌，还理出了好床好被好房间供其休养生息，一住就是一个星期。

而这些防范措施都没能抵挡来势凶猛的感冒病毒，此后一星期我感冒了。

此前，有医生千叮咛万嘱咐过我：切记切记不要感冒和生气。癌症病人免疫力差些，更容易感冒，并更容易引起其他并发症。尤其是在化疗或放疗期间，人的整个代谢机能都在下降，免疫力低下，癌症病人对病毒的抵抗力更差，病情极易反复。一旦遭遇感冒病毒的袭击，原本已很脆弱的免疫防线便会陷于崩溃。而随之无疑就会有无数想象不到的并发症，让人防不胜防，然后很可能会有大家最不愿意看到的结果出现。

于是，当我喉咙开始发痒的时候，我的一颗心也提到了嗓子眼，转身看家人，所有人的嗓子眼都像被什么东西堵住了似的。尤其是爹，已经憋得老脸漆黑，阴沉得足以滴水了。

老老实实睡觉，不该躺在床上的时候也躺在床上，土豆保持和我完全隔离的状态，避免打扰我休息，同时防止被传染。我抱着绿豆水饮驴一样狂喝，维生素 C 五粒、松果菊三粒，想起来就吃。我记得维生素 C 是水溶的，人体超量摄入会随着水排出，还有就是平心静气，用一位唐老师教给我的呼吸法做深呼吸。剩下的，就是祈愿上天和我内心深处的小宇宙爆发。

比较痛苦的是哑嗓子的光头打电话给哑嗓子的我，不明就里的还以为两个人是恶作剧或者玩哑剧。无奈光头是不用任何网络聊天工具的土人，这种无可奈何的哭笑不得只有我知道他知道天知道。

结果是，三天后我好利索了，光头仍然没有打赢他的感冒战。

病中感冒，原没有听闻的那么可怕。

鲁迅说："真的猛士，敢于直面惨淡的人生，敢于正视淋漓的鲜血。这是怎样的哀痛者和幸福者？然而造化又常常为庸人设计，以时间的流驶，来洗涤旧迹，仅使留下淡红的血色和微漠的悲哀。在这淡红的血色和微漠的悲哀中，又给人暂得偷生，维持着这似人非人的世界。我不知道这样的世界何时是一个尽头！"

以上摘自我的高一课本，原来语文老师逼我们背这个，是让我今天用的。

过了几天，我又落枕了。

姐姐做会务婚庆。前两天给一户姓熊的人家做创意婚礼，居然全部是熊主题，车头上有也就罢了，吃饭每个席面上，都是一对穿着不同主题衣服的小熊夫妻。为了防止意外，有两个备用小熊。饭后都被姐姐拿回来给土豆玩。

结果，土豆非要我当狗熊妈妈，自己当小熊宝宝。这也就算了，VCD 碟片《世上只有妈妈好》里的配乐动画是小熊爬树，爬不上去，大熊顶熊宝宝的屁股帮忙，于是他整天缠着我，自己扮小熊爬树，让我当狗熊妈妈顶屁股。

我和土豆玩得不亦乐乎，顶了三天小熊屁股。第四天还没醒，就被小熊掌拍醒了："熊妈妈，你别睡懒觉，我们去爬树，你顶我屁股吧。"我闭着眼睛"哎哎"两声，突然发现，耳根旁边剧痛，摸着有个隆起的像鸡蛋大小的包。

但凡我这般病人，一有风水草动，立马风声鹤唳、草木皆兵。

当日刚好去看王书记门诊，一番嬉笑之后，弱弱地捂着耳根说："王书记，我这里有点痛。"王书记立马收起了和蔼的笑，神情紧张地一个箭步冲过来，双手揽了我的头往自己那处拉，一手扶着头，另一只手就开按了，就像超市里挑西瓜的惯用姿势。我一通叽歪乱叫，怕是隔壁医生会认为这里杀猪了。按毕，王书记撒开手说："你说这里痛，我们很紧张的。"

问题是，这种痛刚刚开始，前后不过两个小时，是炎症是落枕还是其他，都要以观后继。

我一路忐忑回家去，外强中干、色厉内荏的我心虚得无所事事，不知道把手放到哪里，只好又重新放回键盘，上 BBS。

BBS 好处很多，比方，当晚学医的 hui 就作为快递小姐来到我家，扛着估计特意去家乐福给土豆买的面板一样的玩具。那天天气奇寒，一进门小姑娘的眼镜就白茫茫一片了。

我挣扎着从床上爬起来，欲哭无泪地对着 hui 说："你看看我啊看看我啊，是落枕还是脑转移啊？"

hui 一边甩着长发一边擦着雾气蒙蒙的眼镜，伸头看了我一眼，说："落枕！"我不知道她摘了眼镜是多少度，但是我宁愿相信她看清楚了。事实是，她说不用看也知道是落枕。

即便如此，我的头还是无可救药地夜里痛起来了，痛得我是心惊胆战：我很怕痛，更怕脑转移。骨转移的巨痛我从来不叽歪，因为我叽歪会让家人痛不欲生。但是落枕的痛我不叽歪，还什么时候能叽歪？此时不叽歪，更待何时啊？

惊怕痛中，我度过第一夜。天亮爬起来第一件事就把开心网的状态改成："让我落枕吧，让我落枕吧……"此后四五天，我的 MSN、开心网、BBS 的所有状态签名档都是围绕落枕为话题的字眼：期盼是落枕，得了落枕真开心，落枕好了真开心，诸如此类。

第二天，我的左边肩膀开始痛了，我欲哭无泪地坚持上 BBS。如此的 BBSER 应该被评为本年度最佳灌水员，除了灌水，没有什么可以平复我无与伦比的不知所措。

实践证明，灌水可以治疗落枕，如果你能坚持歪着脖子拿枕头枕着不太能动弹的左胳膊。实践也证明，多顶小熊爬树的屁股，会得落枕。

师洋唱——

　　看见蟑螂，

　　我不怕不怕啦，我神经比较大，

　　不怕不怕不怕啦……

我应该唱——

　　得了落枕我不怕不怕啦，

　　要坚信：转移不是那么容易……

　　虽然有点搞笑，但胆怯只会让自己更憔悴，麻痹也是勇敢表现。

谁是我的下一任

我和光头会开一些土豆不宜听的玩笑。

岁初，我在床上拆土豆的压岁红包。光头在房间的另外一张陪护床上铺床被。

我这等病重，和光头也只是徒有夫妻名分，没有夫妻之实了。这对我倒是没有什么，我倒是真的怜惜三十七岁正值盛年的光头，总觉得不尽义务很是对不起伊。

我于是推心置腹地说："这一年辛苦你了，要不然我每个月给你一千块钱做特殊活动经费，你去释放下多余的精力？"

光头看看我，哈哈大笑，这是我本月第二次谈及此事。他说："你以为家里钱多啊？"

我说："你看，儿子的压岁钱挺多的。哈哈，这都是外快呀。"

光头说："让他长大知道小时候的压岁钱成了老子的嫖资，老子一辈子就毁了。"

我举手信誓旦旦保守秘密。

光头轻蔑地说:"喊,我要是真顶不住了,根本不用钱去解决,肯定有免费的,说不定还能赚点回来。"

我连声叫好:"是啊,咱家缺钱,你能赚钱最好啦!"

光头皱皱眉头,非常认真地想了一会儿,说:"不行,我突破不了这个心理障碍,平时出去用公厕都觉得不卫生。"

突然,光头的光头一晃,抬头严肃地说:"对啊,我去捐精子吧!像我这样的优秀人才,捐献精子肯定是为人类造福,而且听说一次很多钱的!"

我连声叫好,突然我意识到什么,赶紧叫停,不许他去。他说:"为啥啊?挺好的啊。真的,听说那里还实时监测我的精子质量,相当于体检了呀。"

我说:"万一,你捐出去的精子,别人受精生了个女儿,多年以后,土豆和同父异母的妹妹见面了,一见钟情结婚了怎么办?而且我们防不胜防,总不能土豆谈一个朋友,我们就抓人家去做亲子鉴定吧?你捐精一次虽然有收入,但是通货膨胀,货币贬值之后,二十多年以后的亲子鉴定啥价钱啊?"

光头低头想了想,说:"实在不行,我们就对土豆说,只能要纯种国外的女孩子?任何中国女生都有可能是你同父异母的妹妹?"

于是开始和光头有一搭没一搭地聊,如果我有一天翘辫子了,他会找谁呢?或者他现在比较心仪的女子是谁呢?

光头哼哧半天,瞪着小眼睛,小心翼翼地说:"范冰冰?"

我那个哭笑不得:"亲爱的,不是兄弟无能,你这个目标太不靠谱,虽然俺是资深红娘，但的确没这个本事帮你勾搭上范冰冰。"

光头嘿嘿一笑，突然转念："算了，我想了想，小报讲女明星的绯闻都有点多，跟很多男的都有一腿，我还是不要了。"

"得了吧你，即便她和很多人都有一腿，只要你有另一条腿，也算你牛了好吧？"

"不要不要，我以前觉得范冰冰蛮好看，现在觉得不是那么好看，到后面肯定会发展成看不下去的，我喜欢女明星就三分钟热度。"

于是，我们抛弃了范冰冰，继续想我们认识或者熟知的人里面光头到底喜欢谁。

光头皱着眉头想了半天，我在旁边提名，我们认识的女人都说光了，他没有找到。

突然，光头灵光一闪："我喜欢彭老师这样的人。"

我愣了，彭老师是我的院长加博导，年近花甲、身材健硕的中年男性。完了，这孩子一年多阴阳不调，有同性恋倾向？

"你是不是说陆老师？"我笑起来，陆老师是彭老师的爱人，我所认识的人群里最让我折服和崇拜的女子，一个经营着完美人生的睿智美女。

"我不太接触陆老师，我说的是彭老师，宽容，随和，有爱心，仁义，聪明，而且能力很强。"光头撸撸光头，很遗憾地说，"可惜他是男的。"

说话间，我的夜间补品蒸好了，光头帮我去端汤。我以为这场有意无意的随口聊天结束了。没想到，光头过了好一会儿闷闷地说："唉，我想来想去，女版的彭老师还不行，如果再好看一点就好了。彭老师如果是个女人，保持他的长相，皮肤还那么黑，也挺别扭的，我想来想去有点接受不了……"

病中之最散记

我和光头收到的最给力的话：

兄弟，别的我帮不上，要用钱，给我电话。

数个哥们儿把光头拉出病房如是说。这让瘦得像个六两仔鸡的光头有了万吨恐龙的心力，哪怕兜里今天的饭钱都不够，仍然可以拍板对医生说"你只管看病，别管经济能力"，在我病危的时候用成堆的虫草、成碗的灵芝把我从鬼门关灌回来。钱是人的胆，而对于没钱的他，兄弟们的钱是他的胆，虽然在山穷水尽处，他选择了卖房。这件事让我更加深刻地明白了一个道理：货币贬值，物价上涨，把钱放进自己的银行户头显然是缺乏智慧。最靠谱的是藏富于民，有钱的时候要和弟兄们一起"人生得意须尽欢"，等缺钱的时候，自然会看到"千金散尽还复来"。

最为给力的短信：

光头的堂弟阿海，不明就里，只知道我得了很重很重的病："哥哥，我听说嫂子得了重病。我没有什么钱，不能帮到你们，很难受。但是，如果需要骨髓、肾脏器官什么的，我来捐！"

我当时笑得眼泪都出来了，但我知道这不是玩笑，我认识阿海十五年了，关系很好，不过时光如梭，想想竟然有十二年没见过面了。可惜我得的是乳腺癌，阿海一米八的个子只有一百一十斤，别说乳房，连二两胸肌都没有。

我没敢开玩笑让他捐给我乳房，生怕初中都没有毕业、啥医学常识也不懂的他去动员自己的老婆捐个乳房给我。我老爸说我活得值了，除了家人，还有为了我可以舍肝舍肾舍骨髓的人。也许古时候肝胆相照就是这个意思，你需要我身上的零件只管说一声。这应该是一种怎样的高士情谊？换位思考，如果阿海病了，我可以为阿海卖了自己的房子给他治病，但要是拿走我的肝肾，我怕是要考虑的。我不如阿海，写字到此，深感惭愧。

最为啼笑皆非的支持：

几百年没有联系，早去了美国的一哥们儿，突然出现在网上，第一句是："我知道很多乳腺癌女人接下来都会婚姻不幸，要是你老公对你不好或者和你闹离婚，你第一个告诉我，我第二天飞回来娶你。"

我那是一个气壮山河，大笑着分享给光头，光头叫一声："靠！老婆得了乳腺癌，还有人排队跟我抢？把那哥们儿叫来，让他顶值我几天，过过我的日子？"说话当口，他正在给我擦屁股：我的PICC管子位置不好，不能后屈臂。想来好笑，我从没想到要有个婚姻备用胎，居然有人冲过来自愿备用。不过他搞错了情况，这次不是我需要备胎，是光头需要备胎。如果这哥们儿是个好姐们儿，留给光头，该是多么划算的事情啊。

最为哭笑不得的礼物：

我妈妈有个老友，一辈子种田。突然听说我得了重病，打听来癞蛤蟆可以治癌症，闷声不响抽了一天旱烟，然后一个人跑去山里蹲了两天两夜，逮回来一化肥袋的活蛤蟆。老头振振有词："城里人都讲究绿色环保，我田里有蛤蟆，但是我用过农药的，不如山里的干净。"我不能想象，一个老农民伯伯把一袋呱呱乱叫的癞蛤蟆从山东背到上海所要经历的一切。正如我不能想象，蕴藏在朴实人滚烫体腔里那颗拼尽全力想让我活下去的良善之心，那种汹涌澎湃的质朴情感，用尽我一生怕是也报答不尽的。

最为阴暗的人性：

我家有个世交×，我认他做干爹，他侄子认我妈做干妈。×太过了解我妈妈的软肋和秉性，而他妹妹是当地人民医院的医生，最为了解我病中的最忌。我妈回山东卖房，我和光头突然莫名其妙、日以继夜地收到无数讨款电话和短信。我虽不太信，因为这件事经不起推敲，没有理由我妈妈欠钱，她不找就在山东而且手机畅通的我妈，而去和没有怎么见过面的远在上海得癌症的我一直纠缠。但多少我有点担心了，我怕妈妈因筹我的医药费而如×妹妹在电话里所说，欠债二十多万。结果我的各种指标却一路飙升。

×失算了，我妈并没有沿袭她五十多年来散财消灾的做事方式，也没有如×妹妹料想的那样，给我买个安心养病的环境，生平第一次做了被惹急的兔子。这是一场真实的谋财害命，最终无可救药地演变成一场闹剧：原告在法庭上语无伦次，最重要的证人不敢出庭做证，讨债的县级干部看到欠债的退休平民老太太抱头鼠窜，仿佛被揪住领子挨了嘴巴，只顾得挣脱快逃："误会误会，改天我请你吃饭解释解释。"

事隔半年听到一句我干爹 × 的原话："他家没啥用处了，现在不诈，以后也诈不出油来。"

可惜最终也没有诈出什么。有些人一辈子都活得很可怜，不仅因为诈不出别人什么，更因为他活着就只把心思放在了处心积虑的关系利用和敲诈谋利上，他不懂得或者永远不能享受到世间最为美好的东西。这件事也许是我病中所遇到最为可笑的闹剧，但也让我见识到了人性的阴暗和险恶，同时妈妈得到一个教训：无论是谁，都不能让他有你亲笔签名的空白纸。

"为啥是我得癌症"的非学术报告

为啥是我得癌症?

病房里无论再热闹开心的场面,此言一出,气氛会在一秒钟内变得死寂凝重。一秒后,便有阿姨抽抽搭搭地暗自涕泪,有阿姨哭天喊痛,骂老天瞎眼,有阿姨捶着胸指着天花板信誓旦旦,平素没有做过亏心事,为啥有如此报应。有几个病人算几个病人,没有一个能面对这个直戳心窝子的话题。

除了我。

我从来不去想这个问题,既然病患已然在身,恶毒诅咒也好,悔过自新也好,都不可能改变我得了癌症的事实,更不可能瞬间把我的乳腺癌像转汇外币一样转到其他地方去。无能为力而又让我倍感伤怀的事情,我索性不去想。

时隔一年,几经生死,我可以坐在桌边打字,我觉得是我思考这个问题的时候了,客观科学,不带任何感情色彩地去分析总结一下,为啥是我得癌症。做这件事对我并无任何意义,但是对周围的人可能会起到防微杜渐的作用。我在癌症里整整挣扎了一年，人间极刑般的苦痛，身心已经被摧残到无可摧残的地步，我不想看到这件事在任何一个人身上发生。但凡是人，我都要帮他们去避免，哪怕是我最为憎恨讨厌的人。

之所以去思考这个问题并且尽量写下来，是因为无论从什么角度分析，我都不应该是患上癌症的那个人。

痛定思痛，我开始反思自己究竟哪点做得不好，以致上天给我开了个如此大的玩笑，设了个如此严峻的考验。

一、饮食习惯

瞎吃八吃。

我是个从来不会在餐桌上拒绝尝鲜的人。基于很多客观原因，比方老爹是厨子之类的优越条件，我吃过很多不该吃的东西。不完全统计，孔雀、海鸥、鲸鱼、河豚、梅花鹿、羚羊、熊、麋鹿、驯鹿、麂子、锦雉、野猪、五步蛇等，诸如此类，不胜枚举。除了鲸鱼是在日本的时候从超市自己买的，其他都是顺水推舟式的被请客。然而，我必须深刻反省，这些东西都不该吃。尤其是看了《和谐拯救危机》之后，吃它们、剥夺它们的生命让我觉得罪孽深重。

破坏世间的和谐、暴虐地去吃生灵、伤害自然、毁灭生命这类的话就不说了，最最主要的是，说实话，这些所谓天物珍馐，味道确实非常一般。比如海鸥肉，经过高压锅四个小时的煮炖仍然硬得像石头，咬上去就像啃森林里的千年老藤，肉纤维好粗好干好硬，好不容易啃下去一口，塞在牙缝里搞了两天才搞出来。

我们要相信我们聪明的祖先，几千年的智慧沉淀，他们筛选了那么长那么长的时间，远远长过我们寿命时间的无数倍，才最终锁定了我们现在的食材，并在远古对它们进行驯养。如果孔雀比鸡好吃，那么现在鸡就是孔雀，孔雀就是鸡。

暴饮暴食。

我是个率性随意的人，做事讲究一剑在手，快意恩仇，吃东西讲究大碗喝酒大口吃肉。

我的食量闻名中外。在欧洲的时候导师动不动就请我去吃饭，原因是老太太没有胃口，看我吃饭吃得风卷残云很是过瘾，有我陪餐讲笑话，她就有食欲。在复旦读书时，导师有六个一起做课题的研究生，我是唯一的女生。但是聚餐的时候，五个男生没有比我吃得多的。

年轻的傻事就不说了，即便工作以后，仍然忍着腰痛（其实已经是晚期骨转移了）去参加院里组织的阳澄湖之旅，一天吃掉七只螃蟹。我最喜欢玩的手机游戏是贪吃蛇，虽然功夫很差。认真反思，不管你再怎么灵巧机敏，贪吃的后果总是自食其果。

玩来玩去，我竟然是那条吃到自己的贪吃蛇。

嗜荤如命。

得病之前，每逢吃饭，若是桌上无荤，我便会兴味索然，那顿饭即便吃了很多，也感觉没吃饭一样。我妈认为这种饮食嗜好，或者说饮食习惯，或者说遗传，都是怪我爹。我爹三十出头的年纪就是国家特一级厨师，20世纪90年代的时候，职称比现在难混，所以他在当地烹饪界有点名头。我初中的时候，貌似当地三分之一的厨子是他的徒子徒孙，而认识他的人都知道我是他的掌上明珠。可想而知，只要我去饭店，就会被叫我"师妹""师叔"的厨子带到厨房，可着劲儿地塞。那时候没有健康饮食一说，而且北方小城物质匮乏，荤食稀缺。而我吃的都是荤菜。

我很喜欢吃海鲜。话说十二年前第一次去光头家，他家在舟山小岛上。一进家门，我首先被满桌的海鲜吸引，连他们家人的问题都言简意赅地打发掉，急吼吼开始进入餐桌战斗，瞬间我的面前堆起来一堆螃蟹贝壳山。公公婆婆微笑着面面相觑。

我的惊人战斗力超过了大家的预算，导致婆婆在厨房洗碗的时候，差公公再去小菜场采购。十几年之后每次提到媳妇的第一次登门，婆家人都会笑得直不起腰，问我怎么不顾及大家对我的第一印象。我的言论是：我当然要本我示人，如果觉得我吃相不好就不让我当儿媳妇的公婆不要也罢，那么蹭一顿海鲜是一顿，吃到肚子里就是王道。

我是鲁西南的土孩子，不是海边出生、海里长大的弄潮儿。一方水土养一方人，光头每日吃生虾生螃蟹没事，而我长期吃就会有这样那样的身体变化，嫁到海岛不等于我就有了渔民的体质。

在我得了病之后，光头一个星期不到，考研突击一样看完了很多不知道哪里搞来的健康食疗书，比方坎贝尔的《救命饮食：中国健康调查报告》、王药的《治愈癌症救命疗法》等等。引经据典，开始相信牛奶中的酪蛋白具有极强的促癌效果，以动物性食物为主的膳食会导致慢性疾病的发生（如肥胖、冠心病、肿瘤、骨质疏松等），以植物性食物为主的膳食最有利于健康，也最能有效地预防和控制慢性疾病。结论是应该多吃粮食、蔬菜和水果，少吃鸡、鸭、鱼、肉、蛋、奶等。可怜躺在床上只能张嘴等待喂食的我，从化疗那天开始就从老虎变成了兔子。

二、睡眠习惯

现在这个社会上，太多年轻人莫名其妙得了癌症，或者莫名其妙过劳死，而原因往往是所谓的专家或者周围人分析总结出来的。当事人得了这种病，苟活世间的时间很短，没有心思也没有能力去行长文告诫世间男女，过劳死的更不可能跳起来说明原因再躺回棺材去。我作为一个复旦的青年教师，有责任有义务去做我能做的事，让周围活着的人更好地活下去，否则，刚读了个博士学位就有癌症晚期，翘了还不是保家卫国壮烈牺牲的，这样无异于鸿毛。写这些文字，哪怕有一个人受益，我也会觉得，自己还有点价值。

我平时的习惯是晚睡。其实晚睡在我这个年纪不算什么大事，也不会晚睡就晚出癌症。我认识的所有人都晚睡，身体都不错，但晚睡的确非常不好。回想十年来，自从没有了本科宿舍的熄灯管束（其实那个时候我也经常晚睡），我晚上基本上没有 12 点之前睡过。学习、考 GT 之类现在看来毫无价值的证书、考研是堂而皇之的理由，与此同时，聊天、网聊、BBS 灌水、蹦迪、吃饭、K 歌、打保龄球、一个人发呆（号称思考）填充了没有堂而皇之理由的每个夜晚。厉害的时候通宵熬夜，平时的早睡也基本上在凌晨 1 点前。后来我得了癌症，开始自学中医，看《黄帝内经》之类。就此引用一段话：

下午 5～7 点酉时　　肾经当令

晚上 7～9 点戌时　　心包经当令

晚上 9 ~ 11 点亥时　三焦经当令

晚上 11 ~ 1 点子时　胆经当令

凌晨 1 ~ 3 点丑时　肝经当令

3 ~ 5 点寅时　肺经当令

早晨 5 ~ 7 点卯时　大肠经当令

"当令"是当值的意思。也就是说这些时间，是这些器官起了主要的作用。从养生的观点出发，人体不能在这些时候干扰这些器官工作。休息，可以防止身体分配人体的气血给无用的劳动，那么所有的气血就可以集中精力帮助"当令"器官工作了。

长此以往，熬夜或者晚睡对身体是很没有好处的。在查出癌症的时候，我的肝有几个指标偏高，但是我此前没有任何肝脏问题。我非常奇怪并且急于搞明白为什么我的肝功能有点小问题，因为肝功能不好是不能继续化疗的。不久以后我查到了下面的话：

"中国医科大学附属盛京医院感染科主任窦晓光介绍，熬夜直接危害肝脏。熬夜时，人体中的血液都供给了脑部，内脏供血就会相应减少，导致肝脏乏氧，长此以往，就会对肝脏造成损害。

"23 时至次日 3 时，是肝脏活动能力最强的时段，也是肝脏最佳的排毒时期。如果肝脏功能得不到休息，会引起肝脏血流相对不足，已受损的肝细胞难以修复并加剧恶化。而肝脏是人体最大的代谢器官，肝脏受损足以损害全身。所以，'长期熬夜等于慢性自杀'的说法并不夸张。因此，医生建议人们从 23 时左右开始上床睡觉，次日 1 至 3 时进入深睡眠状态，好好地养足肝血。"

得病之后我安生了。说实话，客观情况是我基本失去了自理能力，喝水都只能仰着脖子要吸管，更不要说熬夜蹦迪。因此我每天都很早睡觉，然后每天开始喝绿豆水、吃天然维生素 B、吃杂粮粥。然后非常神奇的是，别的病友化疗会导致肝功能越来越差，我居然养好了，第二次化疗时，肝功能完全恢复正常了。

希望这些文字，对需要帮助的人有所贡献。也真心希望我的朋友们，相信"千里之堤，毁于蚁穴"这句古话。我们是现代人，不可能脱离社会发展的轨迹、现代的生活节奏，以及身边的干扰，那么在能控制的时候多控制，在能早睡的时候尽量善待自己的身体。有些事情，电影也好，BBS 也好，K 歌也好，想想无非是感官享受，过了那一刻，都是浮云。

唯一踩在地上的，是你健康的身体。

三、突击作业

说来不知道该骄傲还是惭愧，站在脆弱的人生边缘，回首滚滚烽烟的三十年前半生，我发觉自己居然花了二十多年读书，"读书"二字，其意深妙。只有本人才知道到底从中收获多少。

也许只有我自己知道我是顶着读书的名头，大把挥霍自己的青春与生命。因为相当长一段时间里，我是著名的不折不扣 2W 女。所谓 2W 女是指只有在考试前两个星期才会认真学习的女生：2 weeks，同时考出的成绩也是 too weak。

各类大考小考，各类从业考试，各类资格考试（除了高考、考研和 GT），可能我的准备时间都不会长于两个星期。不要认为我是聪明的孩子，更不要以为我是在炫耀自己的聪明，我只是在真实描述自己的人生。

我是自控力不强的人，是争强好胜、自控力不强的人，是争强好胜、决不认输、自控力不强的人。即便在开学伊始，我就清楚明确地知道自己应该好好读书，否则可能哪门考试就挂了，但我仍然不能把自己钉死在书桌前。年轻的日子就是这点好，从来不愁日子过得慢。不知道忙什么，就好似一下子醒来，发现已经9点要上班迟到了一样。每当我想起来好好学习的时候，差不多离考试也就两个星期了。我此前的口头禅是：不到 deadline（最后期限）是激发不出我的学习热情的。

然后我开始突击作业，为的是求一个连聪明人都要日日努力才能期盼到的好结果、好成绩。所以每当我埋头苦学的时候，我会下死手地折腾自己，从来不去考虑身体、健康之类的，我只是把自己当牲口一样，快马加鞭，马不停蹄，日夜兼程，废寝忘食，呕心沥血，苦不堪言……最高纪录一天看二十一个小时的书，看了两天半去考试。

这还不算，我会时不时找点事给自己：人家考个期货资格，我想考；人家考个CFA（注册金融分析师），我想考；人家考个律考，我想考……想考是好事，但是每次想了以后就忘记了。买了书，报了名，除非别人提醒，否则我会全然忘记自己曾有这个追求的念头，等到考试还有一两个星期，我才幡然醒悟，又吝啬那些报名费、考试费、书本费，于是只能硬着头皮去拼命。每次拼命每次脱层皮，光头每次看我瘦了，就说："哈哈，你又去考了什么没用的证书？"

然而，我不是冯蘅（黄蓉的妈，黄老邪的老婆）。即便我是冯蘅，有过目不忘的本事，到头来冯蘅强记一本书竟也呕心沥血累死了。何况

　　　　　　　　　　　　此生　未完成

是天资本来就不聪明的我？

我不知道我强记了多少本书，当然开始那些书都比《九阴真经》要简单，然而长此以往，级别越读越高，那些书对我来说就变得像《九阴真经》一样难懂。于是我每一轮考试前的两个星期强记下来，都很伤，伤到必定要埋头大睡两三天才能缓过气力。本科时考试是靠体能，然而到后来考试是拼心血拼精力。

得病后，光头和我反思之前的种种错误，认为我做事从来不细水长流，而惯常地如男人一样大力抢大斧地高强度突击作业，这是伤害我身体免疫机能的首犯。他的比喻是：一辆平时就跌跌撞撞一直不保修的破车，一踩油门就彻天彻夜地疯跑疯开半个月。一年搞个四五次，就是钢筋铁打的汽车，开个二十几年也报废了。

四、环境问题

打下这几个字，犹如土豆背过的那句诗：拔剑四顾心茫然。

这个问题实在太大了，大到我不知道如何去分析，哪怕具体到我自身。然而，若是我不去思考与分析，怕是很多人都难能分析：我毕竟是在挪威学环境经济学的科班出身，这件事在光头的身上更极具讽刺，他的科研方向是环境治理和环保材料的研发。

我是个大而化之的生活粗人，从来没有抱怨过周边的环境多么糟糕。2001 年去日本北海道附近待了段时间，是佩服那里环境不错，却也真没有嫌弃上海多糟糕。2004 年的时候听到岗布（一个日本人）抱怨下了飞机觉得喉咙痛，非常嗤之以鼻，心里暗暗说：我们这里环境那么糟糕，你还来干啥？不如折身回去！

我真正体会到空气污染是 2007 年从挪威回国，在北京下飞机的那一瞬间，突然感觉眼睛很酸，喉咙发堵，岗布的话依然在耳。也许，日本鬼子不是故意羞辱我们日新月异的上海。我们一直生活在这样的环境里当然不敏感，但若是跑去一个环境清新的地方住上若干年，便深有反向体会。同期回国的有若干好友，我们在电话里七嘴八舌交流我们似乎真的不适应中国国情了：喉咙干，空气呛，超市吵，街上横冲直撞到处是车。这不是矫情，这是事实。这也不是牢骚，这是发自内心的感受。

　　回国半年，我和芳芳、阿蒙等无一例外地病倒，不是感冒发烧就是有个啥啥啥小手术。光头嘲笑我们，是挪威那个地儿太干净了，像无菌实验室，一帮中国小耗子关到里面几年再放回原有环境，身体里的免疫系统和抗体都不能抵御实验室以外的病菌侵入。是，我不多的回国朋友里面，除了我，梅森得了胸腺癌，甘霖得了血液方面的病。

　　也许，这只是牢骚。除非国民觉醒，否则我们无力改变这个事实、这个环境、这个国情。

　　网络上查一下，就会有触目惊心的数据：现在公布的数据说癌症总的发病率在 180/100000 左右，也就是每 10 万人中就有 180 个癌症病人。这其中，"上海癌症发病率 1980 年比 1963 年增加了一倍，超过北京、天津的 25%，为全国城市第一位。而上海市疾病预防控制中心癌症监测数据显示，上海市区女性的癌症发病率比二十年前上升了近一倍，每 100 名上海女性中就有一人是癌症患者，也远高于我国其他城市"。

　　也许我看这段文字和大家不同，因为我更加知道每个代表病人的数据背后，都是一个个即将离开人世的生命和撕心裂肺不再完整的家。

　　我并不是说，大上海的污染让我得了癌症，而是自我感觉，这可能是我诸多癌症成因的一个：我不该毫无过渡时间地从一个无菌实验室出来，就玩命地赶论文，在一个存在周边空气污染、水污染和食品安全危机的大环境里……

话说十年前，我有一年的非校园空当，这一年里我工作、考研和去日本。除却日本之旅，我都住在浦东亲戚的一间新房里。新房新装修，新家具。开始新房有点味道，我颇有环保意识地避开两个月回了山东。等从山东回来，嗅着房间味道散去，我也心安理得住了进去。

2007 年房子处理，光头怜惜那些基本没有怎么用过的家具，当宝贝似的从浦东拉到了闵行研发中心用。哪里想到，2009 年他开始研究除甲醛的纳米活性炭，有次偶然做实验，打开了甲醛测试仪，甲醛测试仪开始变得不正常。一般来讲，甲醛指标高于 0.08 已然对身体有危害，而屏幕上的指数是 0.87。清查罪魁祸首的时候，东西一样样清除，一样样扔出研发实验室检测，最后把家具也扔出院子测，结果是，那些家具的检测指数犹如晴天霹雳。

光头立刻石化。

事隔半年，我查出了乳腺癌。医生说，肿瘤的肿块不是容易形成的，癌症的发生需要一个长期的、渐进的过程，要经历多个阶段。从正常细胞到演变成癌细胞，再到形成肿瘤，通常需要十至二十年，甚至更长。当危险因素对机体的防御体系损害严重，机体修复能力降低，细胞内基因变异累积至一定程度，癌症才能发生。

也就是说，我的乳腺癌很有可能是当时那批家具种下的种子，那些癌细胞经历了漫长的等待，伺机等待我体内免疫力防线有所溃败的时候奋起冲锋。

光头无语，我亦无言。这是要命的疏忽，然而，谁能想得到呢？

一日在病房，夜里聊天，我和光头不约而同讲到这些家具，我感慨防不胜防的同时开玩笑："说不定你那个国家专利日后卖得很火，记者会专门报道你：甲醛家具残害爱妻毙命，交大教授毕生创发明复仇之类。"

哪里想到光头歇斯底里哑着喉咙叫："我宁可他妈的一辈子碌碌无为，也不想听到这种话从任何人嘴里说出来！"我突然意识到，我这句话对他的内心来说不是玩笑，而是天大的讽刺。一个终年埋头在实验室发明了除甲醛新材料的人，从来没有意识到自己的爱人却经年累月浸泡在甲醛超标的环境里，最终得了绝症。

落 发

世界上有些事，过程是轻柔温暾水而结局惨烈悲恸，而另外一些事，过程惨烈悲恸但结果其实也无非如此。前者是像我这样忽视健康得了癌症，后者就是化疗掉头发吧。

乳腺癌化疗方案不可避免的副反应是掉头发。

病人里，我可能是最为明白头发是何等重要的先知。我眼睁睁见证过，因为掉头发，一个看上去还可以的非典型性阳光帅哥，迅速蜕化为一头典型性猥琐"衰哥"的全部过程。也许这一描述不是那么确切，因为光头的头发是他主动剃掉的，虽然是"被"主动。

想当年自己还是土豆那么大年纪时，总是喜欢去摸三舅的秃顶亮脑门，可能摸得太多了，让我找个老公是光头还不够，还要我遭遇一次落发秃头。

很多人的化疗反应不同，掉头发的感觉会有很大差异。有些人脱发的时候头痛欲裂、发根发烫，甚至不能把头放在枕头上，只能彻夜斜靠在垫高的被子上睡。有些人则是在不知不觉中万千青丝随风去。对待脱发，病人们的反应也会不同。年老的病人只是抱怨那头发掉啊掉的，满衣服满地都是，打扫卫生很麻烦，索性跑去剃头铺子像出家尼姑一样让师傅剃了个干净。但有年轻女子揽镜自照，昔日的鬓发如云如今轻触即落，甚至会嘶声痛哭。毕竟，中国女子对头发在美丽参数上的赋值还是蛮高的，更何况，青丝如情丝，若因乳腺癌断了情缘，更会触景伤情，叹息"宿昔不梳头，丝发被两肩。婉伸郎膝下，何处不可怜"一景不复在。

我年轻，但是那时看待落发却如耄耋老姬。再或者，我病得太重，顾不得伤春悲秋。化疗之前我全身病痛不能动弹，头发开始掉的时候，倒是有人劝我叫个师傅去剃头，但病房病人们的经验是：化疗前剃头是明智的，化疗开始以后，白细胞比较低，万一剃头时剃头刀划破了头皮，引发感染，那是真的得不偿失了。掂量掂量自己对黑发一点点落去的钝刀捅心的心理承受力，以及剃头划破头皮感染概率的客观不可控，我选择了前者。

若不是因着素日彭老师、陆老师、陈老师这些师长的点滴耳濡目染，我想我可能不会有把生死癌痛化疗当作自己人性淬炼和人生经历的轻松心态。化疗开始，落发开始，我学彭老师去记录人生每一个足迹的做法，开始每天给自己拍照片，去记录这段人生难忘的落发经历。别人掉头发的时候都是用帽子头巾把头捂得牢牢的，也就我能嘻嘻哈哈做出此等另类之事。也怨不得她们落发的时候从不愿意示人，那种过程的确让人无限悲戚怜痛，最可怕的阶段，是头发落得只剩下十之二三的时

　　　　　　　　此 生 未 完 成

候。稀稀拉拉长短不一，偶有微风吹过，那些残留分子还苟延残喘想站起来迎风飘舞，整个一个头犹如长毛山药蛋，而整个一个人的形象真的是人不人鬼不鬼。落发成了光亮尼姑头倒反而漂亮了。

我无奈苦笑着告诉光头："'发如韭，掉（剪）复生；头如鸡，割复鸣。吏不必可畏，小民从来不可轻。'这首诗说的是我的头发，你的头发，哼哼，还不如我的，我能长起来，你是一辈子没希望了。"

我化疗的时候光头一直在病房陪我。我住 58 床，一位周阿姨住 59 床，有位说赵本山家乡话的东北阿姨入院住 60 床。闲聊时东北阿姨问："你说男人咋能生乳腺癌？"周阿姨是医生出身，说出一堆道理，然后告诉她，现在住在 47 床单间的就是一个乳腺癌老头。晚上光头照例等我睡下自己去护士台工作写报告，东北阿姨说："哎呀，原来那个男的光头是你老公啊，我还以为他是病人呢！也像我们那样化疗掉头发。"

一帮小时候跟我一起长大的兄弟，八圈、阿梁、老牛、小于当时叫嚣着剃成光头来看我，我严厉制止了他们的荒诞行为，不可想象一个中学老师、一个老牌销售、一个 CEO、一个公司高管一夜之间光头所产生的不必要的生活震动。

不过，为了不寂寞，2010 年的夏天，我把土豆剃秃了。

由来笑我看不穿

　　我曾在瑞金医院断断续续住院长达半年之久，半年之内接触了三五十个病友。开始住院那阵儿，癌痛难忍，本命不顾，后来不是那么痛了，就开始在病房聊天。

　　我读了两个硕士一个博士的课程，社会统计、社会调查这两门课，我不知道前后重复修了多少遍。幼功难废，故技不弃，自觉不自觉的病房聊天里，我就会像个社调人员一样，以专业且缜密的思维开始旁敲侧击问一些问题。这是自发的科研行为，因为我一直想搞明白，到底是什么样的人会得癌症。有时候问到兴头上，甚至觉得自己就是一个潜伏在癌症病房里的青年研究学者。然而无比讽刺的是，我不过是一个潜伏在青年研究学者中的癌症患者。

　　长期潜伏的样本抽样（n>50）让我有足够的自信去推翻一个有关乳腺癌患者性格的长期定论——乳腺癌患者并不一定是历经长期抑郁的。可以肯定地说，乳腺癌病人里性格内向阴郁的太少太少，相反，太多的人都有重控制、重权欲、争强好胜、急躁、外向的性格倾向。而且这些样本病人都有极为相似的家庭经济背景：她们中很多人都有家庭企业，无论是家里还是厂里，老公像皇帝身边的答应，她们一朝称帝，自己说了算。家庭经济背景其实并不能说明什么，因为来瑞金治病的人，尤其是外地人，没有强有力的经济背景，是不太会在那医院久住长治的。

身边病友的性格特色不禁让我开始反思自己的性格。我很喜欢自己的性格，即便有次酒桌上被一个哥们儿半开玩笑地说我上辈子肯定是个山东女响马，也不以为意。生病后才不得不承认，自己的性格不好：我太过喜欢争强好胜，太过喜欢凡事做到最好，太过喜欢统领大局，太过喜欢操心，太过不甘心碌碌无为。

简而言之，是我之前看不穿。

我曾经试图用三年半时间，同时搞定一个挪威硕士、一个复旦博士学位。然而博士终究并不是硕士，我拼命日夜兼程，最终没有完成给自己设定的目标，恼怒得要死。现在想想，就是拼命拼得累死，到头来赶来赶去也只是早一年毕业。可是，地球上哪个人会在乎我早一年还是晚一年博士毕业呢？

我曾经试图做个优秀的女学者。虽然我极不擅长科研，但既然走了科研的路子，就要有个样子。我曾经的野心是两三年搞个副教授来做做，于是开始玩命发文章、搞课题，虽然对实现副教授的目标后该干什么，我非常茫然。当下我想，如果有哪天，像我这样吊儿郎当的人都做了教授，我会对中国的教育体制感到很失落。为了一个不知道是不是自己人生目标的事情拼了命扑上去，不能不说是一个傻子干的傻事。得了病后我才知道，人应该把快乐建立在可持续的长久人生目标上，而不应该只是去看短暂的名利权情。

我天生没有料理家务的本事，然而我却喜欢操心张罗。尤其养了土豆当了妈后，心思一下子缜密起来，无意中成了家里的CPU，什么东西放在什么地方，什么时间应该做什么事情，应该找什么人去安排什么事情……通通都是我处理决断——病前一个月搬家，光头还依然梦游一样一无所知，莫名感慨怎么前一夜和后一夜会睡在不同的地方。

病后，我才突然发现，光头并不是如我想象的那样，是个上辈子就丧失了料理日常生活能力的书呆子。离开我地球照转，我啥都没管，他和土豆都能活得好好的。无非，是多花了几两银子而已。可是银子说穿了也只是银子，CPI上涨，通货膨胀，我就是一颗心操碎了，三十年后又能省下多少呢？假如爹妈三十年前有一万块，基本上可以堪比现在的千万富翁身家，可是实际上现在的一万块钱还买不了当年五百块钱的东西。

生不如死、九死一生、死里逃生、死死生生之后，我突然觉得一身轻松。不想去控制大局小局，不想去多管闲事淡事，我不再有对手，不再有敌人，我也不再关心谁比谁强，课题也好，任务也罢，暂且放着。

世间的一切，隔岸看花，云淡风轻。

02

我的二〇一〇

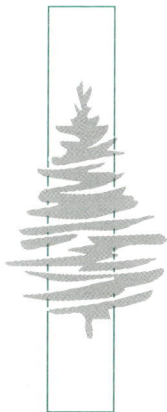

透过生死，你会觉得名利权情都很虚无，尤其是排列第一位的名，
说穿了，无非是别人茶余饭后的谈资。
无论你名声四海皆知响彻云天，也无非是一时猎奇，
各种各样的人揣着各种各样的心态唾沫四溅过后，你仍然是你。
其实，你一直是你，只是别人在谈论你的时候，你忘记了你自己是谁而已。

从 2009 年 10 月的一个晚上说起

每逢岁末年初，我总会给自己半天时间，沉浸在书房里，点灯如豆，任思潮如水，翻卷回荡。一年总是需要一次面对自我的反省，想想得失。

2010 年是我一事无成的一年，却是最有成就的一年。我打算不像前些年去写什么回忆过去展望未来的年度总结，而是把这特别有意义的一年完完整整写出来。虽然回忆这一年会让我很痛苦，但我还是决意去做这件有意义的事情。绝少人会在风华正茂的时候得了癌症，更少人会在查出癌症时癌细胞已然转移到全身躯干骨，剩下没有几个可以在这危重绝症下苟延残喘，而能苟延残喘的为数不多的人中难能有这个情致来"我手写我心"。

所以我自认为我写的这些文字可能是孤本。

我不知道以哪条主线去叙事，所以可能看起来让大家感觉文字凌乱、思路迷绕，那么就原谅我这个让化疗十四次打傻了的脑袋吧。可能我写出来的东西让大家看起来不舒服，因为毕竟我不是在描述香花环绕的美好。

我尽量不去写苦难，因为现在的我，内心深处依然有那么一点试图回避回忆苦痛的懦弱，虽然我可以大声说我已足够坚强，但是，那种黑暗的疼痛实在太可怕了，我不敢不能也不想去把它化为文字。

其实我写这些，只想告诉所有人：再大的苦痛，都会过去。失恋也好，事业失败也好，婚姻破裂也好，哪怕得绝症也好，神马（什么）都是浮云。我不太喜欢尼采，但是我喜欢他那句——

凡是不能杀死你的，最终都会让你更强。

事情从2009年10月的一个晚上说起。

那个学期我带了门二专，晚上课程结束，想起鲜牛奶没了，就骑自行车去大润发买点东西，顺便带一个忘记叫作邓斐还是邓雯的学生回家，她住在大润发附近。行至一半，从旁边黑乎乎的小巷子蹿出个人，车把一闪我便躲了过去，一瞬间一股突如其来的挫骨伤筋的痛从腰间传来，我心里咯噔一下：扭了腰？说实话我是不太相信骑个自行车就能轻易扭到腰的，我十二岁就能双手脱把穿行闹市，不要说自行车，再凶险崎岖的路骑独轮车我都扭不了腰，怎么可能在阴沟里翻船？

虽说感觉扭了腰，我还是硬撑着去了大润发，买了牛奶回了家。第二天悲剧来了，我基本上不能起床，腰如同断了一样，动一动就是豆大的汗珠往下掉。

那阵儿我正忙得四蹄撒欢儿，写书稿，写文章，申请课题，每天都在办公室泡到晚上十点以后。突然一下子腰痛得不能起床，着实非常耽误事。于是丝毫不敢倦怠，接二连三跑医院，接二连三被误诊，接二连三被医生判成腰肌劳损，接二连三吊盐水、推拿、针灸、膏药轮番上阵。谁也不承想，我这种十四年病历卡写不了两行字、风华正茂的人得的是癌症骨转移。医生们不去治还好，腰肌劳损对症下的药，活血通筋，道道都是催命符，两个星期治下来，癌细胞全身骨转移，CT里，乌骨鸡啥样我就啥样，我成了乌骨人。

没人知道乌骨人是什么滋味，稍微动一动，感觉就像锈锥钝刀在磨筋锉骨头一样地往死里痛；也没有人知道，两个星期内突然从活蹦乱跳抱着孩子跳皮筋，变成了不能起床、不能翻身、不能吃饭、不能大小便、完全不能自理是什么滋味，那感觉可能叫作绝望。

去做理疗，谁想到医生一时技痒，非说我脊椎有节骨头脱臼，给我痛压了一下。我一时间觉得脊椎断了一样地痛，冒雨赶到六院，结果被两个科室的医生踢皮球，坐在轮椅上跟走路蹒跚跟跄的老爸来来回回折腾了整整一下午，都说回家贴点万通筋骨贴就好了。我给医生拍了桌子，逼他给我开核磁共振检查单。检查单开出来，竟然要排队排到三个星期以后。

倘若我真的排队等三个星期，那么现在我的新坟已生绿草了。

我有个留学时结下的死党乔乔在挪威使馆上班，按照我厨子老爸的厨房术语形容，我俩关系好得像掰不开的烂姜。（厨子最讨厌烂姜，因为姜块烂了就死活黏在一起，很难分开。）那日我非常郁闷地被抬回家，刚好我的烂姜给我打电话，我自然一番激动。听完我的满腔愤怒后，乔乔不动声色挂了电话，五分钟后回电告诉我，后天去做检查，到了找肖医生！

我的核磁共振花了前一位病人三倍的时间。光头被叫到医生操作室，可能因为朋友关照，那位医生非常负责地把我们留下，特意请相关值班医生下来看图像，一阵窃窃私语后，两位医生非常严肃地告诉光头：她整个脊椎骨呈现弥漫性信号，考虑血液病，或者实体瘤转移，请进一步随访查实。

当日时间太晚，没来得及在六院血检。第二天，因为当时我已经不能随意移动，考虑到路程问题，光头带我去了长海医院血检。门诊血检要两个星期以后才能有结果，而我后来才知道，实际上只需十六个小时，我就可以知道能够确诊的指标。

我们疏忽大意了，因为我们家都觉得这无非是个腰肌劳损，大不了扭了骨头什么的，谁都不认为我会有什么血液病或者什么实体瘤转移。而且其间去过两次医院，医生居然说，脊椎弥漫性信号有时候是机器问题，不要太紧张之类。所以，血检随便它去了，谁也没有想到要找人将血检结果快点拿到手。

我等了两个星期，差点把命耗进去，等到光头拿了结果、打算带我去医院的时候，救护车到来，他都已经不知道怎么下手把我弄到担架上去，因为我已经不能动也不能碰，动一动，就能疼得人事不省。

最后，四个男人扯住床单，绷得像一张纸，把我平移到担架上，周身裹满防震充气垫抬上了救护车。

"她 90% 以上不是骨髓瘤"

　　我这里像本山大叔的小品一样，动不动就要在关键处略去几百个字，因为被抬出国泰路宿舍后的三天是我不能回忆、不敢回忆的惨痛地狱体验，用"生不如死"形容绝不过分。

　　我先是被抬到六院。因为我家人依然贼心不死地以为我是骨伤。光头的一个朋友，我从未见过面的叫作小宋的兄弟，鼎力相助，帮我们通关系找医生，他的丈母娘和老婆陪同推着急救床的我们跑了整整一天。然而，我们能找到的医生看了我的血检报告都非常为难，因为单单从血检报告上看，我不是他们所在科室的病症，而我已经痛得不省人事，不能移动，更不消说去做钼靶、CT、X光等一系列项目，所以不能盲目地不计科室收进去住院。

　　然而不住院，看趋势我基本上就要痛死。陪我看病的杨阿姨皱着眉头，看着已经痛得人事不省的我，想来想去说，要不就去约个PET-CT吧。虽然要折腾那么一下，但不管什么问题都能一竿子捅出来了，不必一个接一个地检查折腾。

眼见天黑了，因为我当时躺在急救床上只能缓行不能疾走，稍有个颠簸就痛晕，经不起救护车上下的折腾，我只好打电话给梁老师，请他帮忙打通关节，让我随便去哪里，能在医院住一夜就行。梁老师是研究社会保障的政要红人，和医院应该比较相熟，尽管六院属于交大附属系统，梁老师依然不负众望，把我塞进一间重症病房。在那里，我度过了今生最为痛苦的一夜。后来我才知道，以我那时的情况，不用任何止痛药，没有几个人能撑得下来。

PET-CT要提前很久预约，据说没个几星期是排不到队的。同事小苏开始出手相救，电话打给他，他沉思片刻只有一句干脆的："行！我想办法！"第二天早上，像运送木乃伊一样，我被运到了华山医院，做了贵族体检PET-CT。光头在窗子里看到看片医生开始一边衔着盒饭一边帮我看片写报告，后来可能我的病情太过危重，他衔在嘴里的炸大排掉了又掉，最后索性放弃吃饭赶写报告，嘴上的油都没有来得及擦就奔出办公室，面色凝重地把报告塞到光头手里，很郑重地说："赶紧抢时间找医生！"

光头看完那个厚得像一本书一样的报告，脸色有点发青。我用仅能活动的右臂接过来看，那个眼晕，我的一副骷髅骨架图都是黑的，旁边乱七八糟的各类骨头名称肩胛骨、脊椎、肋骨、耻骨都标明高发病灶，看了半天才看懂最后一行结论：怀疑骨髓瘤，但是不排除不明实体瘤转移。

我非常清楚骨瘤就是骨癌，令人奇怪的是，我当时怎么就不像电视剧电影里演的那样，知道自己得了绝症后天旋地转两眼发黑。

搞笑的是，这时，手里的电话响了。我最好的死党之一俞靖从挪威回国途经香港，问我需不需要买东西给我。我暗自苦笑却也口气轻松地告诉她，我可能得了骨髓瘤。电话那边不明就里的傻孩子嘻嘻哈哈说："啊，那我应该是第一个知道你得病慰问的人啦！"

她不知道我挂掉电话后，痛得晕死过去。这句话不是形容词，是真实状态，是拍着脸颊叫不醒的那种。

光头的手机联系人中无甚电话可以打，理工科的朋友圈子交际范围，就是雷打不变那么几号做一样实验的人。我的手机联系人里，学医的竟然除了在英国进修读博士的海东，就是一个怀孕待产还没有博士毕业的亚云。"书到用时方恨少"这句话我从来不当回事，有 Google（谷歌）呢。但如果遇到我这样的情况，人到用时找不到，那真是磕头都没有地方拜神，才真应了下半句"事非经过不知难"。

光头一言不发，我没有力气讲话，我可怜的爹妈不知这 PET-CT 的结果到底意味着什么，他们搞不懂为啥看不到哪里生了肿瘤，怎么瘤看不到在哪里还会那么痛。光头沉默了半天，和我商量到底应该选什么医院就诊，他认为应该去瑞金医院，因为骨髓瘤应该属于血液科，而瑞金在这方面挺有名。

想无可想，没熟人在医院里，光头开始打电话给彭老师。

如果说应对我得病的过程中我们有所失误，那么最早的失误之一就是光头给彭老师的这通电话，光头说："彭老师，于娟可能得的是骨髓瘤，我们决定去瑞金医院，您有没有认识的医生啊？"

瑞金医院是交大附属医院，打电话给一个复旦搞人文的院长，现在想来，好比个穷小子给奥巴马打电话："我想去俄罗斯发财，您有没有可用的资源？"

事不宜迟，无论能不能联系到医生，我们都要抢时间冲过去救命了。光头叫救护车抬着我去瑞金医院。我抱着溺水抓稻草的心情给老邱打了个电话。

老邱是挪威留学时高我两届的师兄，我们在奥斯陆并无时间交集，但因着朋友圈子的重合，回国后在一起吃过几次饭，我隐约记得他是做医药行业的。我记得在电话那边的老邱听到我得病的消息后，表示了莫大的惊讶，同时很谨慎地说他不认识直接的关系，试一试想想办法。

就是这个"想想办法"，救了我一条人命。

我被抬到了瑞金急诊。那时我已经出现因周身神经被癌细胞侵蚀痛无可忍而产生的周期性痉挛，任何外界刺激，比如急救车的震动、抽血的针尖碰到皮肤都会产生强而有力的抽搐，没有外界刺激也会不明就里地抽搐。这反应不受主观控制，以至于护士没有办法帮我抽血，也不知道应怎么对症处理，只给我在杂乱拥挤的厅堂里腾挪了一个逼仄的位置，任我自生自灭。

记得社会学有个"六度分离理论"，如果没有记错应该是斯坦利·米尔格伦提出来的。他认为世界上任何两个陌生人所间隔的人都不会超过六个，也就是说，最多通过六个人我就能认识世界上我想认识的任何人。我开始用这个理论讲课一样安慰皱眉沉默的父母。

就在爸妈还没听懂的时候，光头和我打出去的电话开始陆续有了回应。瑞金血液科第一把交椅是一个姓沈的教授，我在急诊室讲"六度分离理论"安慰父母的时候，他在乘飞机。据他说一下飞机他的手机差点被打爆，然而沈教授大汗淋漓直接从机场赶回医院，看完我的病历后长叹一声："她90%以上不是骨髓瘤。"

那个时候，已经是晚上七点。我留在急诊室过夜。

"如果不疼，这小日子过得还是很爽的"

我不知道有多少人在瑞金医院的急诊住院部待过。我虽然在那个地方躺了三天，但是从来没有站起来观其全貌。躺着看，那是一个厅，估计三十平方米的样子，一面墙是自动玻璃移门，最大限度地塞满了急救床、氧气瓶、滴液架。床与床之间间隔很小，偶有家属走动，冬衣衣角就会连带掀翻没有来得及倒掉的方便面碗、便盆什么的。一旦有人进出，自动门会开得很大，冬天特有的阴霾与潮湿之风就会扑面而来，身上盖着老爸特意赶回去取的羽绒被，身下因为当时方便移动，垫铺了毛毯，仍然感觉特别冷特别冷，尤其在凌晨两三点有急救病人进来的时候。

救护人员从救护车担架往急救床上搬我时，放的位置可能有点偏差，我的脚后跟刚好架在急救床床脚的钢边上。没有人想过我不能动的概念是一动不能动，也就是说，我压根儿没有能力把脚跟从那个冰凉的钢边上移开。我告诉我妈我的脚跟很硌很冷，但是她干着急不敢下手抬我，急得左右转悠，实在没有办法，把羽绒衣脱下来，抱着垫着我的脚，直到老爸帮我买了一双巨大的棉拖鞋。很久之后，当我能站立了，我才看清了那双鞋子的左右脚分别绣着"不离不弃"的字样。

置身于一堆生命体征衰弱的病残人群里，不能不说是一种悲哀。病苦缠身已然是事实，也就认了，剧痛难耐，不能耐也得耐也就罢了，偶有寒风刺骨也就忍了，但怕就怕在整个空间有种莫名的气场压得人喘不过气来，低沉阴暗，加之身边病友的哀呼惨叫不绝于耳，似乎亦加重了原有的病情苦痛。

夜里三四点的时候，身边新进来一个病友，躺着被抬进来，但是精气神很好，嘟嘟囔囔嗔怪朋友们太小题大做。这个三四十岁在早点铺打工的河南汉子，起来开工莫名其妙尿了点血，洗手开工和面不知怎的晕倒了，工友就七手八脚把他绑到了救护车上。他醒来怕花钱，试图出院，开始和护士讨价还价。我和妈疲惫不堪被吵醒。哪知道不到六点，他那在浦东做工的老婆赶到床边，人已经叫不应了，不是睡着，是再也醒不来了。

说实话，当初的我在心理承受力方面还是个嫩娃子。夜里，身边的病人接二连三死去，加上突然响起来的恸哭让我很茫然，我不知道我的病比他们重，还是比他们轻，或者说，我不知道我距离死亡有多远。

我不是怕死，我是不知道该怎么办。虽然我可以明显感觉到老师朋友都开始从四面八方聚拢来，形成一张以光头马首是瞻的无形的网，试图尽全力救助正从悬崖往死亡谷底坠落的我。有时候，电话那边只有一句掷地有声的"你说！你要找谁？我帮你联系"，可是，光头和我却全无方向。我们，不知道找谁才能救命。

躺在那样的病床上，等着，干等着病痛蚕食肉体与意志，是非常可怕的。走投无路也许就是这个意思。

老邱的出现，在光头看来，简直是万众瞩目之中，身披金甲圣衣、脚踏七彩云而来的。老邱是我住进急诊室的第一个晚上到的，问了问情况，约好第二天清早陪光头找他的医生朋友。

此后的事情我不得而知。很多当年对我有救命之恩的医生，我至今都没有见过。我只是知道有个叫作糜建芳的医生，看到我的病历，沉思片刻，开始帮脑子已经混沌得不知道白天黑夜的光头梳理头绪，应该如何一步步确定我的病症，应该去找什么医生做什么事情：犹如《西游记》里唐僧师徒过通天河，有神仙那么一指，无尽的滔天汪洋自左右分开，现出一条光明大道。虽说，这条道依然需要我们一步步自己走，但是好歹是有路了。

我更知道有个叫作金晓龙的病理科主任。光头几乎是贸然拜访，踢了人家的办公室门，火烧屁股般地闯进去问哪个是金晓龙医生。金医生一头雾水地被按着头看了病历后，沉吟片刻问："病人现在用什么止痛？"

光头说："没有止痛。"

金医生倒吸一口凉气，定定看着光头慢慢地说出一句话："正常情况下，一般人到她这个地步，差不多痛都能痛死的。"光头对我的崇拜之情刹那间犹如黄河之水滔滔不绝，因为，我基本上，除了移动震动的外界因素，从来不叫痛。

金医生可能悲悯我这个年轻妈妈，几句话讲解了他的想法，基于我非常特殊的病情，救火一样摸了电话，开始联系他认识的最好的医生给我做骨髓穿刺、CT引导病灶穿刺。

骨髓穿刺需要病人至少有五分钟不能乱动，而我会时不时抽搐。这点很致命，也因为这个，我在六院付费交钱后被推进手术室又被推了出来，医生不敢做，医生怕操作期间我的无名抽搐会导致取骨髓的时候出医疗事故，一旦如此就意味着我要瘫痪一生。

是否要骨髓穿刺，对我来说这个决定非常艰难。我用了很漫长的一分钟的时间，最终选择了骨髓穿刺。不知道为什么，冥冥中，我相信我肯定可以控制自己，哪怕这些反应就像膝跳反射一样不会被人主观控制。

因为不能移动，我只是被从那个简易病房的病床堆里推出来，推进咫尺之遥的ICU，靠着那个磨砂玻璃门开始骨髓穿刺。除了医生的手术包和一次性手套之外，四下环境没有什么灭菌消毒之类的说法，到处奔走的家属和病人可能撞到医生。我当时最担心的，不是卫生情况，而是在医生的道具斧锤进入我骨髓深处的时候，那个磨砂门突然被打开。

一个非常可靠且温柔的男医生耐心等了我四十分钟。这四十分钟里，我只是做了一个正常人不消一秒钟就能做到的动作：侧身，调整体位，找一个我能做到的姿势，方便医生做手术。我能做到的体位可能距离医生的希望很远，那位医生是跪在地上帮我取骨髓的。

具体如何操作，我虽经历了但依然不明就里，我只记得抱着救护床栏杆保持侧身，然后听医生"嘣嘣嘣"，似乎在拿一把锤子把锥子一样的东西敲进我的骨头，其间开玩笑说："你的骨头好硬啊。"

光头扶着我的腿防止我抽搐，所以目睹全过程。我自始至终没任何动作、声响、表情，甚至手术完成后还开玩笑地谢谢那位下跪的医生，因而获得了光头由衷的佩服和崇拜。

骨髓穿刺，不如我此前想象的可怕。可怕的是 CT 引导病灶穿刺。依然是骨穿，但是因为上了 CT，我痛入生命的深邃，几近丧命。原谅我，我至今不能面对这段回忆。

似乎是做好 CT 下引导穿刺的那个夜里，我有些撑不起了，无助而无边的疼痛里，我似乎看到属于我的那盏生命的油灯，一点点暗淡，一点点泯灭。凌晨两三点的样子，身边有个不知名的病友停止了他的生命。惊天动地的家属悲恸声中，我叫来闭目养神但一直睡不着的妈妈。我说，如果我去了，在上海火化，然后把我的骨灰带回山东，在那片我曾经试图搞能源林的曲阜山坡地里随便找个地方埋了，至少那里有虫鸣鸟叫、清溪绿树，不要让我留在上海这种水泥森林里做孤魂野鬼。

妈妈无言点头。我嘱咐她，土豆每年生日的时候，带他去看看我，顺便也去过过村野田园的生活。我让他们一定照顾好自己，只有照顾好自己，才能在关键时刻替我照顾土豆。说这个的时候我有些控制不住，我在拷问自己，究竟放不下的是土豆还是自己的父母。我知道土豆会有很多人爱，光头会照顾好他，而妈妈和爸爸是我最不放心的，但是不懂为什么，我却最不舍得那个刚刚学会叫妈妈的胖滚滚的娃娃。那一刻突然想到了《红楼梦》里的《好了歌》，想到那两句"世人都晓神仙好，只有儿孙忘不了"。

我甚至想，哪怕就让我那般痛，痛得不能动，每日像个瘫痪病人，污衣垢面趴在国泰路、政立路的十字路口上，任千人唾骂万人践踏，只要能看着我爸妈牵着土豆的手蹦蹦跳跳去幼儿园上学，我也是愿意的。

光头顶着明晃晃的脑袋在天亮的时候带来一个好消息，他七弯八拐终于找到了 J 医生，不等我的检查结果出来，当机立断直接抢在元旦休息前把我推去了二十楼。因为那天是 12 月 31 日。没有人知道，如果我在急诊室不用任何药物，等到元旦假期结束会是什么结果。

二十楼是院中院，名叫瑞安，是瑞金和香港的合资医院，医疗环境与急诊室天壤之别。在我病情如此危重而且没有任何检查结果的时候，任何一个科室的医生纵然再可怜我，也是不敢贸然收我入院，刚愎下药。瑞安是最好的过渡选择。去瑞安似乎不需要特殊关系。只是，我们从来都不关心这种信息。

有时候，一句话就是一条命。

进了瑞安的第一件事是猛嗑止痛药，先几粒，掐着表观察反应，不管用，然后一把把地吃，效果也不是特别明显。后来决定用强痛定止痛针，结果悲剧的是，我当时太痛了，以至于神经性抽搐，打针会有自我保护一样的反应，臀部肌肉太过劲猛，针很难扎进去。好不容易扎进去了，护士吃奶的力气都用光了，就是推不动针管。再后来，用了止痛贴，四张。我瞟见护士手里那个包装上写着：四十岁以上非癌症患者禁用。后来，等我可以下地活动，可以整理东西，有机会能读说明书了，才知道这个东西贴多了或者贴的位置不对，会影响心肺功能，有生命危险。

无论怎么说，我可以止痛了。我躺在那张美国进口的电脑升降病床上，听着电脑里的《春江花月夜》，那是光头找来的抗癌音乐。父母侧立在左右，我闭着眼睛非常享受没有疼痛的时光，信口说："如果不疼，这小日子过得还是很爽的。"

没想到说者无意听者有心，老妈先是扑哧一笑，然后流泪了。后来，这句话成了我生病期间的著名语录。

做个有胆气、让医生佩服的病人

J主任是我的主治医生，我非常想用戴着金丝眼镜的干枣来形容他那慈祥而多皱的面庞。他具有癌症科室医生所必需的耐心、乐观和慈爱，艺高胆大，该出手时绝对出狠手下猛药，病情一旦控制住却又非常谨慎，能不用放化疗就不用，毕竟，放化疗没有一样不是剧毒，没有一样是伤你有商量的。

话说抬我入了二十楼，J主任神情严肃地把光头揪出去，门是虚掩的，我依稀可以听到J主任狠狠剋起惊魂未定的光头："你是她爱人？""你是做什么的？""你还是个老师？应该有文化的吧？""病人病成这个样子，你才送进来，你之前干什么去了？""我接了好多电话，都是你的朋友让我照顾你们。可我看，你早干什么去了？再晚两天，你直接送太平间吧！"

我听到那番话，好一个幸灾乐祸啊……虽然，祸在我身上。但是有人站在我这边训我老公，指责他关心我不够，莫不畅快。

不过，过了几日，我就畅快不起来了，我发现J主任和光头两人语言对接有问题。J主任作为医生，用的是大众交流语，癌症这种病和其他病症不同，多的是人财两空的事情发生，很多用药是要同家属商量讨论定方案的。而光头，第一次和医生打交道，当头来就是性命攸关的探讨，很容易出偏差。加之J主任可能对这个"置老婆重病于不顾"的麻木书呆子心里很有看法，因此交流障碍罄竹难书。

比方J主任问他："你们经济实力怎么样？"

光头就会直愣愣地说："您只管治病，别管经济能力！"

J主任习惯性地托托金丝镜，看着这个穷得连头发都长不出来、只能用家乐福特价九块九的帽子遮住头皮的人，说："如果我们用赫赛汀的话，一支两万五，每二十一天用一次，常规是动过手术的人用一年，像你爱人这样可能一直要用下去，不能不考虑现实。"

"大不了我一辈子不买房子了，她的命好歹比一套房子值钱吧，我总要给我儿子一个交代。"光头眨眨小眼睛。

我虽然对为救我命穷其所有的光头深表敬意，但是这种说话方式明显过于冲动硬气，缺乏必要的沟通技巧。哪怕你想表达的是这个意思，但是对白口气也要柔软理性，否则医生只能感觉你勇气可嘉，或者觉得你不但没有头发，还没有脑子。

果不其然，光头在医生那里没有博得好感，光头和J主任谈过两三次就自甘败阵："怎么办啊？他不喜欢我……"

光头第一次开始因为不能讨好别人而感觉沮丧：让医生喜欢自己，注重点自己，多花点心思，哪怕是多看一眼，是每个病人和家属多么灼热的奢望。

学会和医生交流，是病人和家属的第一课，也是第一关。 更多时候，这种交流技巧对病人很重要很重要，塞红包简单粗暴，需要彪悍的为人性情，于病人家属、于医生都有着莫大的风险。塞红包，病人家属的经济压力大，然而不塞红包，病人家属的心理压力大，若是被拒了红包，那个不安难受忐忑难以言表。相比较而言，言语交流就轻松很多。虽然这点是我弱项，更不懂如何让别人在短时间内喜欢不卑不亢的自己。但是，我是病人，病人直接交流远比家属来得坦荡柔弱。大凡医道中人，多有慈悲心，看到垂死弱病之人难免心生悲悯，即便被病人磕碰冒犯也不太在意。所以我的经验是，如果可以做到让病人直接和医生交流，那么最好直接对话。

不过，据我了解，很多癌症病人自己并不知情，像我这种厚脸皮可以直面生死、和医生讨论自己活两年还是活一年半的病人很少。

真诚鼓励和我一样身有疾痛的同志们，既然我们已经被迫在人生钢丝上悬走，那么不如自己睁大眼睛自己攥紧那根平衡杆，做个有胆气、让医生佩服的病人，让他对你另眼相看。

J主任医术高明，为人和善，唯一的缺点就是太著名。著名的医生有不计其数的病人，不计其数的病人会让医生分外繁忙，分外繁忙会让医生忘了你是谁。在头两个月的治疗里，我一直被J主任叫作孙娟李娟王娟刘娟林娟，叫我于娟的概率比百家姓任意组合的概率高不到哪里去。起初我还试图去纠正他，后来想通了，无论他叫我什么，我都微笑。我不怕他把我的病情病症搞错，因为我学会了每次见面都能以最短最精确的语言，描述一遍我得了什么病，用了什么药，现在什么反应。

在我抽完血的数个小时后，J主任仿佛踩着风火轮，行走如风地来了："王娟啊，你的情况不是很好，我们决定给你用药了，先把高钙血症对付过去，我们怀疑你至少得了骨溶解症。"丢了这句话，J 主任就不见了，我知道他要抢时间去拯救其他病人。我一头雾水，光头把脸贴到电脑上，一手拿鼠标，一手拿检验单，查什么是高钙血症，什么是骨溶解症。

他查到了结果，但是当时没有告诉我，之后我才知道，高钙血症是指血清离子钙浓度的异常升高，可发生高钙血症危象，如严重脱水、高热、心律紊乱、意识不清等，患者会死于心搏骤停、坏死性胰腺炎和肾衰竭等。我当时已经接近高位指标了，所以有无力、头痛、失眠、食欲减退、恶心、烦渴等症状。

骨溶解症则更为可怕，骨溶解症又称为戈勒姆综合征、大块骨质溶解症，是一种罕见的综合征，迄今文献报道病例也就近 200 例。因为 J 主任发现我整个躯干骨发生了多发性骨溶解，尤其是在锁骨、肩胛骨、肱骨、脊椎骨等地方。骨溶解症严重的病人可能会脊柱横断导致截瘫，累及大血管引起大出血。

光头没有瞒住我，因为这一天一拨拨的大中小医生都小步跑来告诉我，不能乱动，一点也不能动，和蔼的女医生告诉我不要起床，不要猛转身，不要弯腰。我唯唯诺诺点头答应，心底暗笑："我倒是得能起床转身啊，你知道我多痛吗？"

奇怪的是，那一支价值三千多块、豆奶大小的注射液打进我的身体后，我的血钙居然就正常了。不正常的是，那夜，我发烧打摆子 41.4 摄氏度。之前换病号衣我不能起身穿衣服伸袖子，衣服是前后反穿，后背敞着没有系扣子。高烧那夜我脑袋烧糊涂了，不认识光头了，夜里三点看到这个胡子拉碴的猥琐光头男，又发现自己衣不蔽体，于是双手抱胸一阵狂叫："你是谁？我不认识你！走开！我要叫人啦！信不信你靠近我，我咬死你！"

此事成为我在光头手里一辈子的笑柄。

我不是一个人在战斗

　　我曾经以为，我是一个平凡得不能再平凡的女子，我的家庭是平凡得不能再平凡的家庭。爸妈没有多少文化，勤劳质朴做个本分人是他们的终极幸福。老公出身蒲柳，和我一个版本，也是苦学改变命运的教书匠。对于这种近乎平庸的平凡我已习以为常，三餐一宿，衣食无忧，想房想钱想课题，我和光头一如小说里所有的夫妻那样平淡爱世俗，老爸老妈一如电视剧里所有的老人一样操心爱唠叨。如此骨肉血脉贴肤相亲的人们，我再熟悉不过的人们，却让我大跌了眼镜：我从来没有想到，碌碌庸庸的家人们深藏在无尽岁月里的，居然是如此强大的内心。

　　我在诸多止痛药片和止痛贴的帮助下，止住了来自周身时刻骨折般的疼痛，躺在床上望眼欲穿地等着 CT 引导穿刺的结果。光头顶着颗明晃晃的光头在医院各个楼层上蹿下跳。终于，傍晚时分，他拎着个红色的 PET-CT 袋子低着头闷声不响进了病房门。

　　我问："结果出来了？"

光头闷闷地："嗯。"

"什么结果？"

"乳腺癌。"

"啊哈哈哈……"整个病房响起了爸爸、妈妈和我一家三口如释重负的朗声大笑。那种久违的如释重负就像某年某月熟悉的考试发榜，虽然分数很差，但是要庆幸是六十分，不是不及格呀。愚蠢而医盲的我和爸妈都高兴极了。太好了，乳腺癌，不是肺癌，不是骨癌，而是乳腺癌，我不能没肺，不能没骨头，但是我可以没乳房。乳腺癌，如果我注定是癌症患者，那么，让我勇敢地接受我是乳腺癌患者这一现实吧！

光头推推眼镜没有说话，脸色阴沉得可以滴出水：也许只有他知道，乳腺癌也是可以死人的，而我那时那刻，距离死亡，也许就是那么一线之隔。

"不要轻敌，乳腺癌也是癌症。"光头不忍多说，却不能不说，"情况比我们大家想的要好些，但是乳腺癌转移了，也不能掉以轻心。不过，肯定没事，你能扛过去的！"

"哈哈哈哈哈！"反正就是高兴啊，我们一家三口仨白痴哪里管光头杞人忧天，开始兴高采烈去讨论骨癌危险啊，肺癌危险啊，好在我结婚生子了，乳房没用啦。护士进来送体温计，以为我家中了彩票，怎么会那么手舞足蹈、欣喜雀跃。问清原委，原来是刚刚知道我得了乳腺癌。护士没说话，保持着职业微笑。

现在回想，无知是多么可怕，无知又是多么可笑。

不久之后，我发现一张带有光头特有的如同女人般秀气的笔迹的便笺条，非常明显是光头一边打电话一边无意写下的，上面散散落落写着：五年，生存期 20%，不容乐观，最凶险，HER-2+ 的字样。此外还有一个人的名字，被铅笔描得很粗：沈坤伟。

我无言地愣了很久，那个时候，我不懂 HER-2+ 的意思，不懂所谓凶险的意思，我甚至简单地认为，100 个人里我只有考 TOP20，才能活过五年。现在想来，能有 20% 的概率活过五年是多么幸福的一件事啊，而当年，我无比沮丧。

我把那张字条无声地递给妈妈，妈妈飞速地看了一眼，微笑着说："咱不怕，咱都不信邪。你肯定没事的。"老爸也探过头来看了一眼，一贯妇唱夫随的他也提提嗓子自己给自己壮胆说："对，不信！我也不信！"

我没有告诉光头字条的事情，他当时正在废寝忘食地以准备高考、准备考研的精神投身到一堆有关癌症的书里。尽信书不如无书，他一腔热血、一片苦心、一番刻苦的钻研实践，差点让我命丧黄泉，这是后话。

家人的不信邪，大概因为无知。父母认识两个乳腺癌朋友：一个和我妈妈年纪相仿，存活二十多年，硬朗得打得过我爸爸；另一个和我同年同月同日生，还取了一样的名字，早我两年得病，如今已经去上班了。所以，理所当然，在他们眼里，乳腺癌如同崴了脚脖子，躺几天就好。他们不知道，乳腺癌也是会死人的。

然而此后一年多，当我的病友一个个轰然倒下，父母、公婆和光头的种种反应让我油然生敬：他们真的无所畏惧，从来不担心我是下一个，从来不担心我会有一天撒手走掉。他们只是每天做着自己力所能及的事，满心欢喜地憧憬和期待着我重新站起来的情形。老爹每日四点半起床，熬中药、熬灵芝、熬五红汤、熬枫斗水、熬绿豆水，然后瓶瓶罐罐装好挤第一班公交车、挤第一班地铁送到医院或我租的房子。光头严格遵守土豆教给他的《弟子规》，"亲有疾，药先尝，昼夜侍，不离床"，除非特别脱不开身，一般都是他守着，喝水喂饭端屎端尿，我睡多少夜医院，他睡多少夜躺椅。病友都笑我高档，拿个博士副教授当丫鬟使唤，听他一边扶着便盆一边给自己带的博士硕士布置实验，一帮老太太连番感叹，啧啧连声。我妈不知道算不算最辛苦，却是最最心苦。她不能守着我，哪怕再担心再揪心再痛心，依然要在山东，做她那摊事和我在山东未竟的能源林公益。她是我亲妈，所以她知道我那一刻最需要的是家庭"生活在继续"的有条不紊，以及社会心愿的未竟之事有人继承，不是多一个人伺候屎尿。我理解所有的所有，虽然我们母女没有比心有灵犀更多一点语言去交流。妈妈说："我明天回山东。"我说："好，你走吧。"

我知道她在为我做什么，犹如她知道我懂她为我做的一切。

家人的安之若素、处之泰然其实堪比良药仙丹，那种难以言表的强大内心也许不是每个家庭都有的：我不是一个人在战斗。虽然这个无声的舞台上只有我在孤军奋战，但是我有无穷的力量和信心。

有关"是否做手术切掉乳房"的讨论

　　确诊之后，处处为病人着想的 J 主任风风火火冲过来，把我从二十楼的瑞安搬到了二十二楼。这不是两层楼的区别，这是全部按照香港标准自费和纳入社保三甲医院的区别。粗算算，我在二十楼一个星期烧了四万多不到五万的样子，最重要的是，对我的处理只是止痛、打择泰降低血钙。说实话，瑞安医院是我生命的转折点，我非常感激瑞安温暖、安静的病房，温柔轻语的漂亮护士，哪怕只给我安慰从来没有太多建议的医生们。这段等待确诊的时间是我生命中最为脆弱和无助的时间，是瑞安给了我足够适应过渡的空间和时间。国内其实非常缺少有如此理念和硬件的肿瘤中心，哪怕不做别的，只是给肿瘤病人内心的抚慰和单一的止痛。

　　这家医院半年后因为贩卖药监局未批准的肿瘤药物而被迫关闭，卷入无尽的官司纠纷，对此我深感惋惜。

　　我的病床被推上二十二楼。两张床兴师动众地并排在走廊，我吃足了止痛药，贴满了止痛贴，所有人看着我用了半个小时一点点一点挪动着换床。想当年年纪之轻、病情之重轰动了整个楼层，也算得一时间的新闻人物。在阿姨们的啧啧惋惜声里，我微笑着说："阿姨，你们别看耍猴了。"不知道当年围观看猴的病友还有多少活在人间，又有多少已经驾鹤西去。

往事不堪重记省。

二十二楼，是个乳腺诊治中心。全部是乳房问题女，一个个年龄各异、被割了乳房的少奶奶拎着引流管散步是二十二楼的一大景观。妈妈喜滋滋跑进来说："这里好多好多乳腺癌啊，都活得好好的，就是割掉二两肉嘛，咱不怕……"

同病房有个四十七岁的大姐，听了妈妈的话，又看看病床上的我，连连摇头："啧啧，那么年轻，动这种手术，她老公同意吗？"

"为什么不同意？"我没心没肺地问。

"我老公就不同意我切除，所以我做了保乳。喏，三年半复发了，唉。"阿姨恨恨怨怨。

其实良久之后，我才知道，保乳与不保乳，与复发和不复发根本没有相关性。但是那个时候我什么都不懂，压根儿没有能力去安慰和平复阿姨的心。

OK，我是不是要做所谓的切除手术呢？光头当时在奔忙我的转院手术，我的内心开始翻腾，开始思考如何去和他商量这个原本我认为不是问题的问题。

我是一个性别意识特别模糊的人。我的世界里，只有好人和坏人、好玩的人和不好玩的人、强人和凡人等诸如此类依照人的品质性情的分类方式，男人或者女人的分类法，只有在公共场合去 WC 才想到。当然也有例外，在欧洲和师妹们旅游的时候，女用洗手间排起长龙而男用卫生间空无一人的时候，我会理直气壮一脚踹了门去男卫生间，倒不是特别内急，而是认为自己的时间不该用在等别人撒尿上。

虽然就客体肉身来说，我是个虽不标致但是非常标准的女子，然而意识形态上我却一直非常茫然于男人和女人在社会、心理方面的定义。研究生期间选过性别与社会之流的专业课，仍丝毫不能帮到愚钝且死活开不了窍的我。不谙风韵，不解风情，哪怕偶尔意外成为别人眼里的风景。

做女人是需要天赋的。我很佩服那些把自己作为女人的资源用到极致，哪怕没有实体资本却可以营造女人魅力的女人。我怕是这一生踩了风火轮，也难以望其项背。所以，窃以为，女人没有乳房没有什么大不了，我没有乳房更没有什么大不了。人生的意义如果仅仅停留在胸前四两肉，那么岂不是太不好玩了？

但是我不能不问问光头的想法，因为我曾记得婚后不久他坦言对我的一见钟情，印象深刻的尤其是他提到，曾透过男式 T 恤和背带裤目测到我至少 75B，并且试图用数学公式去推断上凸弧形。

事实上他错了，我穿 75B 的罩杯有点小。我在选择罩杯的时候总是要纠结一番，75C 有点大，75B 有点小，想来不喜欢罩杯有点空，于是会去买 B。反正也没有不舒服，只是会扑出来点而已。也许所有女生下意识里都喜欢盆满钵满，连我这个没有性别意识的伪女子在内：女人的

　　　　　　　　　　　　　此生 未完成

bra犹如男人的钱包，男人谁也不会嫌钱包厚。但是男人的钱包扑出来顶多丢点钞票，而女人若是选小点的bra让乳房扑出来，却很有可能因为气血不畅而瘀滞成了乳腺癌、纤维瘤。

我小心翼翼问光头："如果我需要动手术，割掉乳房，你同意吗？"

光头当时在把便盆放回床架，他抬起明晃晃的光头，非常惊异地问："为啥不同意？割掉割掉割掉！！"那口气，就像发现菜篮子里有个烂了一半的发霉西红柿，赶紧扔，唯恐扔得不快。

"嘿！嘿！嘿！你能不能装出一点丈夫对妻子身体的留恋？毕竟我还是个75B+好不好？弧线你算过啊，难得的。"

"有啥用？儿子都喂好了呀。"

光头有时候经常会让我陷入无语状态。他和我从某种意义上说是生活在两个世界的人，脑里除了化学方程式就是化学方程式，有时候我很难找到自己的试剂去和他发生反应。但他和我在现实里却是一对和谐夫妻，这点让我至今都觉得不可思议。

一旦我陷入无语状态，光头就会格外重视，以他的化学头脑，很难猜想沉默的我的想法。于是我的沉默经常会引发一场长谈，或经典精彩，或陈庸无趣。不过自得病起，我们共同经历了是否割掉乳房、是否舍弃卵巢、是否需要卖掉房子的讨论，每次都会让我对这颗充满化学分子式的光脑袋油然生敬，并由此去思考"男人到底是什么"之类的哲理问题：我实在太不懂，太看不懂男人了。

光头和我有关"是否做手术切掉乳房"的讨论，详细描述了一个二十二岁男孩成长为三十七岁男人，对于异性漫长的心理成长过程，因而让我有机会了解一个二十二岁男孩对待75B+的猥琐想法，以及三十七岁男人对女人的本质要求。他说他已经不再是二十二岁了，不再是看到女孩的"S"曲线就会血脉偾张的年纪，如果一个男人到了三十七岁还去计较女人胸部到底几两肉，无疑只是下半身思考的男人。他说他只在乎我活着，让孩子有妈，让他有老婆，哪怕只有聊天讲心事的功能。至少，他知道心放在哪里，每天就会很安心地睡去，夜里抠鼻子，也会在黑暗里被背对背的我发觉并笑骂的感觉很好。

也许，夫妻就那么简单。

也许男人有很多分类，嗜肉的食草的天性使然，只有种类不同，没有好坏之分。前者喜性爱，后者爱思想。光头是后者。或许我十七岁那年的决定是正确的，我不能彻底信任我的75B+是否可以跟随我一生，但是我能保证我的性情思想永远属于我。

"我尽量起床看看吧"

正当我们调整心态、踌躇满志准备好了一切，问 J 主任我什么时候做手术的时候，J 主任有点莫名其妙，哈哈大笑："你？你做什么手术啊？那么年轻，割掉多可惜，留着吧，我们直接给你化疗吧。"J 主任很忙，丢下这句话便步履生风地走开了，他的时间是病人的生命。我使了个眼神，光头连忙追出去问个究竟，然后无功而返。或者他问到了什么，只是当时没有告诉我。

总之，我是个错过手术机会、癌细胞弥漫整个躯干骨的晚期病人。乳房上那点子癌细胞去不去掉根本可以忽略不计。舍掉乳房都成了奢望，我当时真恨不得可以把自己很是喜欢和骄傲但现在却给我带来无尽病痛和绝望的乳房一把抓下来喂狗。算了，不喂狗，免得小狗得乳腺癌。

然而决定了化疗之后，我又遇到了重大挑战：我的乳腺癌，是通过 CT 引导下的骨髓穿刺骨的转移灶确诊的，95% 应该就是乳腺癌。

然而我乳房上的肿瘤太小太小，不如一粒花生米大，摸上去似有似无。金晓龙主任提醒我们最好是有原发灶的穿刺才能100%确定，否则万一上了化疗，原发灶消失，而以后又复发，会造成不能确诊到底是不是乳腺癌的情况。虽然概率很低，但是这种情况一旦出现，就一个字——死。

然而，我那个原发病灶太小太小，即便穿刺，也有可能逮不住它。二十二楼负责放化疗的L医生是一个非常慈祥温柔的阿姨。可能是可怜我的年轻和病重，她对我很是优待，她揪来了光头字条上的沈坤伟。著名的沈坤伟一进病房，痛得龇牙咧嘴的我就乐了。他是个准光头，中间溜冰场四周铁丝网的那种，非要用地方支援中央的策略，用有限的头发遮盖无限光亮的光头。

人若是病了，若是失去健康了，会主动丢弃很多东西。那个晒了bra没收好的羞涩的我，袒胸露乳，任所有的乳腺癌医生摸来摸去按来按去。沈坤伟摸了半天说："难度挺大，不过很可能穿刺穿得出来。"

我很勇敢地说："我去穿刺。"这件事，我很勇敢，因为，当时我全身剧痛无比，根本不能移动分毫，去穿刺意味着我要再一次经历CT引导下穿刺的苦痛。事实是，上天总会奖励勇敢的人。第一次化疗之后，我的原发灶真的如期消失。八次化疗之后，准确地说，我是在打第六次化疗的时候，我又真的复发了。若没有这一次的拼死穿刺，我真的死定了。

定了做穿刺手术之后，冲进来两个男医生，帮我安排穿刺。其中一个五大三粗满脸横肉，声音也瓮声瓮气。我从心里很怕很怕他。医生交代几句，便出门去。只听邻床的病人家属说："啊哈，是屠夫王建帮你做手术啊！你走运啦！"

　　我不懂这"走运"二字的具体含义，不过我觉得家属送他的外号极其恰当。不久之后，我真正明白了我的走运：我的肿瘤太小，穿刺穿了十几次，把整个左乳房和腋下打成了蜂窝煤，同时还发生了穿刺打出了麻药区的悲惨故事，另外一个医生愣是没有逮到我的花生米。而面相如屠夫的王建，接过那个让我瑟瑟发抖的穿刺机，轻松两下搞定。这倒不是重点，重点在于，虽然他能肯定他逮到了癌肿瘤，但是还是自己飞速送去检验室做冰冻切片，给我盖了条被子躺在手术台上等待结果。那时赶上吃饭时间，小护士们和那个最先失手的医生都去吃午饭了，只有他陪着我有一搭没一搭地聊天，我一直不知道他为啥一直让我躺在手术台上，直至后来他亲自跑去取了我的加快切片结果，才如释重负地说："走吧！回去吃饭！"他说他虽然99%肯定穿刺穿到了，但是还是怕万一判断失误，如果没穿到，他可以接着帮我再做。他知道我折腾一次上一次手术台的难，他也知道这一次穿刺对我来说意味着什么。

　　此后住院，我又几次遇到了面如屠夫心如菩萨的王建，他只嘻嘻哈哈大大咧咧地打着哈哈，他是威海来进修的医生，五一之后回了山东。至今我从没有机会感谢他，感谢他的妙手，感谢他的仁心。

　　谢谢你，王建。我自生病，流泪次数有限。然而回想此前手术台上的一幕幕，回想你看似有一搭没一搭，而实际在帮我放松心情、抚慰紧张的一句句，我便泪流满面。

　　王建帮我穿刺出来罪魁祸首，我便进入了化疗阶段。

对于化疗，无甚好说，没有经历的人会认为很可怕，发须落尽，十指发黑，形容枯瘦，寝食难继。然而对化疗过的人而言，也无非就是发须落尽，十指发黑，形容枯瘦，寝食难继。

世上很多事，没有经历之时，你会认为非常可怕惊骇，而确确实实落在你头上，需要你迎头赶上，你要知道，万事无非如此。世上万事并不可怕，你认为可怕的次数多了，也就成了可怕。

化疗药物有千万种，搭配方案有千万种，而各形各样的人有着千万种不同的体质，化疗的反应差别之大让我大开眼界：我看到过打了化疗每日吐二十几次、每次都吐得出胆汁的李阿姨，别说下床，说话都有气无力；我也遇到过打好化疗立刻生龙活虎下床去赶着打麻将的大姐大；我遇到过化疗一定要吃甲鱼黄鳝，一顿不吃就觉得自己命在旦夕，肯定撑不过今晚的李妈妈；也见识过三天化疗三天就只喝开水的曹姐姐。

我的化疗反应并不是最为痛苦的那种。在病房里，遇到的痛苦的人多了，也就不认为自己痛苦了。虽然在别人眼里，我才是最痛苦的那个。但是，活着，就没有什么好抱怨的。

我的方案应该也算作常规方案，环磷酰胺、泰索帝和表阿霉素三者齐上。我的不常规在于，每一种药物我都是用足了人类的最大耐受量，并且初期见效，后期一边打化疗一边指标飙升，打到人实在不能继续承受，只能选择赫赛汀。我的反应也算得常规反应，前三次化疗的前三五天会呕吐呕吐再呕吐。然而非常规的受罪在于我是全身躯干骨转移，化疗呕吐，我不能起身，不能翻动，不能大肆擦洗。脏也就算了，最可怕的是每一次呕吐都会带来整个胸腔腹腔的骨痛。现在想想，也就会心一笑，没什么大不了，过来也就过来了。

最初我的化疗效果不错，全身骨痛逐渐消失，开始能慢慢在床上拉着床栏转身、翻身，床摇起三十度也能倚床而坐了。然后一个个医生鱼贯而至，非常严肃地警告我：你可不能动，尤其不能下床！你的脊椎骨都是黑色的，就像树干被虫子蛀过一样，都不承重的，万一折了，全身瘫痪，生活质量就会很低。

没人知道我对这句话的真实感受，我的脊椎骨已很难承受我自己的躯体。更没有人知道，一年后的某日，土豆在小区玩，突然一辆车冲出来，我忘记了自己全身是虫蛀的整副骨头，一个箭步冲过去，抱起三十八斤的土豆快速趋至楼门口。我知道我不能做如此危险的事情，但这是本能，不容思考。

当年的我想不到一年之后的样子，只能乖乖就范躺着，直到 J 主任百忙之中想起我，突然冲进病房发现我仍然蜷缩在床上，便说："于娟你可以起来了，你躺着像只大象一样，消化排泄系统都会出问题，我怎么医你？"

我怯生生地说："医生不让我起来。"

哪里知道这位骁勇的 J 主任立刻一阵风一样冲出去，叫来该楼层所有在值医生围了我床一圈："你指出来，谁不让你起床的？你不起床就回家躺着！"我飞速浏览了一下满眼的白大褂，发现每个白大褂都非常小心地交代过我不能起床，于是只能做了个无奈苦脸："我尽量起床看看吧。"

然后，在吃了三根虫草的一个午夜，我吊好盐水，按捺不住全身的不适，突然坐起身来。那是我进此家医院后第一次坐起来看到这个房间的全景。第二天，我站起来了。

　　脊椎骨没有断。

命，我所欲也，卵巢亦我所欲也

J主任让我站起来有让我站起来的理由，同时，他也有让我站起来的手段和杜绝我脊椎断折的防治措施。那就是：把重要的承力骨放疗。

因为我的CT、骨扫描结果都非常悲催，整个图放眼望去一片漆黑，犹如一棵经年被虫子啃蚀的树干。J主任在CT定位室的玻璃隔间坐了很久，不知道该如何下手。放疗是双刃剑，虽是治疗手段，但也是杀人利器。我的情况若较真儿考虑，该实施放疗的地方都放疗，那么我会变成一头名副其实的烤乳猪。

J主任行走如风地从玻璃隔间跑出来，对躺在CT床等着放疗定位的我说："于娟，你有小孩了吗？"

"我有个儿子，十四个月。"

"呃，那就好。"J主任微微笑了笑，"于娟，我要和你商量个事，我准备把你去势。"

"什么是去势？"

"去势，就是把你的卵巢放疗放掉。"J主任说这话的时候口气平静，但是也不禁有些动容。

我不知道我当时的反应和表情。J主任也没有想到，因为在他眼里，我是个凡事都不在乎、大大咧咧的异样女子，没有几个三十岁的年轻女子能满脸笑容捧乳挺胸要求手术切除乳房的。我的反应可能大大出乎他的意料。

是，我在乎卵巢比在乎乳房多得多。我的世界观里，从来都认为深沉内秀比闪烁外华要珍贵和重要。若高低两档服装店开仓让我免费任取一件内外衣，我宁可取 CK 的内衣森马的外套而不是相反。虽然世间女人都在丰乳塑形，但我真的从来不在意乳房的去留。虽然世间女人较少在乎卵巢这个零件，但我真的真的不想去触碰深埋在我体内的女性性征。

"那好，我放你一个月，今天不给你扫掉，看看后面一个月的治疗效果，不过这件事你要考虑考虑，万不得已，我只能扫掉它。因为你的病和雌激素过高有一定关系。"J主任叹了口气，不无人性化地说。

自我得病，每时每刻都会遇到诸如此类极具挑战性的问题，有时是心理的，有时是生理的，有时是对价值观和世界观的。这场突如其来的病患，或许真的送我进了熔炉，粉身碎骨熔为熔浆之后，重塑新生。

那段日子，我和光头谈论的话题很多都是：我要不要去势，舍弃我的卵巢。

如果说在切除乳房这个问题上，我和光头看法一致、战线统一，那么在卵巢问题上，我们绝对是分庭抗礼、各持己见。我太知道卵巢对女人意味着什么，那绝对是致命的生殖功能性，而不是可有可无的乳房装饰性。我还想再生一个女儿呢，我还想申请哈佛的两年访问学者。切除卵巢，等于我从此丧失了女人最内核的能力。而且，我非常明白，没有了卵巢我就只能等着自己急躁、激动、忧郁、记忆力减退、思想不集中，还会疑神疑鬼，血压升高、心悸、头晕、全身乏力。还有，我会突然老得很快，三五年之后，我和光头一起出去，别人会以为我是光头他妈。而此前别人从来都是把我当光头的女儿。

光头不然。光头说他不在乎我老得快，不在乎我还能不能再生孩子，他只在乎我，只在乎我活着。一句话：命，我所欲也，卵巢亦我所欲也，二者不可兼得，舍卵巢而取命者也。

这段经典而又精彩的辩论有幸被我摆弄录音笔的时候无意间录了下来，有时候听听会觉得当时的自己多么可笑，那时候命悬一线，小命都难保，还去想啥老得快。老就不错了，人能活到银发苍苍，回头想想点滴一生，其实是非常幸福的一件事。

卵巢问题我纠结了很久，这对年轻的我来说的确不是一件容易取舍的事情。是完整地死，还是男不男女不女、人不人鬼不鬼地活着，这在当时真的是个问题。然而过后，这个问题就会变得很可笑，人活着若是为自己，死一千次我也是死了的，但是人的确不是为了自己活着的。我的人生使命刚刚开始，无论如何，我要为养我的父母履行生养死葬的为人子的责任，而不能让他们老而无依。我要为十四个月的儿子履行为人父母的责任，我把他带到这个世间却对他撒手不管，我做不到。光头，不去说了，我觉得没有我，他也能活着，只是重新再找一个，搜寻成本和磨合成本比较高而已。

所以，我似乎应该像刘胡兰一样仰天长笑：乳房诚可贵，卵巢价更高，若为生命故，两者皆可抛！

为了活下去，什么是我不能放弃的呢？

我的庆幸在于，这只是一场心理准备战：一个月后，我的治疗效果非常好，J主任从此放过了我。我仍有我的卵巢，从某种意义上说，我仍是完整的女人。我真的庆幸自己的犹豫，感激J主任的仁慈。

逃过了去势，但是我逃不了放疗。

放疗，病房里俗称照光，是癌症三大治疗手段之一。是用各种不同能量的射线照射肿瘤以抑制和杀灭癌细胞的一种治疗方法。一般病人在手术前先做一段放疗，可以使肿瘤体积缩小些，便可使原来不能手术的患者争取到手术的机会。对我这种晚期癌症患者，放疗属权宜之计，通过姑息性放疗达到缓解压迫、止痛等效果。

放疗过程不痛苦，但是结果很可怕。

还没有给我安排放疗的时候，病房有位江阿姨正在承受放疗之苦。她放疗的部位是胸前颈下，常规剂量，常规放疗次数，常规反应。那个常规反应看得我毛骨悚然。一块活生生的女人前胸，照光照得像放入烤箱的烤鸭。原本保养得非常白皙细腻的皮肤，表层被烤得黑焦黑焦，皮肤因为缺少了必要的水分，所以皲裂开来，皲裂的纹路丝丝缝缝里露出成点成片带血色的白肉。我不想戏言说是外焦里嫩。但是我看过一眼以后，从此再不吃烤过的肉类。

除了自己，没有人懂得一块胸前的肉被烤成那个样子的切实感受。江阿姨去问医生怎么处理，医生告诉她去涂紫药水。没有想到这个紫药水不涂则已，一涂还真惊人。外面的表皮看似处理了，不再流肤下的白色体液和脓水。但是烤焦的那层皮下面，烂得更可怕。好在这事发生在神通广大的江阿姨身上，她不再迷信大上海的名牌医生的光环，转投家乡小镇医院，每日跑去小医院的烫伤科，选择一层层清理死皮，一层层擦干脓水。时间能带走一切痛苦，无论你当时认为这痛苦是受不了还是受得了。时隔不久，江阿姨花枝招展地来复查，那片烤焦的颈部围了条花枝招展的丝巾，竟全然看不出曾经的折磨淬炼。

其实杀头不可怕，最可怕的是杀鸡儆猴。放疗不可怕，最可怕的是看着前面的病友被烤焦。我的悲哀在于，我总是那只看过杀鸡的倒霉猴，总是那个眼看病友受苦受罪然后排队到自己亲历酷刑的病人。

J主任给我放疗的地方是腰部承重骨，然后我的后腰无可救药地烤焦了皮，背后那块皮肤变得又痒又麻。我似乎总是要迎接巨大挑战的特例：我的骨转移太多太严重，我站起来已经是无数医生的争议，所以我必然躺着的时间比较多。其次，因为用药，我开始一身一身地出虚汗，家人从家里拿来被单垫在身下，一天换两三次的床单每张都拧得出水。在早春二三月的日子，一个每天卧床超过二十个小时的浑身出汗的癌症晚期病人，面临腰部背后被烤焦的难题。不说成片烤焦的伤口发炎浸汗，就是得个豆粒大的褥疮，我当时在经历重度化疗、白细胞只有1000的羸弱之躯都未必扛得过来。

现在想想，都不知道那些日子是怎么过来的，但是也过来了。我不是基督徒，但是我知道耶稣受难三日后，是复活节。我不是伟人圣者，但是我知道再苦再难的日子，时间都会让它成为过去。

因为化疗和放疗交替进行，我的身体实在吃不消，吐无可吐，晕无可晕。我没有坚持做满 J 主任给我开的放疗次数，后来身体勉强能支撑，就去咨询 J 主任。他给我的建议是去取消预约、退回钱款，而不是鼓励我坚持做满最初的诊断："你以为放疗是个好东西啊，能不做就不做！"我越发喜欢 J 主任，因为他对病人的身体都很珍惜，他从来不肯多用一点点的药、多用哪怕一次的光。虽然，他从来都记不清我的名字。

我的悲剧在于，一边接受化疗，指标一边升高。然而求生和无知让我在指标还在升高的情况下，咬牙接受了身体所能承受的化疗次数。直到最后，只好用上赫赛汀。

赫赛汀是 HER-2 阳性乳腺癌患者的重量级核武器，就像二战时期的原子弹。一个小小的眼药水瓶那么大体积的赫赛汀就价值两万五，而且不进医保，完全现金支付，匪夷所思。但是它是靶向药物，它有用，它的副作用比一般化疗药物小，于是有无数像光头这样的病人家属穷其所能去找钱，卖房、借钱、背债，就为了这么个小不点瓶子，好让自己的亲人太平二十一天。

理工科出身的光头捧着说明书狂啃，然后忧心忡忡，虽然医生告知我们赫赛汀毒副作用小，很安全，但是说明书上还白底黑字赫然写着：

整体：腹痛，意外损伤，乏力，背痛，胸痛，寒战，发热，感冒样症状，头痛，感染，颈痛，疼痛。

心血管：血管扩张。

消化：厌食，便秘，腹泻，消化不良，胃肠胀气，呕吐和恶心。

代谢：周围水肿。

肌肉骨骼：关节痛，肌肉疼痛。

神经系统：焦虑，抑郁，眩晕，失眠，感觉异常，嗜睡。

呼吸：哮喘，咳嗽增多，呼吸困难，鼻出血，肺部疾病，胸腔积液，咽炎，鼻炎，鼻窦炎。

皮肤：瘙痒，皮疹。

光头抓狂了，在走廊里像只被关进风箱的小耗子来回走了几趟，最终下定决心找医生去进一步落实，然而所有医生的回答都如出一辙：放心吧，你如果较真儿，看任何药物说明书都要先吓死了。我们这里多少病人打过赫赛汀，一个出问题的都没有，史无先例，你怕啥？

我的不幸在于，我成了瑞金医院史上注射赫赛汀有反应的先例。

药剂稀释之后变成了一袋豆奶大小的透明溶液。起初静脉滴注很是平静，不到五分钟的样子，原本躺在病床上闭目养神的我胸腔开始莫名发冷，感到周身所有的经脉血液五味六感开始全部收紧到心脏，四肢感觉冰冷而丧失了所有知觉。我费尽全身所有气力硬撑着支起身子，捂着心脏，但我已经说不出话。我心里非常明白，我出现了说明书里 5% 患者才出现的不良反应。

光头一跃而起，抓了呼叫器狂按，然后飞奔出去请救兵。好在平素和我们很熟悉的 X 医生还在。有点驼背的 X 眼镜医生据说是以 "迅雷不及掩耳盗铃儿响叮当" 之势，抓了血压计从护士台往病房里蹿。而命大的我摊上了我的老乡董晓晶是当值护士，没等医生发话就哗啦啦把救命救急的东西往托盘里扒拉，紧跟着 X 医生跑来，第一时间给我打了 N 多针。

我没有脉搏了，血压貌似低压 24，高压还没有正常人的低压高。

然后一堆堆的护士医生跑过来，然后我被扶起来打针，按倒在床打针，翻过屁股打针，抓出胳膊打针，我当时不记得清晰的情况，但是我知道莫名其妙被打了好多针。

无数不知道是啥的针打下去的反应更难受。X医生和C医生很怕我出危险，下班还不敢走，一直守着，一直等到我有了脉搏，有了正常血压。虽说赫赛汀有反应，但那是能救我命的唯一撒手锏，不滴注也没有其他办法控制病情，想想头顶上那袋豆奶价值两万五，不要了毕竟不是两块五，左思右想，扔掉于心不忍，还是继续坚持。

然后我开始发烧，39摄氏度左右，粒米不进。说明书上的不良反应我都有。好在能喝水，饮驴一样地喝水，绑上了心跳和呼吸的那种检测仪，混混沌沌躺在床上三天三夜。

不知道那三天三夜，我的家人是如何熬过来的。

略去所谓的惊险与苦痛，写赫赛汀的经历只是为了提醒人们，不要忽视所谓5%的概率，做好一切防范准备去预防少有的不良反应出现。买彩票中奖概率那么低，还是有人能中奖，药物过敏的5%比中奖概率高多了，万一中奖，万一不如我那么幸运，有X医生、C医生和晓晶护士当值，后果难以预料。

我们是黑夜里在悬崖间踩钢丝的病人，容不得一丝一毫的小错误和小概率。

黄山受骗记

　　我曾经一度犹豫是不是把下面的文字写下来，因为我将要写下来的经历，充分暴露了我和光头对医学科技的无知，对自我判断的偏执，对求生的贪欲，希望癌症一招搞定三月痊愈的偷懒。然而，我想，若是不写出来分享给世人，那么可能会有更多的人上当受骗，被谋财，被害命，会有更多的人不知道世上最可怕的不是癌症，不是猛虎苛政，甚至不是日本地震，而是人心，识破人心惊破胆的人心。

　　我在医院认识了很多病友。病友关系不同于其他朋友、同学、同事的社交关系：它类似战友，却又不仅仅是战友；类似师徒，却又不仅仅是师徒；类似兄弟姐妹，却又不仅仅是兄弟姐妹。人与人若有共同点，会彼此吸引得很快；人与人若有共同病症，会彼此怜惜理解得很快，所以，我在瑞金医院半年结交的病友，情分不比和我朝夕相处十几年的哥们儿姐们儿差。

　　其中有一个刘姐姐。

　　刘姐和张哥曾经一度也是二十二楼的著名人物。这对小夫妻的著名更多来自张哥，一个和光头同年的胖娃娃脸小伙子。他们是常州人，酒店厨师和餐厅招待员的爱情故事。刘姐一病四年，巨大的经济压力，活生生把一个文化程度不高的二级厨师逼成了一个高素质高科技的纳米吸波材料企业家。由此可见，有人能把灾难变成转机，有人会把转机变成灾难。我和刘姐年纪相仿，同病相怜的苦命姐妹，张哥和光头同年，名副其实的难兄难弟。我们都各有一个儿子，她在儿子十五个月大的时候查出乳腺癌，而土豆十四个月我便一病不起。太多相似，让我们两个家庭彼此信任，彼此支持，彼此加油。

话说我继续打赫赛汀，光头把心提到嗓子眼守在床边寸步不离的时候，张哥的电话来了，第一句话带着哭腔："赵哥，我们有救了。"

刘姐比我悲催，我打赫赛汀联合化疗，她打阿瓦斯汀联合化疗，两家比着烧钱，不过她比我不幸，停了化疗只打阿瓦斯汀都不行，肺转移病灶仍然不停长大。化疗若是能解决问题，癌症也就不是绝症了，于是走投无路的人四处寻活路。然后出现了一个此番故事的关键人物，刘姐妈妈的同事陈病友，此番事件里，她一直为自己化名陈圆圆。

陈是个非常有故事的人，乳腺癌晚期患者，曾经一度在出租车公司和刘妈妈是同事，结婚离婚，结婚离婚，自己还开鞭炮厂，鞭炮厂爆炸炸死了工人，惹上了官司，如此云云。这些故事我们都不关心，我们关心的是她确确实实是个乳腺癌晚期病人，五年前癌细胞到处转移，可是，她医好了，现在活得像个正常人。刘妈妈亲历了这个过程，因此刘妈妈求她给条明路。

陈说："我是杨神医看好的，现在我和他一起行医看病。你让女儿赶紧来，有病友一起最好，相互照应，心里也有底数。"

虽然岳母极为看好此事，但张哥有点犹豫不决，特意开车走访了陈病友和杨神医介绍的几个病人，看样子好像是那么回事。张哥致电光头，以证其实。

光头接了电话，推了所有的事情，大热天连件替换衣服都没带，就火速赶往常州。陈说杨神医经常在外云游行医，见之一面犹见天颜之难。

数天后，光头回来了。光头说："我觉得靠谱。"

杨神医称自己得过淋巴癌，自己把自己医好了，然后他的治病理念是：饥饿疗法加中医治疗。他有一套自己的方法控制病人饮食，只能吃葡萄芋艿，切断癌细胞供给的营养，然后以中医杀灭。他的中药，从养肝开始，从血液里根治癌细胞，非但肿瘤可以消失，就是血液里也决不让癌细胞有残留，所以经他治疗的病人绝不复发，绝不转移。

我们信了，确切地说，光头信了。人但凡有欲望，就会辨识不清真相，就会误判，就会被骗。哪怕这种欲望，仅仅是求生。

现在回想，存在就是合理的。之所以世上有一帮专门骗取癌症病人钱财的骗子能得逞，是因为没人对癌症有患病经验，没人对得癌症有充足的准备和了解。即便手法再低俗的骗子，稍微准备个几日，骗骗毫无经验的病人和家属，那绝对是如同探囊取物。金贵银贵不如命贵，癌症病人和家属是最缺钱的，但也是最舍得花钱的。若是你对癌症病人说花钱能买命，不说病人本身，病人家属就会立马卖血剜肉割肾换了钱捧给你。病急乱投医是古语，是病急之后很难绕开的传统骗局故事。

更何况，有时候很多骗局是很多人合伙精心设计的一场连环计。

杨神医是个五六十岁的男人，常州人，长脸颊，戴茶色眼镜，微微秃顶，事后得知他仅仅是一个什么厂子或者学校的校医，还辞职很多年了，所以，没有行医执照。初见他，我心里很是嘀咕，本能反应真的不敢也不想相信他。然而大势所趋，只能就范。毕竟，就像刘妈妈说的，我们这种病，如果医院有办法，化疗能做得好，就不会是绝症了。

杨神医很是神奇，听了我的病情后告诉光头，必须马上由他治病，再拖病情延误，他就不接手了。他建议我们到黄山一个村落去治病，那里山好水好空气好，有利病情调理。同时他说："如果去黄山，我保证三个月根治。如果不去黄山，在上海吃我的药也可以，我估计只能保证你五年内不复发。"

如果都不计花费去治病了，那么我没有理由留在上海治病。一番生活两番做，为啥留给它一个五年后复发的机会呢？我心一横牙一咬，去黄山。

光头借了志军大哥的商务车，晃晃悠悠带着全身骨转移的我，去了那个距离上海开车差不多一天的黄山深处。从山脚下上山，只有一条小路，窄得商务车险些开不上去，上山和下山同样需要走将近两个小时蜿蜒环绕颠簸忐忑的山路。现在回想起来，当时我是在玩命，我的骨头若是开车颠簸稍微一个不慎，就是全身瘫痪一世卧床。

我玩命拼命地想活下来，就像刘姐姐、金伯伯一样。然而，他们不如我幸运，因为他们拼命上黄山活命的结果是下了黄泉。此次去黄山治病的三个人里，我是唯一的幸存者。据我所知，看到我们去黄山求医尾随而去的人家，也通通是人财两空的下场。

刘姐姐早我五天进山。杨神医给我们的方略是禁止吃任何食物，除了芋艿和葡萄。他专门派一个叫作李忽悠的人负责我们的饮食药物。李忽悠称他是两年前的胃癌患者，杨神医帮他医治痊愈，为了报恩来帮杨神医治病救人的。我们长期观察这位得了胃癌的李忽悠先生，发现他每顿吃三碗米饭，能一个人扛着大冰箱在村民间搬家，而且还时不时在村里偷个南瓜啥的。不说胃口体力，这远非一个得过重病经历过生死的人能做出来的事情。

李忽悠的所作所为罄竹难书，若我有时间精力，我会把这段日子写成纪实小说，太多戏剧，太多故事，太多人性。我有时候甚至觉得我在黄山经历了一场电视剧。

但是下面我写的不是电视剧，我写的是人间真正真实的悲剧。

我们的食物药费是一个月三万五，但是只能吃芋艿和葡萄。芋艿是很差很差发黄发芽的芋艿，葡萄是很差很差脱落吊串的葡萄。金伯伯的女儿金子姐姐曾经因为李忽悠只给我们不新鲜的葡萄而把新鲜葡萄一直放在冰箱里不拿出来和他数番争吵。而我和刘姐姐选择沉默，我们开始自己八仙过海各显神通，自己从山下运来新鲜的葡萄、芋艿，然后共享。张哥来黄山探病，拖了六十斤芋艿上山。光头一个人上山背的都是各种品种的葡萄。

没有人知道一个做过十次化疗的人两个月内不吃一粒米一滴油，而仅仅吃芋艿、葡萄的感受。我唯一能说出来的感受是，我现在看到芋艿、葡萄四字都会从体内深处开始反胃呕吐。杨神医告诫说，如果乱吃八吃，哪怕吃一口其他东西，也是功亏一篑。事后我曾经一度推测，或许杨神医就是赌我们死活熬不过去，肯定会吃其他东西。因为他起初说二十天以后可以吃其他果蔬，二十天的时候说还要再坚持二十天才能吃其他果蔬，四十天的时候说："你们病情不一样，还要坚持二十天。"一直等到刘姐死去，杨神医消失，我们仍在只能吃葡萄和芋艿的阶段。

同志们，请围观真正的愚昧。我！我！我！请围观我的黄山受骗记。我是周身满目疮痍的晚期病人，同时我是昏头晕脑上当受骗的典范。切切不要走我走过的路。

黄山的白云深处，一派田园风光。那个村落只有四五十户人家，山清水秀，民风淳朴。杨神医选择到那里养病是有道理的。不过，风景秀丽到底不能当饭吃，现在若谁告诉我什么秀色可餐，我肯定要跟他急眼：无论风景多好，帅哥靓女多好，人若是不吃饭，饿到最后，只有两眼发黑，除了黑就是黑，还有啥颜色能看到？仅能看到的黑色能"餐"？

话说许多骗局都是真假参半，若没有一丝半点的真实，那么很少人会真正走到最终的受骗结局。得癌症的人是酸性体质，需要碱性食品，光头研究发现杨神医给我吃的芋艿和葡萄都是强碱性食品，感觉这事情是靠谱的。断食饿死癌细胞也是很多偏门中医所提出的。于是虽然心疼，但是为了让我能长久活下去，父母一边吃饭，一边含泪看着做过十次化疗的我挨饿流口水。

断食的最初几天，我们似乎没有什么反应，而且精神似乎越来越好，可以走几百米的山路去看小瀑布和溪水里的小鱼。而且金伯伯和刘姐姐可以触摸到的实体瘤的确开始有些松软，一行同治病的病人家属齐声叫好，相互鼓劲：这下我们是找到活路了！大家都盯着刘姐姐的胳膊，盯着金伯伯的腋下，是的，那个肿瘤的确松松垮垮的，却从来没人意识到，我们整个人都是松松垮垮的了。

此后的日子，金伯伯、刘姐姐和我开始呕吐，吐啊吐。杨神医当时安顿好我们就赶往上海、无锡、常州云游行医，陈病友亦要行医和安抚病人，也离开了黄山，留下的李忽悠不懂四六，于是打电话求医。杨神医说：对的对的，就要这样吐，这样有反应，证明药物有效，是好事呀！

过了几天，金伯伯、刘姐姐和我开始吐白沫，哇啦哇啦地吐，因为不吃东西，吐出来的都是白花花的泡沫。光头当时不在我身边，听说此事上网查资料，说长期服用中药的人胃部受损，会有此类反应。而李忽悠告诉我们，杨神医说这是癌细胞，好事好事呀！

再过几天，金伯伯和刘姐姐开始咳血。李忽悠恭喜他们：很好很好呀！这是体内的残血。而我没有动静，我不吐血。急死我了，怎么不咳血啊？怎么不咳血？

神医貌似很崇拜我，他可能真没见过我那么有定力的人，我每日喂土豆，用嘴唇试冷热，无论多饿，美味珍馐鼻下嘴上过来过去，我可以一口不吃。两个月，一口不吃其他东西，而吃东西只能吃让胃更酸更胀的芋艿、葡萄，简直是一种酷刑。我和光头的短信出现了我要背着小镰刀夜袭房屋后的猪圈、看到山路旁黑猪想趴下去连毛生咬，诸如此类的愿望。我的坚持和定力，导致李忽悠把开禁吃其他果蔬的时间一拖再拖，直到我倒下，直到刘姐姐死，直到他消失。

约莫一个月，刘姐姐开始气喘了，我也开始有了相似反应。原本能去山涧小溪边的我居然走不到村里，乃至下不了二楼，出不来院子。土豆自然已经无心照顾，索性让光头国庆节接了回去。土豆一走，我不知道怎么的，死活撑不起来，下不了床了。人家说精神支柱精神支柱，那一刻我才突然发现，原来所谓的精神支柱是那么真实地存在着。

刘姐姐最先不行了，她开始出现不能喘气、不能躺平睡觉的症状。紧接着我不行了，我彻夜胃痛肠痛，不能忍受。病前我没吃过苦，也没有受过罪，但是这不代表我不能吃苦，不能受罪。我很少很少说，哪种疼痛我不能忍受。但是在黄山的那种胃痛肠痛彻夜不能闭眼，两张标准床并起来满房间打滚的痛，我真的真的不能忍受。

然而，黄山深处美景多多，缺医少药，连止痛片都没有。只有一个目光空洞、毫无表情的李忽悠。

杨神医要云游去上海、无锡、常州妙手回春，去治疗其他癌症病人，陈病友要到处宣扬佛教善念，同时治病救人、开方下药。我交过他们第一期治疗费了，我的死活，不重要。

我熬到凌晨四点给光头打电话，光头疯打杨神医电话，通通接通，通通不接。第二天八九点他接电话了，他说："我配点草药给你吧。"然后来了一个钟善人。

此 生 未 完 成

知识分子是社会的脊梁

    钟善人是个保养很好的六十开外的男人，慈眉善目，颈有观音，腕有佛珠，大背头，发际很高，有秃顶之势。恰逢国庆，李忽悠回常州去吃外甥的喜酒，钟善人代他熬药煎芋艿。钟善人是个学佛的人，我们很喜欢他，毕竟我们不用再吃发黄的芋艿和不新鲜的葡萄。他还带着我妈和刘妈妈择时上香，凌晨四点起来爬山路去拜菩萨，真正的好心善意人。现在回想起来，我宁可相信他不知情，宁可相信他也是被骗的，宁可相信他从没有骗人、打诳语。

    我也宁可相信陈病友没骗我们。毕竟她是我曾经的病友。我和刘姐姐都在渡一条河，寒冷刺骨，水流湍急。她是蹚过这条河的前人，我们在几近没顶的刺骨河水里恳请已经在河对岸的她伸手拉一把，哪怕不拉，给指引条明路也是好的。我不想、不敢、不肯把她想成搜刮完河水里挣扎的我们身上最后的东西，然后一掌按住我们的头，把我们打入沉入河底水底的人。她不是这样的人，这个世间，不能、不会、不应该有这样的人心。

我也宁可相信杨神医，相信他的确有着三十多年专研的秘方，相信他的中药，犹如能让我在最初几天不再疼痛的止痛妙方一样，可以治愈我的癌症。他也是个面容慈祥的人，我宁可相信他对癌症良方的秘而不宣确如他所说是迫不得已，因为关系到几千万个治疗癌症为生的医疗工作者的饭碗。

虽然我最终知道了那是个骗局，但是我内心深处，更多更多地希望他们始终是怀着善愿帮我们治病，只是偶尔失手才不能达到最终所愿。无非，这个偶尔失手的概率太高，我知道的接受治疗的人，五人死四，和我一起朝夕接受治疗的人，三人死二。现在写这些文字的人，是仅存的那一个一。

时间一点点熬过去，中国文字真是博大精深，"熬"这个字再确切不过，熬的本义是把你放到铁锅里用水炖，锅下是熊熊烈火，等到水都熬干了，你还在干烤。因为那段日子不堪回首，恕我不能回头看，更没有能力写成文字。

熬过了第一个月，杨神医认为我们病情特殊，仍不许开禁吃葡萄和芋艿之外的东西。刘姐姐开始吐血，慢慢不能下楼来。我还好，开始仍能满院子追满院子撵鸭子的土豆。然而土豆一走，我全线坍塌，卧床不起。我也开始咳嗽，吐白泡泡。我们相信了这是神奇中药的特殊反应，撑过去就好了。我们都没有意识到，我们已经越来越接近死亡。

就在这时，杨神医、陈病友和李忽悠的治疗队伍发生了微妙的变化，因为我们马上要缴纳第二期的治疗费了。陈病友开始告诉刘妈妈："杨神医的方子我都偷学下来了，当年我治病的时候除了他的药我吃很多东西的，所以未必可信。你们不如找我看病更好。"钟善人开始给我

　　　　　　　　此生　未完成

们账号，让我们汇钱给他或者陈病友。

无论向谁交钱，无巧不成书，病了多半年，我们当时的确已经弹尽粮绝。光头向志军大哥借了钱，但是银行卡丢了，在补办。我妈妈下山回山东凑钱。刘妈妈也回常州拿钱。两位妈妈互通电话，刘妈妈说，咱别忙交钱了，杨神医说如果不在山上治病，他只收一万五一个月。

不知道是否这个原因，还是身体已经实在支撑不下，刘姐姐 10 月 17 日下山回常州。我也想下山，但是志军大哥的商务车外出办事，没有他的车，我这副病骨头下不了山。

光头赶着上好交大的课，星夜赶往常州和杨神医碰面，因为他觉得我这样日夜吐白沫肠胃绞痛不是个事，问来问去没有眉目，只有先上山。等他到的时候，我已经不行了。

原本我就不能吃其他东西，到后来，我连喝水都在往外吐。我已经不能做任何的活动。平躺脉搏 125 左右，动一动，脉搏 150。这个数字是平时跑完八百米的气喘吁吁的心跳，但是我维持这样的心跳，日以继夜两个多月，人肉做的心脏就算是个机器马达，这个数字也是惊人的。其次，我不能喘息，正常人喘气，一分钟 19 下，我一分钟 39 下，还觉得没有氧气。呼吸方面，我就是一条被扔在岸上的鱼。力气，就不去说了，我当时只能慢慢地移动，爬下床，坐在那种父母结婚才有的双喜搪瓷痰盂上大小便。这不是问题，问题是我没有力气擦屁股。光头试图抬起我的屁股帮我擦，我却撑不起来抬屁股的动作，于是只能双臂前扑，跪在地板上，四肢落地，蜷成希腊字母"Ω"，让光头帮忙。擦完屁股，我一寸寸移到床边，光头抱托着让我上半个身子趴在床上，然后提裤子。然后，再托抱着，让我回到床上。他随时要问我心脏是否难受，能不能喘得过气来。

他那时，最多的一句话是："我现在就求老天让你活着，求求老天让你活着，让我这样擦五十年屁股。"

记得那是 10 月 21 日。

早晨，山间阳光明媚，光头的手机收到一条信息。看信息的时候，光头的表情微微一震，旋即收了手机，没有说话。他很平静，但那一丝的异样表情在相处十五年的了解基础上，就像一只跳蚤摆在显微镜下的观测台。我少有地问他："什么事？"

光头沉默纠结了片刻，说："刘姐姐没了。"

我那时已经被钟善人、陈病友、李忽悠、杨神医车轮洗脑洗傻了，仍然执迷不悟地问："是刘姐姐人没有了，还是癌细胞没了？"

疑惑里我接过手机，看到了张哥的短信："赵哥，刘没了，你们赶紧下山治病，刘的事先不要告诉于博士。"

我问光头："张哥不让你告诉我，你还告诉我了？"

光头说："张哥不了解你，你应该有这个心理承受能力。"

是的，我有这个承受能力。病前我是个看到瘸腿流浪狗都会暗地落泪的无用草包，我是个心里藏不下任何风吹草动、把任何心理活动写在脸上的直筒子，我是个用老郑的话说"胸似平湖，面有惊雷"的咋呼二踢脚。而将近一年的生死折磨，数次与死亡狭路相逢、四目相对之后，我已不知不觉像入定老僧，死亡话题就像大学卧谈会的爱情话题一样频繁出现在我的生活里，并且主角是我身边朝夕相处的人，光头认为我已经练就"泰山崩于前而色不变"的心理素质。

只是，刘姐姐崩于前，相较于泰山崩于前，还是前者更让我震动。

我倚在墙上，这面墙的背后就是刘姐姐的房间。我们一起生活、一起治疗、一起聊天、一起挨饿、一起被洗脑。她比我早五天进入饥饿疗法阶段，我和她所有的病症反应一模一样。我没有力气，也没有心思去难过刘姐姐的死，我当时所有的心力、所有的念想都是：接下来那个人，可能是我了。

光头背我下楼呼吸新鲜空气。李忽悠晃晃悠悠觍着脸来催我交治疗费，声言他们非常不易，我的药很贵很贵，三万五一个月的费用已经很快用完了，这样拖着很不好，要赶紧交钱。我无言微笑，看着他那张微胖的脸居高临下的神情，淡淡地说："老李，钱的账都好算，不过刘姐姐的人命怎么算？"

"啊？什么？我知道她不听我们的，送到医院去了，去医院肯定是死路一条啊！"李忽悠突然激愤起来，一张脸由红到白，由白到紫，捶胸顿足表示惋惜，"死啊，啊，真的死了啊？喏，我得了胃癌，吃杨神医的中药，现在好好的啊。他们西医肯定要整死人的，收完你的钱整死人不偿命啊！"

我不由得笑出声来："老李，你好像有个让你骄傲的儿子，硕士毕业在南京医院做肿瘤医生的吧？"

老李立马噤声，不知所措，眼神很空洞地看着我。我相信自己变幻出樱木花道可以杀死人的眼神，静静地说："刘姐姐怎么死的，我还不清楚。不过我知道的是，张哥不是我们这样百无一用的书生。"

李忽悠突然狰狞起来，却对着一直微笑缓慢讲话的我，没有办法发泄，着急忙慌地说有事，扭头就走。刚出院门，院墙后就传来他叽叽喳喳打电话报告刘姐姐死去的声音。他是常州人，我和刘姐姐朝夕相处那么多时间，常州话可以听得几分，他在说："不行了，刘死了，于我看也快了，我还是早点跑……"

第二天我等到了来接我的车子，回了上海。据说李忽悠也在那日企图逃窜下山，但因为赊欠村民很多钱没付，被村民团团围住，直至打了电话叫来同伙付清欠款方才脱身。

从此，钟善人、杨神医、陈病友、李忽悠在我的世界里消失。

我终于相信了，原来世间真的有人可以把一把年纪活到狗的身上。人生在世都不容易，选择打砸骗抢，却不要自己此番投胎为人的那套人心肚肠，不要投胎为人的那张人脸，是个人的选择。只是，去做这个选择的时候，好好想想，你已经为人父母，你的子女，终究要脚踏黄土头顶青天，他们要以人的样子活在人世间。

原本上黄山是为了求生，没有想到险些下了黄泉赴死。从黄山回来，癌细胞已经多发转移，沁肺入肝，整副骨架惨不忍睹。

这怪不得别人，只能怨我自己不辨真伪。这也没有什么好抱怨的，活着就没有什么好抱怨的。

其实作为癌症病人，真的很难辨真伪。医生有时候不敢轻信，亲友又未必懂得这千年不遇中奖概率似的疾病。即便打听到了有相似病例，超过两层关系，就不要去循她的治病方式方法，同时不能去看别人正在治病有多好的疗效，说不定那个是暂时的。也不能像我和刘姐姐那样，搭伴去治病，虽然你不懂，但是别人的判断也不一定正确，保不齐，你们是一对受骗者。

　　　　　　　　此　生　未　完　成

回到上海就是一场全民动员的只争朝夕抢命救命的保命赛。然而黄山一事并未完结。

光头和张哥在漫长的治病救妻岁月里结下了深厚的革命友情，刘姐姐去了，并不代表他俩难兄难弟的情谊尽了。在我回上海后很长一段时间里，张哥隔日一个电话询问病情，支援灵芝，某种意义上他转嫁了某种惯性在我身上。与其说光头是个贤夫，不如说张哥是个模范丈夫，不说每日的病榻相伴，就说他一个在常州的厨子，活生生把自己逼成了高科技吸波材料企业家，硬生生扛下百十万的治疗费，就是个有担当的汉子。我常和光头打趣，我一定要把他像张哥那样从负债穷光蛋逼成百万富翁才算完成历史使命，才能放心我儿子、我爹妈的将来，好安心翘辫子。光头嘿嘿一笑说，他宁可一辈子做负债穷光蛋，也不要我放这个心。

两个月后我病情稳定，张哥问我："于博士，黄山这件事你怎么看？"

我怎么看？我没有怎么看。从来多管闲事喜欢打抱不平的我，第一次对骗局没有任何看法。踩了狗屎是自己失误，但是回头踩狗屎实在不是我想干的，何况我现在只是病情稳定，一个闪失很难保命。

张哥接下来说："我也不想踩狗屎，但是老婆火化那天，我儿子盯着我的眼睛一字一顿地说：'爸爸，我知道妈妈是被那两个坏蛋饿死的，不是姥姥说的病死的，你一定要查清楚，让警察把他们抓起来。'"张哥的儿子六岁，张哥说他六岁的儿子从来没有那么严肃过。

张哥说，每次祭刘姐的时候，孩子总是要求把米饭盛得很满很满，孩子一直说妈妈是饿死的。去上坟，儿子总要嘱咐爸爸买一碗老坛酸菜牛肉面，因为在黄山的时候，孩子饿了，妈妈给他泡了一碗老坛酸菜牛肉面，妈妈特别想吃，吃了一口，想起李忽悠的千叮万嘱，生怕破坏中药药效，又吐了出来。孩子说，如果妈妈当时吃了牛肉面，就不会饿死了。

张哥说，刘姐去医院的前一天，实在没有任何气力，家人请示了杨神医，给她煮了一碗米汤。然而两个月的不吃不喝让她的胃千疮百孔，丝毫没有胃口。刘姐想吃点腐乳，家人不敢违背了杨神医的谆谆教导，只滴了三滴腐乳汁，让她勉强吃下。刘姐和他在瑞金医院讨论黄山之行。刘姐说，万一这是骗局，骗钱就算了，但是这两个月的不能吃饭太受罪了太受罪了，如果是骗子，一定要抓他。

我几经陷入沉默，不懂张哥为啥对我说这些话。张哥忍了几次，说："于博士，报案这件事，我孤掌难鸣没有胜算。我老婆去世的第二天，我岳母就非常神速地销毁了她所有的病历资料，她一口咬定我老婆是病死的，不许打官司。如果说母亲看到女儿死了，万念俱灰，没有心念复仇报案可以理解。但是不能理解的是，她怎么能在丧女悲痛之际，保持如此强大的精神头儿去阻止女婿报案，保持如此难得的清醒头脑去销毁报案证据。报案这件事我是下了决心的，我不在乎钱。打官司要耗的钱也好，精力也好，时间也好，要拼关系也好，我都耗不起。但是，我不查清楚，我儿子长大后，我没有办法面对儿子，我以后九泉之下也没有办法面对老婆。"

我反复咀嚼张哥的话，长达一个月之久。

强龙不压地头蛇，何况我是个不知道明天在哪里的病虫子。在黄山的时候，陈圆圆和刘妈妈在院里聊天，我时不时听到她在常州的强大实力，常州党校她玩得转，两次婚姻给她带来巨大的社会关系网，她在北京也有表哥做领导，所以她办的鞭炮厂炸死了人都能搞定。钟善人自我介绍说开煤矿数十年，后来在常州人大做接待处处长。不过，张哥揭穿了这句谎言，因为他是国宴级厨师，政府管吃喝的领导他大致都认识，其中还真没有钟善人。

我向来是个对权贵不太感冒的人，当时不太在意，不会加入此类对话，更不会去刻意记得什么。但是我一直在衡量，我是不是要去压一压常州的地头蛇，隔着上海、常州之间的遥远距离，以我朝不保夕的病体。我还是要安心养病养神，不去参与这些是是非非，不要招惹更多的烦心，以免让原本已经超负荷运转、不堪重负的家庭家人再一次经历不知名的邪恶势力带给我们家的暴风骤雨。我被骗了，我也认了。我只怪自己傻。

有趣的是，我癌症多发转移，癌细胞浸坏了身体很多器官，却没有让我坏良心。为啥有些人身体部件都是健康的，却唯独坏了良心。是否协助张哥报案的选择让我始终夜不能寐，因为始终记得我硕士导师陈老师的一句话，"知识分子是社会的脊梁"。

于是我挺着被癌细胞腐蚀得千疮百孔的脊梁，挺着不能支持自身体重已经造成压缩性骨折不得不驼背的脊梁，决定去做社会的脊梁。我不知道是否明智，但是我知道我一定正确。我做了第二原告，因为所有的当事人里，只有我还活着，只有我还能说话。

03

写给我的宝贝

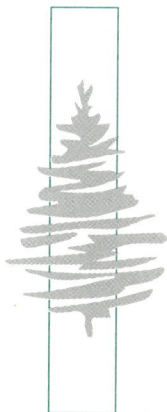

我不知道有没有机会育子成才，但可以用今天的行动告诉自己的孩子：
你的妈妈不是懦夫，所以你的人生里，遇到珍贵关键的人与事，要积极争取，
可以有失败，但是不能有放弃。

不期之孕

（一）

过年去嵊泗，没带电脑，更没有打算上网。打算远离尘嚣，和家人一起好好过年。

海岛的那套房子是真正名副其实的面朝大海，躺在客厅沙发上或卧室的床上可以看日出，厨房和书房则是开窗面山，春暖花开。除了不能喂马劈柴之外，和海子诗里的意境相差无几。房子差不多一年到头都是空着的，除了夏日有朋友或熟人度假出租和每年的春节几日之外，都是冷灶清台。

有父母在，人就变得很懒。和老迷糊腊月二十八打了一会儿羽毛球，居然躺在床上睡了半天还觉得骨头酸累。光头叫我出去，死活从床上撕不下来。年三十半日居然都是在床赖着，卧着笑着看外面的渔船，享受家人在周围忙里忙外的温馨感觉。唯有大年初一上山拜佛的集体行动是欢欢喜喜去了的。路上还晕车。妈妈起哄说："小迷糊看来是有喜了，那么懒，那么娇气……"光头侧面做仔细观察状，没有发现端倪，哈哈大笑："妈呀，你被她糊弄了，她哪天都懒都娇气的呀……"

初二去放生池放生，放生回来的路上突然想到自己周期有点不对劲。趁着给光头去药店买板蓝根，顺便买了张早孕试纸。回到家，大家都冲厨房狂奔过去抢着干活烧饭，我径直冲入洗手间。坐在马桶上，照例用试纸测了测，原本只想戳破老迷糊煽风点火的惑众妖言，没有想到，那试纸竟然如昨日在庙中的许愿，神奇地说我怀孕了。

不相信自己的眼睛看来不是个夸张的形容，我大叫光头帮我辨别真假。他冲进来，举起试纸看了看，这个我相识十二年的人，突然变得我从未见过地亢奋和激动，两眼瞪圆，双拳紧握，表情怪异，从喉咙里发着吼叫，没有来得及和我说一个字，就冲到了外面昭告天下。原来一个三十五岁的男人得知自己做爸爸了是如此兴奋。我仍旧将信将疑坐在马桶上，不明就里。

于是老迷糊顶着台风，买回来 N 张试纸。人家说：反正四块钱一张，便宜。

N 张四块钱的试纸重复述说着一个事实：可是我仍旧不信这个小渔村卖的便宜试纸的结果。

初三亲戚来吃午饭，我和两岁孩子的母亲 G 讨论，我是否真的怀孕了，为啥我没有反应呢？话音未落，不等她回答，爹打开厨房门，红烧肉的味道蹿入客厅。天啊，我真的开始昏天黑地地吐……

好吧，我承认，人生发生了重大变化。我成了孕妇。

（二）

迷糊做了妈妈，也是个迷糊妈妈。至今算不准，如今是怀孕第几周，五周或者八周吧？

不过这也无所谓，反正，我只给宝宝十个月的免费租房，到了日子他自然赖不住。

本以为做好了思想准备做妈妈，也煞有介事准备了一段时间的围孕，可是末了宝宝真的来了，发现全然不是那么一回事。试纸上不声不响的两条红线，却在生活里掀起轩然大波，隔开了我原有的生活。

我成了怀孕的大熊猫，一切活动都被重点保护起来。单位领导居然也建议，前三个月不要乱动乱跑，哪怕我主动要求正常上班，也劝我在家休养。公共交通尽量避免，地铁是不能再挤，饮食再也不能想吃什么吃什么，更不用说即兴打电话和朋友约了去哪个饭馆。作息更是不能半夜回家五更睡，娱乐自然不能卡拉OK上网游戏看电视，拷贝的好片子是暂且休眠了，一切都要围绕宝宝。

不过宝宝很是给我这个糊涂懒妈妈面子，给足了让我偷懒贪吃的理由，我越能吃能睡，居然家里人越是开心。别家孕妇都是吐啊吐的，脸色和苦胆一样黄，我却吃得又白又胖，中午可以一口气吃八个香菇菜包。只是不能闻做饭的油烟气味，说来也怪，之前自己喜欢吃的东西，闻了都会吐，吐得急切，海带都会从鼻子里喷出来，总之，厨房是千万不能进的。以至于要吃个苹果，都要别人进厨房洗。

只有孕妇才知道，只能吃和睡的日子是多么无聊。我真的想干点什么。

此 生 未 完 成

（三）

晚上照例在莲蓬头下冲淋，看着自己日渐隆起愈加变形的身体哑然失笑。怀孕真是一件神奇的事情，可以如此彻底地改变我的生活和身体，若不是亲身经历，实在想不出十余年前可以笑傲世界的标准三围身材，怎么会变得如此荒唐可笑，无锡大阿福都比我身材好。低头看去，除了球弧线就是球弧线，整个一个大小球体组合，颇有点像高中的立体几何模型。正看着这堆大小球不知怅然还是感慨，突然腹中的宝贝使劲踢了踢腿，霎时心里涌出一股暖流，甜甜的，溢出来，漫布了全身。

我是个母亲，是正在孕育中的女人。

怀孕是偶然中的必然，计划中的意外。幸福总是突如其来，来了也就是来了，除了兴奋和欣喜，我无以作答，也无须作答。从来没有那么手忙脚乱过，从来没有那么诚惶诚恐过，从来没有那么一惊一乍过，一切都是那么新奇的，一切都是那么甜蜜的，哪怕孕吐翻江倒海晕天晕地恨不得胆汁从嘴巴里冲出来。

从来没有如此受罪的时候还如此心甘情愿过。从来没有。

那个未出世的小家伙用他的存在告诉了我，什么是母亲——那个我之前生活了三十年叫嚷了三十年却从不曾懂得的人类的最简单的词语，也让我懂得了什么是女人——那个我做了三十年的生物物种。

（四）

清晨起来，站在阳光里的阳台上，看着迷雾里淡淡的红光，似乎想感慨什么。良久，却也只有释然地淡淡一笑。

徐徐回望郁郁葱葱有如林木般稠密岁月的人生，竟然无语。

许是太苍老，该经历的都经历了；许是太年轻，该经历的都还没有去经历。因为不再青葱，所以不会再故作沧桑想什么是岁月、什么是人生；因为还没有成熟，所以也不会那般总结性地去想什么是成就、什么是得失。该有的日子会那么一天天过去，现世安稳，岁月静好，理应是现实生活最平稳的底色。至于人生梦想，且做个信念，有如锦上添花的金丝线，若不得机会绣上去，不添花也没有啥，也罢了。毕竟，人不能没有心气儿，却不是仅仅活那口子心气儿。

作为一个孕妇，突然开始意识到，自己已然成人，已然有家和归宿，已然有了责任和义务。这种感觉，其实并不轻松。

此生　未完成

（一）降生

知道怀孕后就像改了专业，从经济学改为分娩育儿学。不算复旦医学院指定的那本《妇产科学》的教材，看了七本有关养胎分娩的书和无数张光碟。最终临产的时候，知识储备达到一定水平，最终下定决心，自然分娩，并从四个月的时候就开始做前期准备。

只是忘记了那句：人算不如天算。老天怜惜儿子更多一点，选择了一个让他舒服的方式来到人间。

从麻醉里苏醒过来，隔着摇晃的输液管，看到小床上那个刚刚从我体内分离出来的小生命，恍如隔世。我非常奇怪，自己的情绪和心情在看到儿子那一刹那竟然如此平静而平淡，甚至没有激动和兴奋，而仅仅是感叹：那曾经是我肚子里一团动啊动的小东西，我的骨头我的肉，怎么就那么神奇地自成一体，成了另一个生命、另一个人？当意识到这一点的时候，竟然还有那么一点淡淡的失落：他曾经和我是真正意义上的心意相通、血肉相连，而如今，却需要爱来做连接，去培育另外一种心意相通、血肉相连。

传说中宝宝刚刚出生都会丑点，像猩猩或者小老头什么的，我非常奇怪自己的宝宝不是。只是长得怎么看怎么不像我，甚至不像家里任何人，后来发现小孩子生下来一天一个样子，越来越和他妈小时候相似。怀孕的时候我曾经对观音菩萨和耶稣祈祷，给我一个长得像我、脾气像老赵的儿子，尤其是头发一定要像我。而今把孩子抱在手里端详，发现观音菩萨和耶稣都采纳了我的建议，只是都忘记了听后半句，儿子坚定执行了那句"贵人不顶重发"。

老赵虽然做好了足够的心理准备做爸爸，但也还是被这突如其来的宝宝和从天而降的巨大幸福砸昏了，什么都不知道做，只会手舞足蹈围着小床和我像驴拉磨一样狂转圈，嘴里只会嘟囔"宝宝真可爱""妈妈真伟大"，两句话翻来覆去一百遍估计是有的。

一直到我被护士为了促宫缩强揿腹部疼得昏死过去，一点都不夸张的因为疼而昏死。

（二）月子

在医院住了七天。上帝创世记的日头。

七天里，经历了人生所未曾有过的疼痛，痛，不苦。痛，也不快。仅仅是痛，还有铺天盖地的混沌之感。

不禁怜惜起上帝来，我仅仅是创造了一个小生命就把自己折腾得尚且如此，他老人家创造了整个世界，不知道自己受了多大的磨难。

七日里的前两日最为难熬，镇痛泵、导尿管、输液管插得枝枝蔓蔓，有生以来从没有那么深刻地体会到"牵一发而动全身"的含义，刀口在肚子上，却全身都动弹不得，护士还非要定时左右侧翻身促宫缩。但是刀口的痛感蔓延全身，整个人没有一点精神和气力。我真是奇怪，为啥动了手术就没有精神和力气，即便用了麻醉剂。难道真有元气一说？不管怎么说，我的确伤了元气，损了精气神，难以想象像我那么爱钱的人，竟然有朝一日连红包也不想数。由此可见，是真的一点力气精神也没有了。过往经历告诫我，以后有剖腹产的朋友，坚决不要前三日去探望，打扰产妇休息是不道德的。最主要的是，你送了红包，她也不记得，也顾不得。

老赵去开水房打水，听了一耳朵初乳喂养的好处，回来便大呼小叫让我起床给他儿子喂奶。父爱和无知让这个温柔可人的亲密爱人瞬时成为青面獠牙的凶神恶煞。我也的确有胀乳的感觉，之前看过的一些理论也是剖腹产三天后可以喂奶。加上用过麻醉药，明显大脑迟钝，竟然糊里糊涂地没有结合实际情况就盲目答应了。结果，我们有了初步决定后的 N 个小时，宝宝才从睡梦中醒来，当时是凌晨两点左右。于是昼夜不分的两个傻子开始喂奶工程。把龇牙咧嘴、疼得叽叽歪歪就差痛哭流涕的我从床上扶起来，穿好衣服坐在凳子上，已然凌晨三点。没有这段经历的人是不能体会此间苦痛的：坐如针毡，困乏难熬，刀口剧痛，右手仍带有输液针，胀乳之痛难以言表。最可怕的是，要抱着一个软乎乎刚刚出生不到三天的孩子，天晓得我除了布娃娃什么都没有抱过，唯恐挤着他弄痛他。这家伙居然除了奶瓶的塑胶奶嘴，什么都不要，鬼哭狼嚎，让人心焦。我想放弃，又怕老赵怪我只顾自己不管宝宝，索性含泪坚持。老赵看着张着大嘴狂哭就是不肯吃奶的宝宝，干着急瞎起劲儿，像猴子跳大神一样手舞足蹈逗引宝宝不要哭，凌晨三点啊凌晨三点……结果，宝宝仍旧不吃。值班护士把初为父母的我们训了一通：剖腹产三天后是可以尝试喂奶，但只是尝试啊，他不吃，你再坚持也没有用。

手术第五天后似乎我开始慢慢恢复，至少恢复到了可以数红包的地步了。第七天出院，已然又开始活蹦乱跳。我妈拿着件衣服跟在我屁股后面一边追一边嘟囔："你在坐月子啊，坐月子，不能那么疯，小心着凉……"

幸福生活

从来没有那么充实而纯净地生活过。

每日在宝宝的咿呀咿呀或者呜呜呜中醒来，换小衣服，吃吃奶，把把尿尿，把把臭臭……虽说做妈妈从业也有三个月，但每次都会被宝宝的哇哇哇搞得晕头转向、手忙脚乱，裤子衣服上沾满了黄金万两跑去餐桌吃早饭是常有的事。每次的进餐都因为抢时间被噎得翻白眼，宝宝的呼唤犹如冲锋号一般，任何时候都会有可能响起。而响起的时候你就要扔掉手头上的一切，翻山越岭，奔赴过去来到他身边，途中绕过或者踢翻垃圾桶、尿盆、小凳子。当然也有可能被摞倒在地上，不远处是宝宝刚刚尿好还没有来得及用拖把拖掉的长江黄河。

早饭后宝宝会小憩一下，我则趁着老虎打盹儿，要洗衣服、叠尿布、缝小衣服、看育儿经书，上网收信外加玩玩开心网是最大的奢侈，只是上网不及挂网时间的十分之一。因为时不时宝宝会咿呀叫，提醒把尿尿拉臭臭，顺便喝葡萄糖酸钙。醒来的时间多用于智力开发，听世界名曲之余，看妈妈画的黑白画或者巨丑陋的象形画。宝宝极少给妈妈机会让妈妈和父母同桌吃饭，可怜姥爷一世神武，姥姥神武一世，竟无一会对付不足百日的婴孩，所谓的替妈妈照顾宝宝，便是把宝宝放在床上和宝宝聊天。可怜的妈妈只能继续以最快速度扒饭。养生书上说，细嚼慢咽有益减肥，可想而知我可怜的身材何等地不堪入目，如果这躯体还能去论身材的话。

宝宝下午给妈妈充分的休息，无非吃、睡、拉三个字。妈妈可以和宝宝一起躺在大床上，在北方冬日的和煦阳光里，静静躺着看熟睡的宝宝，是世界上最美最幸福的享受。小小的稚嫩的脸庞，肥嘟嘟胖乎乎，胎毛未净，稀稀疏疏，黄黄长长，小小的可爱的小手小脚在睡梦里无意识地动动，犹如小小的需要呵护的乖乖小狗狗。只是这只小狗狗不知道什么时候就会骤然醒来，大力咆哮，那么一秒钟之前的享受便被赶得无影无踪。

宝宝醒来陪他玩，人生第一次觉得玩也是非常辛苦的。尤其是陪玩，小家伙有多可爱就有多难搞，尤其现在已经开始认人，要来要去只要妈妈，脾气不好的时候别人甚至不能碰。蓬头垢面，忙得晕头转向，再回头望窗外，已然黄昏晚霞，华灯初上，一日悄然过去。那一刻，突然觉得岁月静好且绵长，华发丛生，红颜易老，芳华早去也只是弹指的事。

以前觉得清梦被扰是无比痛苦的事情，现在想来，竟然数月没有一口气睡过四个小时，奇怪的是并不觉得苦累。睡觉可以睁一只眼闭一只眼，其实也不是什么文学夸张修辞，奇怪的是听力也会出现选择性功能，窗外近在咫尺的爆胎吵不醒困累的我，但是宝宝但凡一哼哼唧唧，我就可以立马穿着汗衫睡裤从被窝里弹起来，遇上吐奶拍嗝，也就那么单衣薄衫，直到宝宝重新睡着，才会感觉自己冷。

终年无休。心甘情愿。

分 离

不由得感叹中国汉语文化的博大精深。分，就是把刀插在人心里，硬生生把原本连在一起的东西分开。

人之一生，犹如赶路，背负行囊，马不停蹄，从起点到终点，从生到死，奔波劳碌中也遇人无数。能有缘遇到，同路，并肩走上一程，即算缘分和幸事。然而人生的残酷在于，绝少或者没有人能一路相陪。如果有，那么其中一个为了对方而付出了自己的一生。因此，哪怕是父母、夫妻、挚友都难逃此局。所以，人，注定了要学会一个人走。

人生的宴席一场接一场，锦灯繁花音袅舞影，却冥冥间笃定相信自己在赶着自己寂寞的路。因此三十出头的人，所谓分离不知道经历了多少，生离无数，死别亦有之。虽是性情中人，在深夜一个人听那句"走吧，走吧，人总要学着自己长大"而挥袂洒泪之后，很快便能调整到自己独有的世界里，找到只属于自己的那份潇洒和独立。因此，如果真的要离开，我会是那个从容不迫收拾行囊的人，面容微笑而平和，找不到一丝一毫的悲悲戚戚。

昨夜，我蓦然发现自己变了。

由于一系列原因，要留十一个月大的儿子在海岛过一段时间，自己先返回上海。去日不远，婆婆说，要不现在开始断奶，夜里跟她睡，先习惯起来。

宝宝聪明亦随和，起初一定要找妈妈。后来婆婆命我躲起来，并告知儿子"妈妈上班去了"。小家伙一脸可怜相，在各个房间睃巡一周后只好死心塌地跟奶奶，哼哼唧唧很快睡去。婆婆陪他睡大床，我睡旁边不远处的单人床。一老一小很快进入梦乡，我却失眠了。

之前一直感觉，身边躺着个随时叽叽歪歪要吃要拉的小东西很影响睡眠。殊不知，一旦这个让你一夜起床六七次伺候他的小东西离开你，你反而会睡意全无，一心一意想着那个粉粉嫩嫩的小肉团。他的每一次翻身，梦呓，鼻息换气，哼哼唧唧，都注定让我弹跳起床，走过去看个分明。这一夜的辗转反侧让我明白，婆婆说的先习惯起来，不是让宝宝习惯离开我，而是让我习惯离开宝宝。我竟然堕落到离不开他两米以外。

我三十多年所构筑的独立而自由的自我世界，就在昨天那个天上有很多深蓝色星星的夜里，静静地轰然倒塌，寸瓦不留。我无限悲哀地发现，自己已经不可能再像自己希望的那样，行如流云般无所羁绊无所附依。我，已然走不开。这种不一样的牵绊感觉令我感到百般陌生而恐惧。这是我从来未曾有过的情愫，说不出来的依恋与不舍，软绵绵的，温热而酸楚。

虽然我知道，我注定不能陪他走完他的路，但是我宁可放弃自己的路程也想多陪他走一段是一段。为了他，我宁可放弃我最坚守的自我，放弃我视若生命的自由与独立，那种超越生命和生活本体的自由，那种感情和精神上的独立。也许我不会真这么去做，但是我真实的内心告诉我：我愿意。

我为丧失了自我的自己无限悲哀与感伤。

龙应台有句话说：所谓父女母子一场，只不过意味着，你和他的缘分就是今生今世不断地在目送他的背影渐行渐远。你站立在小路的这一端，看着他逐渐消失在小路转弯的地方，而且，他用背影默默告诉你：不必追。想必也是经由我的这种不舍与无奈。注定我不可能真正用一生守在他身边，为了我和他各自的人生，分离注定要成为我们母子之间频繁上演的一幕。从数米，会到隔海千万里；从我身体里蠕蠕而动的我的骨头我的肉，会到另一个崇尚独立而自由的陌生男子。

作为一个母亲，我很清楚地明白，今后的日子，更多的时候，不是儿子需要我，而是我需要儿子。

我还没有经历与儿子分离，可能真正离开的那天，我会表现得一如既往地从容平和。只是我深深地明白，我，永远不可能再是原来的那个我。

因为，我的一部分，已经从我身体里，分离出去了。

（与土豆分别两个多月后，于娟被诊断为乳腺癌晚期。）

　　　　　　　　此 生　未 完 成

04

碎落在身后的时光

有太多的计划要完成，有太多的事情要应付，

总是觉得等做好了手头的事情，陪父母也是来得及的。反正人生很长，时间很多。

现在想想并不尽然，只有一天天地过，才是一年年，才是一辈子。

无头绪地追逐与奔忙，一旦站定思考，发现半辈子已经过去，自己手里的成败并无多少意义。

然后转身，才发现陪伴父母亲人的时间已然无多，发现最重要的幸福已然没有时间享用。

人生最大的悲哀莫过于此。

一个人的团圆

新年的最后一个音符，元宵。

生北为元宵，生南为汤圆，生得不南不北，便有个诨名叫作汤团。

然而，不管如何称谓，在芸芸的国人心里，它始终是团圆的精魂。

生北镇，养南城，幼年含元宵，少年食汤圆，大同的是寓意质地形状，小异的则是做法的细微，元宵是馅儿心与糯米粉依雪球原理摇制而成，汤圆的汤馅儿则需用面皮手工包合。

人生行至今日至此地，大同小异也无处去论，无元宵无汤圆，唯一有的是窗外与北方家乡相似的苍茫白雪和房内习以为常的南方式样铺围摆设。他乡异客，自然顾不得许多中华南北异同。唯拣了可行性甚大的汤圆自娱自乐自做自食，试验之，其味难述。温热如团圆的感觉入口，黏稠甜腻，唇齿生香。入喉而含泪的原因，不仅是一个人团圆的孤单，更是灼烫的本能。

去年秋天在卡尔·约翰大街上看到一件黑色兔皮大衣，及膝，系带，前襟若有若无地有些珠花做点缀，滑软顺手，价格不菲。摸了又摸，不忍放下。

其实我并不喜欢皮草，在我看来皮草大衣是中年妇女的嗜好。大凡中老年妇女，有件像样的大衣行头貌似很重要。我还没有到那个年龄，所以并不懂为什么。

我咬牙不肯退了冰天雪夜送周末晨报的工作，这件大衣是最终原因和动力。

终于偿了夙愿，兴致勃勃地打电话告诉妈妈给她买了大衣做新年礼物。唾沫飞溅说了半天，本来以为妈妈会有两种态度：第一，嗔怪我乱花钱；第二表示高兴满足。前一种应该比后一种在态度和言语上强烈些。这是惯例。

万万没有想到，妈妈意兴阑珊，只淡淡说了一句：不要乱花钱，我的衣服穿不完的。

虽然隔了半个地球，仍然听得出她的心灰意冷、百无聊赖，自从姥爷姥姥双双去世，她的精神一天不如一天。不知道为什么，她的语气隔着半个地球对我具有极大的震撼力，我原本高涨奋然满足的心情，随着她的情绪突然一落千丈。像站在冰天雪地里有人兜头泼了盆冷水，心里无限悲凉。

耐着性子打起精神想说点什么让她振奋的话题，张家李家绕来绕去，我拼命找原本就不多的话题，而她似乎真的并不想多说。总是几个字轻描淡写掠过。最后我不知所措，草草推说忙，挂了电话。心里烦躁得很。

2005 年于妈妈而言，艰难苦冷。

高龄双亲接连去世，似乎犹如秋日落叶般的自然规律。但是对情深爱重的个体而言，总是无比悲痛。坦率地说，年迈多病的父母对子女而言是一种负担，却也是一种温柔的负担和牵挂。孝顺的妈妈在姥爷姥姥在世的时候，整日忙里忙外甚至彻夜不眠，身体劳累不堪，心里却是温润充实。现在两个老人双双离开，她看似解了负累，内心却非常地迷失和苦痛。以往过年总是能回家忙忙碌碌置办什物哄着老人开心，现在可能空对着四壁潸然。那一直存在着的最重要的精神支柱瞬间在一年内倒塌，于她而言，怕是无人能理解的悲恸空落。

2005 年，妈妈五十岁，这意味着退休。离开让她风尘仆仆而灼灼闪光的工作岗位。她要学会居家，而她生来就不是个居家女人。如何过渡和再定位对她来说，仍然是个人生的新课题和新考验。忙的人一旦闲下来，听说很可怕，落寞得很。

她的 2005 年和 2006 年何等地孤苦，而我，却不在她身边。

电话里的她一天天心灰意冷，我知道那句"哀莫大于心死"，却不知道该怎么拯救哀伤中的妈妈。

我知道我是她生命灵动的动力，如果我在，她便不会这样。可是，我却不在她身边。

不敢想象现如今妈妈的生活，日复一日，离开她的岗位、她的事业、她的父母，没有奔忙的理由，没有谋断的机会，没有发挥的空间。如果我是她，或许我会比她更为哀漠。

可是，我却不在她身边。万般无奈，眼睁睁看她消沉。

也许如果我在，我可以逗她，拉着她参与些社交，陪着她学些爱好，哪怕是彻夜聊天，讲我遇到的见闻。至少她不会日复一日数日子，到现在可能连数日子的兴头都没有，人家过年一家老小其乐融融，她却是孤苦伶仃、形影相吊，家里冷清无比。她今天在电话里说，不知道为什么，没有忙年的心情，甚至看到卖春联的，眼皮也没有动一动。

过年，过的其实是人气。可是我却没有回家。在她失去最亲的亲人的第一个春节，我这个血脉相连的人抛了她隔着半个地球。

有时候常常会想到那句"父母在，不远游"，这句话充满着人生的真谛。父母都在，为什么要远游呢？

有时候常常也会想到所谓的"孝"，不知道如何才是孝？在复旦读博士的时候，导师无限感慨地说过一句话，父母盼望孩子有出息，但是往往享受不到和所谓有出息的孩子享受天伦的乐趣。即便知道如此，父母仍然宁愿自己孤苦劳累，还是希望子女有能力远走高飞，有出息。

我不知道是极力做到有出息让父母欣慰是孝顺，还是说，真的能照顾到父母才是孝顺。我并不是个有出息的孩子，却自十七岁离家一走再走，一飞再飞。口口声声想孝顺她，可是对家里的任何变故，我都无能为力，哪怕她口渴，我都不能倒一杯水。

人，开心与否在于心态，即心情和状态，心境和姿态。我眼睁睁看着妈妈一天天无精打采、意兴全无，她的状态让我心碎，我却无可奈何，束手无策。

有太多的计划要完成，有太多的事情要应付，总是觉得等做好了手头的事情，陪父母也是来得及的。反正人生很长，时间很多。现在想想并不尽然，只有一天天地过，才是一年年，才是一辈子。无头绪地追逐与奔忙，一旦站定思考，发现半辈子已经过去，自己手里的成败并无多少意义。然后转身，才发现陪伴父母亲人的时间已然无多，发现最重要的幸福已然没有时间享用。人生最大的悲哀莫过于此。

社会学上说，子女离家对于家庭状态来说叫作空巢。妈妈守着空巢。无限悲凉的心境并不是一件皮草大衣可以温暖的。我却恍恍然不懂。

今天打工，和一个去吃饭的朋友一家相遇。她和妈妈和丈夫和儿子，无限幸福。霎时间，我泪流满面。

我想回家，我会尽量早早回家。妈妈。

生死相隔的断想

时至今日才敢允许自己回忆。

姥爷，是我失去的第一个亲人，生死相隔地失去。

姥爷的白事，姥姥力主不要告诉我，怕我伤心，耽误所谓的学业。我知情后打电话给她，老太太在电话那头仍是一口故作常态的平和，没有等我开口，竟然先行安慰起我来："你姥爷去了，人老了都这样，你也不要太难过，该干啥干啥。乖，你看我都不难过，顺其自然吧。"

我说："姥姥，您老人家千万保重。我实在回不去，不能尽孝，心里特别特别难受。"

老太太安慰我："乖，你平时孝敬的，也不在这一时。你放心，我一定熬到你回来再去找你姥爷，不让你心里有缺。"

我是跟着老头老太太长大的。老太太一辈子也没有骗过我，我相信了她的话。姥姥姥爷九十在望，去留生死须臾之间的事情，却也不忌讳谈身后事。我唯一的希望就是，在他们去的时候，能在身边。不敢说有久侍床边的福分，能在她去阴间的那刻，握着她的手，让她走得不孤独不害怕也是好的。因此，老太太那句话给我吃了定心丸，在我心里姥爷姥姥是一样的，送不了老头，能送到老太太也是好的。等我回国，老人再走。却不承想，她失信了。她唯一的一次说话不算数。

我一直觉得老天对我很厚爱，但是不明白为什么它不肯给我和姥姥这个机会。她去世时，那个她最疼的孙辈，真真远在天涯。知道姥姥过世的消息后立即去查机票，居然发现，因为国庆出游的关系回国的航线紧张，回到她身边能赶上头七就不错了。

来挪威使我人生收获甚丰，我从来都很庆幸。只是这次，我恨它离中国那么远，插翅也难飞过去啊。

我不能也不敢想，上次离开，两个争着给我零花钱、从小到大拿我当心肝肉尖的老人，下次回去，再见到，只能是孤零零两座坟茔。

姥姥中年后发福，我自小特喜欢依偎在她松软的怀里撒娇。一直到读博一、出国，依然每次回国回家立刻如六七岁顽童，进门扑到正厅八仙桌旁的姥姥怀里，腻着她又亲又抱。记得传统的姥姥开始非常不习惯这种露骨外向的表达方式，二十多年过去，我死缠烂打硬是如此，所以她也就慢慢从了。每次我撒娇，硬要姥姥亲亲，她就会笑着，无可奈何闭上眼睛，微微仰起下颌，做出让我亲的姿势。

在她看来亲吻的主动和被动都是被动的。她的爱，从来不会用吻来表达。我是她的世界里，唯一可以当众肆意亲她抱她的人。表姐早年曾试图抢我的特权，无奈她不懂坚韧的道理，试了几次都被她一巴掌拦开，最后也只得放弃。姥姥身上有种好闻的体香，给我绵甜轻柔二十多年。她的皮肤很是细白滑嫩，头发六七十岁还是没见几根白发，我常自这想见姥姥当年的体韵，应该是何等的美人儿。初懂女儿爱美，我时常

　　　　　　　　　　　　此生　未完成

趴在老人怀里，一边摸着姥姥发肤一边叫苦连天，絮絮叨叨埋怨姥姥为什么不全盘遗传给我妈妈这么好的皮肤，我妈妈又何等吝啬不遗传给我。

我真的真的不敢去想，下次回国回家，我永远看不到她笑呵呵的脸，更是不能抱她、亲她，轻蹭她微红的面颊，帮她理发丝，唠嗑说家常闲话。我能见到的只有一座坟，那里面的老人，曾踱着脚步在门口等我放学，曾坐在小板凳上几个小时，用镊子细细地给爱鱼鲜却恨鱼骨的孙儿拨鱼挑刺，惯得孙儿读博士了还不会自己吃鱼；她也曾几分几毛从小菜钱里抠着存私房钱，从我十五六岁开始替我攒嫁妆，丝毫没有任何经济意识，也绝没有料想到通货膨胀后的十几年，她辛苦攒了一辈子的孙儿的嫁妆钱，其实并无多大的经济价值。

老人去世，我甚至没有见最后一面……

想来，我是她老人家带大的，却从来也没有为她做过任何一件事，我吃了二十多年她做的饭，她没有吃过一口我亲手为她做的菜。去年圣诞节回国，特意回老家看她，她依然固执地不让我下厨房，死死拉住我的手，让我在厅里陪她说话，硬等阿姨烧饭。甚至厨房水壶响，她还舍不得放手，故意凶巴巴倚老卖老地说："把壶提溜下来放地上，不用你灌暖壶。我可是有心脏病的，不能气我。"

我当时二十六，她却依然当我六岁，怕我被开水烫了。

记得刚刚参加工作时，帮她买过一副金耳坠。她原本是有一副，二舅妈二十多年前送她的生日礼物。可老人谨小慎微惯了，生怕接了这当时还算贵重的东西，惹得儿子媳妇之间不好相处，可又怕拂了子女好意，欢欢喜喜戴上的时候对二舅妈说："等我死了，还是你的。"我当时记住了这句话，所以等工作后特意跑到老凤祥挑了一副足赤的给姥姥。我是她的骨血，她和我不必像跟儿媳那样见外。

可惜，买耳环的时候我太贪，像买西瓜一样挑了最大的。姥姥高兴地换上，还趁纳凉的时候，特意换了件干净布衫和邻居老太太聊天去，唯恐别人不问她的新耳环，逮着机会细细告诉别家老太太，自己的外孙有出息，孝敬得很。

第二天我再去，老太太谨小慎微试探着，怕委屈了我的好意，战战兢兢地说："孙女啊，我和你商量个事……这副耳环中意得很，等我过世，我就戴这个到那边去……就是太大太沉了，我能不能过几天再戴啊？"

我忙不迭再给她换了一副，心里疼疼地怨她："你老人家糊涂了啊，戴着坠耳朵，早点摘了啊。我今天刚好顺路来了，我要是回上海了，你还天天戴着受罪不成？"老太太喃喃笑着："你好心好意给我戴上的，我没有跟你商量就拿下来，别屈了你的孝心。"

后来出国又帮她买过一副耳环，这次的不是很大，找人试过了，也不沉。没有想到，她出殡，我居然不能回去亲手给她换上。

　　　　　　　　　　此 生 未 完 成

清明的风不止

清晨居然飘雪，很大的雪。

非要把那句"人间四月芳菲尽"接上"北欧春来乱雪扬"才应景。

中午打电话回国，听妈妈说刚扫墓回来，心里涌起别番滋味。

一直不敢想回国回家的事情，因为久在上海，号称忙事忙业，实际一事无成，少有回老家。父母可以来上海，那么唯一非要回家的挂念和理由便是姥爷姥姥。每逢年节扑回久违的姥姥怀里撒娇，重温儿时熟悉的体温是最大的享受。在不被发现的情况下，往那老式青布大襟褂内袋里偷偷塞进换好的十块面值连号新钞票，有最大的成就感。边吃土豆烩青椒疙瘩汤，边听姥姥念叨家长里短是最大的幸福，强过巴黎大餐、西班牙红酒。每次我回家前，他们耍着孩童一般的伎俩，明明偏心又不敢明目张胆地偏心，一味说自己今天想吃这个明天想吃那个的，总让大舅买鸡阿姨买鱼，直到可怜的小冰箱塞不下，如此这般准备好了就开始数手指头过日子。导致后来除非火车过了徐州，我都怕他们张罗而不敢告诉他们我要回家。每次我的生日，给他们打电话，姥爷总念叨，我今天让你姥姥给你下了豆芽面，我替你多吃了几口。

老家有小孩子吃豆芽发芽长大，吃面则长寿的风俗，姥姥专门为我两愿合一发明了豆芽肉丝面。今日也算作我生日，中午兴味索然，跑到厨房给自己煮了碗面，愣是吃不下一口。想起那个号码早已无人接听，那个老房今日也不会有人生火做饭煮面条泡豆芽。这个世界，那两个无私爱我疼我念我却一丝索报的念头都没有的老人，我永世不能再见面了，自己独自煮的生日面如同钢丝，扎嘴刺心。

他们撒手人寰的时候我远在天涯极地，直至今日。自他们去世以来，我从没有回国，更没有回家。不敢想回去见人去楼空，回头见冢头西风。真的真的不敢，假使动念去想，再也再也见不到他们的笑脸，抱不到他们的身体，听不到他们的唠叨，立马便泪流满面，不能自已。每个人的感情敏感程度都不同。是，我承认自己感情丰富，在家人的感情方面，我甚至承认，我脆弱不堪。自他们去世以来，我一直自欺欺人地想，他们还在，像以前那样在挺远挺远的地方安详度日，盼我回来。

有时候，夜深人静独自一人，或者于喧闹人群烦琐关系中，会不禁感到四周孤冷而顾自抱肩，往往情不自禁地想，这个世界，真正无私爱你疼你对你好的人，有几个？或者，这个要求太高，退一步说，这个世界，真正将心比心、平等相待，你对他好，他对你好，不以怨报德，自私自利的又有几个？好人纵有，却藏于茫茫伪君劣物里，需得大浪淘沙机缘竭尽。得此好人真友前又有多少明浪暗礁、吃亏上当、被骗被负，哪里有至亲家人来得容易，来得体己，来得鞠躬尽瘁、死而后已、心无二意？更因着这般，却娇宠着我们如此没心没肺地被爱被疼心安理得，等至明白，却，树欲静而风不止。

　　　　　　　　　　　此 生 未 完 成

其实姥爷和姥姥在我近几次回家的时候，曾不着痕迹地讲过类似遗言的话，当年听听很像家常，现在想想，却越发感觉他们用心良苦。

他们大体上都在说，自己五个子女，最心疼担心的是我妈妈，可我妈就我一个女儿，居然还放风筝似的放那么远，现如今收是收不回来了，所以以后等他们闭眼了，我能把我妈带上就带上，以后就让妈妈跟我住，不要去信她说的那些自己要去敬老院享福的疯话。说笑的语气，犹如和我同仇敌忾在抱怨他们不听话的女儿，现在想来，确实顾虑悠长。似乎早在担心眼前这个不着家、属风筝的孙儿不能临终前赶回家听他们的临终遗言，所以早早先交代好了心头事，预备着。这样的话，他们从 2002 年开始说，我回家一次，他们交代一次，一直交代到最后一次。那时候姥爷已经神志不清了，身边服侍的子女已经认不出几个了，却唯独看我一眼就能叫出我的名字，哪怕一年多都没有见面。

姥姥希望自己的女儿可以跟着我来上海过日子，却怎么也不肯让我接她到上海小住。每次我百般央求，她就笑笑说："好啊好啊，你带着我的相片去吧。我这把老骨头，说不定啥时候就到天命了，你刚好把我接到半路上，出了事，你几个舅舅不把你生吃了……"她嘴里那么说，其实是想来上海看看的，却唯恐自己出行给小辈们带来车马劳顿的不便。

我一直觉得会有机会，等我以后熬出头，有私家车或者其他什么方便的方式，可以接她来我这里住，去看看我新买的房子，看看我读书的学校，所以一直没有把"你带着我的相片去"当回事。现在想想，痛彻心扉，我能带的，也真真只有她的相片了。

细想之处，往往纤密冷汗不期满额。

近来清明，如此含糊地说是因为我并不知道具体哪天。地球的另一端，有人可以清水洒阶快镰除草来做祭扫纪念，可是我依然什么也不能做，什么也不能说。

姥爷、姥姥，清明，安好。

无处安放的枫斗

早晨坐公交上班，路过童涵春堂，突然瞥见枫斗的广告，居然习惯性盘算起什么时间跑去买点。一转念，心底蓦然像被什么东西击到了，天旋地转之后，唯有泪流满面。

这是姥爷姥姥去世后，我在国内的第一个冬天。

习惯了冬天的时候，买些枫斗回去给他们。小时候出来读书，不知道过年回去应该给他们买些什么好。加之当时上学，也没能力尽孝，本科前三年买来买去总是些乱七八糟的盒装糕点，本就不是啥好东西，老人家又舍不得吃。通常每次回家，一边唠叨着到她橱柜里扔掉已经过期发霉长毛的点心，一边重新换上大同小异可能只是外包装不同的盒装糕点。我就知道，这些糕点会重新长毛，等我下次回来清理。

本科毕业开始工作，偶然听人说枫斗好，开始买枫斗，加之钙镁片。那时候恨自己没用而且自私，过不多久转而读书。学生时期缺乏数月寄枫斗的经济实力，唯有过年回去带些给他们吃。姥姥总是笑着阻止，说这些又不是长生不老药，吃一口半口的怎么可能有用。我就答道，等我工作了，就接她来上海，天天买了给她吃。她自然哈哈大笑，说："我这把老骨头，动不了了。"

我执着地相信，我能带她来上海住，给她枫斗，给她钙镁片，给她大房子，给她曾外孙，给她所能想到的幸福。我执着地相信，我有能力把她变成个幸福的老太太。因为这个相信，我一直在努力。真的，有时候那么苦苦奋斗为了什么？一个人能享受多少呢？盖浇饭和鲍鱼都只能顶一个下午，就会饿的。我想要的争取的，无非是给家人一个安稳的欣慰而已。

只是，她没有等到。最后一次见她，也是冬天。我重申着带她来上海住的美丽童话，她微笑着拍着我的手，精气神大不如前，已经少有力气争辩，究竟是带着她的照片还是带着她本人。

这一生，我永远无法再帮她买枫斗、帮她戴耳环了。她为我做尽所有能做的事情，而我，一直只是说着那个旖旎的美梦，告诉她告诉自己会孝顺她，却终没有一日，是绕膝尽孝的。

是她没有等到我终于有能力的那一日，还是我在她有生之年没有做到我应该做的？

她没有等我回来，等我有能力去买一堆堆的枫斗和钙镁片。

碎落在身后的时光

（一）

一行十年万里路，今日坐在桌边，整理东西的时候，看到异国的微风吹过窗台，扬起桌上散落的郁金香，在阳光里飞舞明灭，就像小时候家里隔年纱窗上掉落下来的灰尘。那个小小的我总是站在阳光里，慢慢弹指，振动更多的灰尘扬来。笑着听妈妈在窗外栀子花下一边洗衣服一边无可奈何地笑骂。

开始想家了。

京杭大运河旁的北方小城是我永远的故乡。其实以前从来不理解所谓"最美是故乡"，觉得那是古人的造作。现在闲时玩味这句话，慢慢品出些滋味。长大，慢慢把年少轻狂时否定不屑的东西重新捡起来审视玩味，然后心悦诚服，与万千年之前说出这短短数语的古人隔空莞尔共鸣。

所有吟出这句话的人，都是把最明净最单纯的时光留在故乡。因为大多数人的童年都会在故乡无忧无虑地度过。与其说对故乡有感情，不如说是对自己逝去时光的缅怀。

时间是个矢量，碎在身后便永无更改。你只能听任一地琉璃倾泻，却回不得头、伸不得手去挽回些什么。莫如坐下，静静听它落入心底。

长自草根，出身蒲柳，于是童年更加透明简单。运河贯穿市中心。傍水有条叫作"竹竿巷"的青石巷子。那里是阿姨的家，我幸福童年的小窝。竹竿巷长且直，盛产竹器制品。青石铺地，白墙青瓦鳞次栉比。巷头清真寺，巷尾贞节牌坊。贞节牌坊因谁而立并不重要。

其实我想说，阿姨是竹竿巷的活牌坊。

因为姨父去世得早，阿姨三十五岁开始守寡，和我家特别亲近。感觉妈妈像男人一样为阿姨在外打拼，阿姨像女人一样代替妈妈照顾家里老小。于是幼年里记得的几乎所有快乐，都是和表哥表姐在那条竹竿巷里野猴子一样蹿来蹿去。

每次暑假住在阿姨家通常是早起吃早饭，做作业，然后加入糊纸盒扎纸花的行列补贴家用，然后吃饭，然后睡午觉，然后跟着表哥踢球爬树掏鸟窝，但是无论怎么疯怎么玩，一定要赶在阿姨下班之前赶回家，洗干净手脸，坐在书桌前做写作业状。晚饭后，竹竿巷里蜻蜓很多，我们就巷头巷尾跑来跑去抓蜻蜓，抓回来放在蚊帐里权且做蚊香灭蚊。一般情况下，非但灭不了蚊子，早起总枕一堆小蜻蜓的尸体。现在想想真是罪过。

别人家里小孩子用很大的竹扫把扑蜻蜓，我们家里穷，没有很大的扫把，表哥总是借人家的用。犹如米芾练字一样，因为资源稀缺难得，每次不由得屏气凝神，由此练就绝世武功，成为享誉一巷的扑蜻蜓

　　　　　　　　此 生 未 完 成

大王。我则更为神奇，因为惨到没有人肯借我这个小不点扫帚，只能从"静如处子，动如脱兔"里悟出功夫，举着一根家里抬水用的竹竿伫立不动，但是挥舞竹竿之处，必有蜻蜓戛然落地，颇有些少林小子用筷子夹苍蝇的架势。一晚上猎杀 10～20 只蜻蜓绝不在话下。而且后来更神奇的是我居然还能控力自如，只是将蜻蜓击落，并不使其重伤致死。现在想起来都觉得不可思议。

可惜那帮小厮不识金镶玉，宁可拥戴扑杀量高的表哥为王。

翻折纸花是阿姨家孤儿寡母补贴家用的一项重要的经济来源。丧事花圈是白纸花做的。阿姨从殡丧铺子里揽了活计，回来扎做。半成品是一个个扁平的条子，需要我们折翻拉开成立体的花。貌似十朵花是五毛钱。我们几个小家伙翻啊翻啊翻，一早晨可以翻一床白色花圈上的纸花，赚几十块钱。这个活计虽然简单，却是十指吃力，翻到最后指节会疼得不行。表哥调皮，居然学会了用脚趾翻花。这样可以在累的时候让手指休息下。可惜这厮没有郭靖左手画方右手画圆的本事，练不得空明拳，不能手脚并用。

拉纸花虽然累，但是比起糊纸盒就是小儿科了。

拿糊纸盒作为一项赚钱的工作，其实并不是很容易。尤其对我这种以"心灵手不巧"而著称于竹竿巷的"帮倒忙"儿童。我自小非常喜欢挑战高难度技术性的事情，看表姐表哥十指翻飞总是羡慕得不行，急吼吼冲过去"帮忙"。自己动手往往涂糨糊涂了多余的在桌上，翻纸盒折边总是翻得不到位，每每要被姐姐推搡到一边帮忙数纸盒或者翻纸花。

因为素来懒惰，不喜找来纸笔记纸盒捆数，竟然莫名学会了心算。由此进了小学后莫名其妙进了心算班。混淆了老师视听，错以为我有算术天赋，开始了我痛苦的求学经历。表姐更强，穷人的孩子早当家，她很小很小就开始算多少纸花赚多少钱，索性长大后读了会计专业，做招标投标之类的事。表哥当年就喜欢用糊好的纸盒搭建小房子，因而读了建筑系，由此一手搭建了该市最大的建筑监理公司。大表哥和我们年龄相差太多。他从不参与我们的暑期劳动，每次来总是美其名曰"监督"，后来成了那种"游手好闲"的社会监督者：记者。

有时候看武侠小说，说某个和尚如何从挑水劈柴火里练了基本功，从而如何前程似锦，不由得就会想到那山一样的纸盒子和海一样的花圈纸花。想到表哥表姐和我贫穷而快乐的童年。

现在回想，不由得唏嘘，时光荏苒，那些和我们一道在狭窄巷道里糊纸盒的伙伴，不知去向何处了。表哥表姐各有事业家庭，我毫不意外地成了家里几乎唯一漫天飞的风筝。被一根长长的电话线扯着，应着姥爷那两句"朝霞不出门，晚霞行千里"，日日远离竹竿巷，远离纸盒纸花竹竿蜻蜓。唯一欣慰的是，亲情并未远离。表姐依然会忙里忙外像小大人、小家长一样，对我嘘寒问暖。表哥越发忙，每次回家却一定见得到面，当着嫂子也不敢像幼年那样扑追过去拥抱，但是相视一笑的眸子里，依然可以看得到旧日里脉脉的蜻蜓满天。

（二）

童年里很多快乐时光是和表哥表姐打闹。

大表哥大我九岁，二表哥大我七岁，表姐大我五岁。大表哥丧父后大多时间在奶奶那里，和我们交往很少。二表哥晚熟，一直被认为心智和我差不多大，整天带着我这个小不点瞎闹。表姐懂事很早，很小就开

　　　　　　　　　　　　　此 生 未 完 成

始帮着阿姨持家。

现在想想二表哥，也就是我每次提到的表哥，他的确心智成熟很晚，快高考的时候还会和我这个小学还没有毕业的小丫头追前跑后打"西瓜皮仗"，那是我们自己发明的游戏。如果表姐、阿姨和我妈妈不在家，我们两个笨蛋暑假的午饭就会以西瓜代替。两个人谁也不下厨，尽管那时候我们两个都会做饭。只是此等一经展示就要从此烟熏火燎的功夫，不可轻易示人。因为这个，我妈妈每当入夏就会买一床底的西瓜做后备。

饿了渴了，我和表哥就会爬到床下挑选待宰的西瓜。吃完最后一块西瓜就用西瓜皮掷对方，一时间瓜皮横飞，汁水尽溅，瓜籽当空，狼藉满地。我现在实在想象不出一个小学女生和一个高中男生怎么还能玩这等实力悬殊的游戏，而且不亦乐乎。这种游戏其实危险并不来自对手，而来自外部不可控因素。我妈妈会不放心家里，偶尔上班溜回来。这导致门口墙根要贴一大一小两个人，面壁思过。

这种游戏要即时清理战场。一定要赶在我妈下班回来之前，或者在听到我妈妈上楼后，赶在她进门之前清理战场。最好还要洗澡换衣。因为两个人，其实主要是我，脸上衣服上到处都是西瓜汁西瓜籽。在一定时间内清理干净家里随处可见的瓜皮，是很紧张而刺激的限时寻宝活动。自从有一次都要睡觉了，我还被我妈从被窝里拉耳朵起来面壁思过（因为她老人家睡觉的时候发现被子里有块瓜皮）以后，我和表哥于每次瓜皮仗开战之前，都要很小心地数清楚到底有多少瓜皮，以备战后清点。如有漏网，立刻寻宝。

除了打瓜皮仗的时候快狠准地砸我，其他时间表哥向来很疼我，带着我踢球打球爬树打架。记得一次踢球，由于场地有限，派我做门柱，某人一脚远射，我应声倒地。表哥急急跑去，看到小小的我的脑袋肿成一个足球大小，于是立马转身甩手给肇事者一个巴掌。我还晕乎乎不知怎么回事，表哥和肇事者已然双双撕躺下厮打，后来，表哥面部比我更惨烈。表哥为此事耿耿于怀，生怕因此踢傻了我。我也每每以此事要挟，每次他大学暑假回来都让他帮我做物理暑假作业。稍有不从，我就摆事实讲道理，说明那次足球事故踢傻了我。

再后来因为总是带着我，表哥从踢足球改为打篮球，估计是认为篮球不会像足球那般有杀伤力。我记得那个时候我已经开始在少体校老师的指导下学投篮，端脸盆的丑陋姿势犹如降龙十八掌一般，虽然拙笨，但是威力还是很大的。所以慢慢得到认可，与他们一起上蹿下跳。只是命中犯克，那个踢晕我的男生，又在传球的时候把我砸倒在地。表哥再次兴兵，不过那小子自多年前足球一战后萎靡了很多，对我们兄妹甚是敬畏，认打认骂，避免了一场恶战。

在我成年后，当年那个肇事者成为我所收到的第一封情书的撰写者。此事一发，我笑着跑去告诉表哥，表哥认为那小子毒害祖国花朵，再次兴师问罪，又去跟他打架。和当年那次足球场事件一样，鼻青脸肿回来。我怒，跑过去找到那小子，见面就像斗牛一样冲过去把那厮推倒在地，一脚踢过去。好在山东男人从来不稀罕在外面和女流动手，我爽快报仇后凯旋。自此名声大振，此圈再无人胆敢窥视"小土匪"。嗯，不错，关帝庙街一战，我从此被那堆孩子封号。只是"小土匪"远远不如"美猴王"之类好听。这名声传到阿姨耳朵里，平添她和我妈的忧虑：如此一个顽劣不堪、整日与男生厮混打架好斗能战的女孩子，可怎么嫁

此 生 未 完 成

得出去？

　　表姐很有大人做派，向来就像阿姨一样照顾我吃穿住行，很少跟我和表哥打闹。所以虽然感情深厚，但是并不记得太多和她一起的有趣往事。唯独记得的一次是表哥骑自行车，前面横梁带着我，后面带着表姐，赶路去姥姥家里。我吃花生米，表姐吃小肉包。表哥嘴巴馋，急吼吼让我们喂他。他叫"花生米"或者"肉包"，然后叫左右上下，指挥方向。我和姐姐抬手喂他，并不看他。忘记了是我姐姐还是我，举着吃的一并塞，却塞到他鼻子里，顶得那厮一直被迫抬头，言语不清一直喊叫"高了高了"，没有等我和我姐姐明白是咋回事，三人就昏天黑地倒在马路上。从此表哥那个暑假在家再不能抬头，两个妹妹都被他摔破了相，紫药水红药水两个大花脸。姐姐愁眉苦脸，生怕落了疤日后嫁不出去，我却年幼憨傻，只是觉得那个时期表哥任由我使唤的感觉非常之好。如果每年都被他摔那么一下，然后我整个暑假都可以作威作福就好了。

（三）

　　由于诸多原因，我在姥姥家里长大。姥爷是个传奇人物，我认识他的时候他是个身形颀长、健硕、谨言慎行的老头，在该市最繁华的地段南门口，摆个不大不小的门面，卖诸如烟酒糖茶的杂货。他沉默得很，多数时间戴个宽框黑边老花镜看有字的东西，安分守己得有点胆小怕事。

　　这个老人，和别人议论里那个新中国成立前呼风唤雨的该市商会会长，和抗日时叱咤风云的国民党军官，三者我从来联系不起来。记得突然有一夏日很偶然的机会看到姥爷赤膊，胸前有如前臂般长的那么一条很长很粗的刀疤，于是发问。姥爷也只是淡笑地说，当年和鬼子肉搏，刺刀扎的，肚子里三分之二个胃都切没了。

我并不熟知姥爷的故事。他绝少提及，甚至对我这个最为亲近的孙辈。这也难怪，过去越是显赫，"文革"的苦痛就越入骨，言行就越谨慎，日日如履薄冰，心胆永如惊弓之鸟，恨不得隐姓埋名，谁也不知道。

姥爷叫我小迷糊。

现在想想，姥爷给了小迷糊很好的童年启蒙。三岁前没有见过姥爷姥姥，相认后视若掌上明珠。老头以教坐在膝上的小迷糊识字背书为乐。小迷糊尽管迷糊，依然能记得他写在"大前门""奔马"烟纸背面教我认的字。

其实家里有人如私塾老师般启蒙教导，对幼儿是很好的事，可是小迷糊的爸爸却如临大敌。据说有次爸爸接小家伙回家，坐在自行车前梁上的小迷糊咿咿呀呀唱歌一样背书，比女儿多吃二十五年白饭的爹爹，居然听不懂三岁半的小迷糊说的到底是什么。于是第二日送女儿去岳父家的时候问老丈人："泰山，丫头背的是啥？"

姥爷淡然道，昨天背的是《列女传》第四卷《贞顺传》。

知道这个典故，是因为小迷糊的爸爸以死相护，再也不肯让女儿接受"封建文化糟粕"，几经拉锯战，姥爷终于妥协，换成了《三字经》。于是我只学了《列女传》前四卷，隔日久远，现在回忆居然能残存印象。开头是"伯姬者，鲁宣公之女"，中间的记不得了，说的是一个脑子短路的做了寡妇的少妇，夜里家中失火，不肯独逃，"妇人之义，傅母不至，夜不可下堂，越义求生，不如守义而死"。现在想来，那伯姬还真是封建糟粕。

不知道是不是三岁那年姥爷教的《列女传》根深蒂固，小迷糊脑子自此傻愣不会转弯，俺还是认了死理，但凡"执子之手"，就任它东南西北风，咬定青山不放松，死缠烂打要"与子偕老"。

谢天谢地，老爸在悬崖勒住马，否则不知道怎样铸就小迷糊此生不合时代潮流的性格惨剧。

小迷糊自上了学前班后，路途遥远无人送迎，于是只能做钥匙儿童。小迷糊识字早，作业从来很早就画完了事，苦于家规不许出门，家徒四壁又没有电视，于是只能憋在家自娱自乐看《中国烹饪》《大众食谱》。这里不得不解释一下。小迷糊的爹爹是鲁菜特级名厨。当年家里精神食粮极为匮乏，有字能看的东西就是烹饪专著或期刊。

20世纪80年代初杂志广告很少，封二封三封四都是插图，经常是经典菜肴的典故来由，俺从此入手继而通篇阅来。小孩子似乎都有过目不忘的本事，有次大人说话小孩插嘴，出口成章顺便指点了隔壁毛阿姨怎么腌咸鸭蛋才能有红蛋油，被当成怪物一样在筒子楼被无数阿姨挑逗或者围攻问话，问题在小迷糊看来多为烹饪常识。自此邻居捧场，"宾客其父"，以为小迷糊神童才女，必成新一代名厨大师。

学前班能看《中国烹饪》，名菜"百鸟朝凤"三十多个制作步骤的过程，也差不多能囫囵说个大概，足以震惊那帮只知道豆角炒肉片、氽肉配干饭的老大妈。

历史惊人地相似，现代版《伤仲永》毫无意外发生了。阅经无数的小迷糊长大后四体不勤五谷不分，除了泡方便面外从不下厨，出国前连煮馄饨要不要加点水都要打求援电话。

不过，能当烹饪界赵括也是不错的。成年后有师兄下海创业，每次应酬贵宾前总是带我去试菜。小迷糊虽然窝头当粮好养活，但是若当真品论美食贪吃好吃却也是打遍交大无敌手的。那厮请我吃饭其实是把我当实验室小白鼠，该店水晶肘子是否到位，那招牌菜金钱凤翼到底啥典故，我的嘴巴一般来说投入当即有产出，他屁颠颠全力记下，待到宴请贵宾时假装随意谈笑风生照本宣科，以示博学多才。

唉，弱国无外交，我从不敢提知识产权，吃人家的嘴短啊……

（四）

她是个私生子。父亲是德国名门贵族，与一贫贱民妇逢场作戏一夜风流，不想那民妇暗结珠胎。生而有了她。出身蒲柳应该有着草根精神，可是她却始终坚守着那一点子贵族的血脉，天生就食不可无肉。20世纪80年代初的中国北方小镇哪里那么多肉炙奉食，于是家人自忖养不起，便打算抛将出来。小迷糊的爹爹那日去那户人家府上做客，因着职务便利有条件伺候这富贵毛病身，阴差阳错又和她惺惺相惜，于是携而同归至小迷糊家。

其实小迷糊那时太小，并不记得她入门始末的故事。

她其实是"四眼"，她其实是"它"。她其实无非就是只爱吃肉骨头的小小狗。

其实四眼在我家居日无多，并没有伴随我整个童年，却因着其个人（个狗）魅力在我幼小的生命里强烈占据着无可替代的地位。如今回忆童年，整个时光里都是关于它的点滴快乐。

我年幼时，木讷而反应迟钝，笨手笨脚，笨嘴笨舌，一着急只会"你你你你你"，半天涨红了脸蛋说不出"你"后面的话。又因着是个女娃娃，在孔老二的故乡颇受歧视。生存环境险恶得紧，外界环境影响内在心理，颇为自卑。四眼的到来完全改变了我幼年的境遇，于是开始开心地笑，开始敢说话，开始敢调皮，开始触发那点天生的内心的灵动，无人理会的整个世界，开始有生机。开始做一个真正的正常小孩子，继而变成了一个比正常小孩子还要调皮的皮猴子。

　　四眼刚进我家奄拉脑袋皮包骨头，因着爹爹在饭店工作，每晚顺便带些餐桌上的残羹冷炙便足够做四眼一天的美食。不出数月，四眼出落得颇有派头，丰腴颀长，毛色乌光锃亮，耳朵也似雷达一样竖挺起来。做厨师家的狗的确幸福，可是偶也有代价。某日迷糊妈妈百年难遇地顺访爸爸单位，临走看到服务员新从餐桌上撤下只几乎没有动过筷子的鸭子，于是喜洋洋像占了莫大便宜一样，顺水牵鸭带给四眼吃。没有想到刚过半岁的四眼狼吞虎咽饱餐之后变得不正常，上蹿下跳狂发飙，疯吠暴叫不停休，咬着沙发套和妈妈拔河，对着小迷糊也在喉咙里低吼呜咽起来。迷糊妈妈吓坏了，以为这小子得了狂犬病，忙把小迷糊我抱到八仙桌上蹲着，自己门都不关就跑去公用电话亭急召爸爸回来以暴制暴。爹爹初进家门瞥了眼四眼，第一句话问："你给它吃啥了？"迷糊妈妈疑惑，爹爹看了看狗盆，摇着头大笑："你没事给个小狗吃整只啤酒鸭，它能不发酒疯吗？"

　　其实四眼如果不喝醉是从来不对着我发飙的。我们是绝好的搭档，在大院里狗仗人势和人仗狗势相结合。记忆里四眼很高大，我可以拿它当马骑着冲锋陷阵，在一堆小伙伴里颇为威风。不过威风过头就是为虎作伥了。有次和一个小伙伴互换玩具，末了我没有玩够他就要换回去，我不太肯，他貌似想威胁我，我一怒之下情急之中叫了声"四眼"，四眼像条狼一样呼啸而过蹿至那孩子肩头，吓得他屁滚尿流抱头就跑。由此，我像发现了新大陆一样认识到四眼的震慑力。

发现四眼的"保镖"效用之后，我就经常抱着一堆堆作为战利品的玩具回家。这些玩具其实非常具有不安全因素，因为带回玩具的当天或者第二天，我就要被俺妈妈揪着耳朵挨家挨户赔礼道歉，尽数归还。我被罚面壁跪搓板，四眼被罚关进洗手间，还不给饭吃。

四眼再大一点的时候，我就和四眼一起被送到奶奶姥姥家，因为他们都有个四合院。据说大院里的大人孩子看到四眼都很怕，它已经出落成一条壮年狼狗了。

有时候我非常能够理解"赢了你失去世界又如何"的恋人心态，因为那时我便如此，整日陶醉在和四眼一起玩乐的世界里，全然不管周围有没有小朋友。记忆里每日和四眼比试，我企图拿它当马骑，但是它不让。心情好的时候它会让我死乞白赖爬到背上，哄孩子一样跑两步。不高兴的时候，我爬啊爬啊，它轻轻一抖，我就四脚朝天躺在地上了。摔过几次，我会佯作生气，自顾自蹲在地上搭积木房子，再不理它，它意兴阑珊，会蹭过来贴我。我还是不理，它就会欺负我，突然从背后把两个爪子搭在我肩膀上，小小的我哪里经得起它那么轻轻一扑，指定狗啃地前扑在积木上，照样招出一顿狂哭，奋起直追要打断它的狗腿。小孩子没有狼狗跑得快，但是狼狗却有意逗小孩，偌大的四合院跑马一样鸡犬不宁沸沸扬扬全是尘土。小孩子跑不快，狼狗会停下来摇着尾巴挑衅一样叫两声，算等我，再不行，走走回头路，调戏一样回去拽拽我的衣

　　　　　　　　　　　　　　此　生　未　完　成

角，待我挥舞拳头，赶紧再掉头跑。

不多时，狼狗和小孩子后面会跟着个裹脚老太太，攥着个笤帚疙瘩疾步挫着恶狠狠说要教训两个狗崽子……

和四眼分开是此生最为心疼的离别之一。城市要打狗，总之在城市内不许养狗，四眼被家人安排要送到乡下远房亲戚那里。临行时四眼疯了一样死活不肯进麻袋，龇牙咧嘴，凶相毕露，我被爸爸举在天上不许参与人狗大战，哭着做啦啦队，狂叫："四眼，谁抓你就咬谁。"四眼是狼狗血统，虽家养却有野性，硬碰硬，以暴制暴，三叔四叔五叔三个青壮大汉拿着笤帚铁锹忙半天，精疲力尽也对付不来。

还是我终于明白了，胳膊拧不过大腿，明白打狗队见了四眼，会用气枪打死它。那感觉就像民族起义最终会被鬼子洋枪队镇压一样。最终是我发话，拖着麻袋撑开口，劝此前还在呜咽发威拼死抵抗的四眼："乖，钻进去。"

它从了。

我失去了它。

事隔五年之后，我随爸爸去乡下亲戚家参加喜宴。乡下当年仍然流行流水宴，爸爸是特聘师傅，张罗喜事。在村头刚刚下长途汽车，离着村子还有很远很远的路，突然之间从村子里烟尘四起地奔出一条野狗，呼啸而来，以"迅雷不及掩耳盗铃之势"独独袭击了我，把我扑倒在地上，血盆大嘴对着我，一条舌头拉得长，狗嘴里的异味腥得可怕，我第一时间哇哇狂叫。爸爸抡起手里的包刚要砸，突然大笑："宝贝，别怕，是四眼！！"

我愕然之间，那该死的崽子已经用舌头盖得我满头满脸的狗唾沫。

狂喜地抱着它，终于明白狗狗为什么激动的时候喜欢舔人，因为那刻的开心让我恨不得跟着回舔。

此后的两天是我和四眼最为开心的日子。那次吃喜酒连谁娶了谁都不知道，整天混日和四眼腻在一起，借口探父进出厨房，顺夹出五花粉蒸肉狂喂四眼，那个时候粉蒸肉在乡下可是大好的东西，爹爹睁一只眼闭一只眼任由小女儿折腾。只是回到家中，迷糊妈妈疑惑地质问爹爹："你怎么看的孩子？到乡下野到哪里去了，怎么会弄得棉毛衣上全是猪油？"

那是和四眼真正意义上的最后一面。

人间烟火

想当年，父母的结合是具有戏剧性的。老爸精通柴米油盐，鲁粤川淮扬菜菜菜精通，烹炸炒熘炖煮蒸样样拿手，三十多岁就是国家特一级厨师，他在行当里也算得出类拔萃，只是他唯独却对那沾染了文化一词的东西不感冒，琴棋诗书画一窍不通，唱歌唱个《东方红》都跑调。老妈虽不是琴棋诗书画样样拿手的才女，却也玩古筝、二胡、扬琴、笛子如同一盘小菜，家里挂的国画都是她自己的涂鸦，三十八岁那年考上经济学硕士，像我妈这样的媳妇上厅堂再争面子没有，却唯独不能下厨房，至今会做的菜式也就方便面煮鸡蛋，难不保还能吃出鸡蛋皮。这样，如此极端的他们优势互补共同生活了一辈子，他们二人也由衷幸福和深爱着彼此，却从来没有考虑过找一个差异太大的配偶结合对自己下一代的影响：自己的女儿"琴棋书画懂也不懂，柴米油盐似懂非懂"。

在父母身边从来不"以食为天"，饭来张口是再自然不过的事。因为有个特一级厨师的爸爸，可能更有殊遇。当年高考，每夜自修后最喜欢做的就是爬到爸爸书柜里翻看菜谱，东西南北酸甜麻辣，要吃什么爸爸就给做什么。即便早晨那顿最不起眼的早饭，居然四五十天也没有让我吃过重复的汤粥，连油条馅儿饼灌汤包千层饼都是老爸在家亲手做，因为街上买的味道不纯正。日日蜜罐生活不会觉得甜，我这样日日吃着老爸的精工细作如同茉莉花喂牛，也并不觉得何等特殊，直到离开父母，异地求学。上海那牛校的伙食真是喂牲口的，第一顿食堂青菜加大排，青菜就颜色而论可以叫黄菜了，而且虫眼巨多，大排不够入味，肉质也是极其劣质的。那顿饭吃得我是两眼噙泪，后悔前一天在家怎么没有多吃点老爸做的蒜香肉丁、脆皮沙拉、山药煲排骨什么的。

　　大学的食堂是最为倒霉的，无论老生新生总是要骂上数千遍也不厌倦。虽然我有个名厨老爸，但是带着老爸读书也不太实际，更何况离开了老爸，老妈一日只会吃两顿饭，一顿是方便面，另外一顿是用剩下来的方便面汤煮方便面。我只好就这么一边白天含泪去食堂，一边晚上抱着电话向老爸控诉食堂，一边咬牙切齿发誓毕业后在学校开个餐馆，度过了难熬的大学四年。本科生活的食堂生涯我也受益，因为食堂练就了我隐忍大度的风范、宠辱不惊的气质、临危不惧的胆识。大一时吃到饭菜里的虫子，是吓得大吼大叫气冲冲找厨房师傅理论的；大二时是看到虫子不声不响到厨房要求换份新菜的；大三时把虫子挑出来，接着吃饭，因为想到即便换一份饭菜也不一定就比这盘好，所以还是算了吧；大四有些男生就能谈笑风生把虫子吃下去，笑着说补充蛋白质。看见石头、玻璃、钢丝、头发、指甲、烟蒂、虫子、苍蝇出现在自己或者同伴的饭菜里慢慢也就习以为常。博士一年级很是幸运，吃到那条比圆珠笔还粗的蚯蚓，人生也算是完整了。寒暑假回家老爸眉开眼笑，逢人就说我被大学改造得像当年东北插队的知识青年，看见什么吃什么，而且再也不挑食厌食，不埋怨他这个糕蒸得不够火候，那个蛋炖得不够鲜嫩了。

读研究生的时候已在上海站稳脚跟，朋友们各自有了温馨小家，自己也开始忙着谈情说爱谈婚论嫁。物以类聚的原理，和我来往的通通都是些饮食男女，隔三岔五大家喜欢倒腾个什么东西吃吃尝尝，一帮复旦伪小资出入饮食挑剔仔细，整日里省的化妆品服装费资料金通通给了天天海鲜馆、绿石潮州菜、杭州红泥、日本大渔，却少有自己在家扎围裙卷袖子亲自下厨做饭的。如果不是非典，恐怕这一辈子也识不破身边藏龙卧虎的烹饪能工巧匠。

非典时期是段令人难忘的日子。嘴巴再馋的人也不敢冒着生命危险去美食店。几个住在同一小区的兄弟姐妹周末聚在一起，没有吃的项目觉得很是无聊，于是外派了几个身强力壮的男生去菜场买菜，几双平素只是敲键盘拿眉笔翻杂志的纤纤玉手决定亲自下厨一人做一个菜来尝尝。当然这些玉手里不包括我那双，因为我受老妈遗传，甚至醋和酱油都分不清楚，更不要说下厨了。于是那帮饮食男女在厨房乒乒乓乓烹炸炒煮忙得不亦乐乎的时候，我仍然在电脑上灌水挖坑忙得不可开交。因为我曾经有过洗碗打碎四个碟子、倒醋倒成了料酒的罪恶记录，因此为了避免给人家添麻烦，被迫成了远离庖厨的"君子"。

只是色香味俱全的饭菜上桌，大家摩拳擦掌，而我侧身一看，大惊失色，忙叫："不要吃了！"大家一脸诧异，我只能跳起来解释："牛肉栗子同食会呕吐，鸡肉芹菜一起吃伤元气，黄鳝皮蛋不同桌，而萝卜木耳一起要得皮炎的。现在桌上的牛肉芹菜、栗子炖鸡、黄鳝、萝卜、木耳和皮蛋都到齐了，吃下去估计大家拉肚子的拉肚子，皮炎的皮炎，有脚气的估计还得去看脚气了。"看着大家狐疑的样子，我只得解释："我老爸是厨师，小时候家里穷，没有连环画看，于是我没事就看他的专业菜谱烹饪杂志，因为那上面的图片好看，所以这个东西懂一点。"

"这个倒是可能，那现在怎么办？""只好分开吃啊，大家分成两个帮派，不吃皮蛋就可以吃木耳做的东西，吃栗子炖鸡的不要吃牛肉炒芹菜。"我开始对一堆律师、证券分析师、主持人指手画脚，嘲笑他们读了无数年的书本，居然被我这个分不清味精咸盐的"远庖厨"小女子指点该吃什么不该吃什么。正在得意中，一个精灵 MM 笑着说："如果你看很多烹饪书，你该是知道满汉全席的。""是啊，我是知道的，"我毫无意识地卖弄，"满汉全席一些菜式我是知道的：抓炒鱼片，芝麻卷，炸鸡葫芦，御膳豆黄，燕窝四字菜……"我说相声一样开始回忆小学暑假里闲时翻过的老爸的菜谱，居然发现自己还能记得住那些图片的名字。可是俺在背诵菜式的时候却万万不曾想过，卖弄是需要资本的，而我的确是个不懂武功还满口降龙十八掌、乾坤大挪移的江湖骗子，什么功夫高说什么，可是要我使出一两招花拳绣腿，我也是真真切切万万不会的啊。当被赶鸭子上架，抬到炉灶热油硬塞了铲勺在手里时，我是号啕大哭啊。

我出国后发现一件非常奇异的事情，那就是只要一离开中华人民共和国的国土，我就神奇般地能够颠勺做饭做菜。

此生 未完成

生　病

　　自恃体质很好，隔了半个地球安排了过年时间，风风火火赶回来，居然一进家门，病了。

　　发烧是很久违的感觉。那日中午吃过午饭，觉得头痛视网膜痛，转转眼珠都扯筋似的。怀疑最近自己模型看得太多，用电脑工作的时间过度了，于是非常自觉地爬回自己真正意义上的闺房绣床上去午睡。

　　老迷糊非常奇怪小迷糊的反常，一天到晚踩着风火轮的主儿，小时午睡，把刀架在脖子上都不可能老实上床。于是跑过去习惯性把手放到额头，瞬时又被反弹回来：怎么那么热？

　　体温计拿来，居然快40摄氏度了。

　　发烧也不是什么大事，可奇怪的是，没有任何其他迹象地发高烧，其实难受也不是那种非常意义的不舒服。可能忘记了发烧的感觉吧。只是老迷糊两口儿这下有的忙了，呵呵。一家三口集体出动，前拿毛巾后提衣服带水杯帽子，重温了儿时生病去医院的情景。唯一可惜的是，老迷糊几度还想揽在怀里抱着宝宝，可惜，这宝宝也忒大了点。

躺在医院白色病床上挂点滴笑得肚子疼，这一点点小病搞得如此大动静。老太太精神抖擞踩着风火轮到处跑来跑去，削梨倒水一刻不安生，自己忙不说，还把老头使唤得不知道先忙这还是先忙那，挖挣着两手转来转去。这若是在挪威，不过是找大伙儿要个没有过期的药片，填肚子里喝水睡觉而已。

早晨没有醒，老迷糊就探头探脑过来说："想吃啥？让你爸爸买菜去？"这个时候千万不能说不想吃，或者随便，否则老头会很倒霉地买一堆回来。设若真的吃不下，还要被老太太数落。

中午吃过饭不久，就会有无数的菠萝苹果荸荠塞到手里，被严刑拷打逼着吃下去，晚上吃饭之前如数还有一堆水果。早知道不让老迷糊去挪威了，搞得她深知国际物价，动辄开始说："这个东西在那边那么贵，现在给你白吃你都不吃……"

晚上之前最好，因为我钦点糖葫芦，老头会蹲点一样到家门口逮那个定点从门口路过的糖葫芦老头，逮着糖葫芦就乐呵呵献宝一样捧了给宝贝女儿吃。可惜老太太不干，非说人家的糖葫芦脏，又说山楂上火、太酸，不肯让小迷糊多吃。老头说女儿一直在外面，根本没有多少机会吃，她生病了，想吃就给她吃啊。老头老太太因为给女儿吃不吃、吃多少糖葫芦，开始啰唆唱歌吵架打趣。

两个人同仇敌忾的时候也是有的，不知道为什么，外表看似壮硕的我血管特别细，打点滴吊瓶的时候，护士总找不到血管。于是打一次要被扎两三次空针。每次护士捧了针头，老头老太太就开始交代人家闺女，拜托人家好好扎，认真扎。但凡失手，老头就开始着急上火，问人家什么时间才毕业的，学校里有没有学扎针……后来所有小护士都不敢

　　　　　　　　　　此生　未完成

过来给我打针，只能请了医院里最有名的，号称"王一针"的护士。

真真切切感觉，又回到了父母身边。童年的感觉。

回山东生病后开始被老迷糊剥夺了穿衣选择权，觉得我的衣服有风度没有温度，因此全天只能穿她的红色大棉衣。蓬头垢面的病人穿着如此的乡下老太太的衣服，搞得病友猜不出我的年龄。后来看到我撒娇向爸妈要糖葫芦，于是终于下结论说："你们家孩子上学啊？"得到肯定回答又接着探口风："什么时间考大学啊？"

有爸妈的孩子是个宝啊。

病，且享受着。

故 里

因为课题关系，在家蛰伏数十日。

自 2000 年以来，从来没有在家待过那么久。之前每次回家总是在春节前后，也就那么蜻蜓点水地住上三五天，走马灯一样四处奔波于几个联系紧凑的亲友家，昏天暗地忙着谈笑酒肉。从来没有说，有时间真正地去看看那个生活过十七年的城市，去看看曾经熟悉的一草一木，去听听老头老太太鸡毛蒜皮的唠叨。

蓦然发现，这个城市我已经不再熟悉。

路还是那么几条路，只不过我熟悉的也就那么一小片市中心。我熟悉的建筑早已湮没在林立的高楼中，它们也不再是我想的模样，图书馆已经变成了某私人的什么中心，科技馆成了戏院，师专的前门庭也重新装修了。深秋处，尘归尘，土归土。

我没有什么"什么什么的经济发展了，人民过上幸福生活"的想法，我眼里，尽是物非人也非的惨淡。

沿着街区河流慢慢走，自也有番滋味，尘满面，鬓尚未如霜。熟悉

　　　　　　　　　此 生 未 完 成

而陌生的感觉犹如秋风，让人不禁抱肩凝神。说实话，我不知道我更熟悉上海、Oslo（奥斯陆），还是这里。

城市变化很大，那个最熟悉的核桃园却非常具有讽刺意义地丝毫未变，只是它不再是我魂魄所归的地方。在这里绕来绕去很久，不知道去敲哪扇门。

蓦然发现自己守着姥姥原来的家门，当发现再也不能叫"姥姥我回来了"的那刻，不禁放声大哭。数年来一直刀横心口，忍着泪。

那户新来住的人家也慈悲，非但不觉得触霉头，还全然能体谅。只是伤悲这东西，不劝倒也算了，别人来拦只会愈演愈烈。

不记得怎么收场的。

故里，多少值得回味与回首呢？！

再回首，远走的，到底是什么。

已然选择出行，那么索性不如无奈策马扬鞭。

离　家

　　世交有独子，和我同年同月仅大我一天，所遇人生十八年前完全一样，因着上学毕业总是同年，所以两家父母总是开会一样拿主意。

　　两家摆宴一品香，饭桌上谈及子女去向，阿姨伯父毫无商量余地，执意让儿子回到身边，备着含饴弄孙颐养天年，而我爸妈似有意回避这个话题。

　　子女对望，我心有戚戚然。

　　回家路上，妈说："儿啊，能飞多远飞多远，人生重在体验。"

　　从此，似乎我就开始离家，千里万壑重山，而且，渐行渐远。外面的世界精彩，千忙万忙，前途苍茫。

　　《常回家看看》红遍大江南北。那一年，刚巧过年回家，爸爸乐呵呵地在厨房里忙来忙去，嘴里哼着走调的《常回家看看》。团圆饭，席间我笑着问爸爸："你唱这个是不是暗示我要常回来啊？"老头子憨然笑着，低头轻声说："我知道，你们忙。"当年太年轻，全然听不出慈父浅浅一句话里的爱和无奈。

　　　　　　　　　　　　　　　　　　　　　　此生　未完成

十年茫茫，弹指一挥间。旧时挚友传给我一首《牡丹江》，听着居然泪流满面，信口民谣一样让人想家的吟唱，歌里说：回不去的名字，叫家乡。

非常非常想那条叫作竹竿巷的青石板路，和表哥赤脚拿着大扫把追逐蜻蜓的童年；想老运河边晒太阳下象棋的姥爷，开着嗓子扯着我耳朵让我回家吃饭的阿姨；想傍晚校园池塘里半开半闭的睡莲，和池边同样羞涩矜持的少女时代；想紫藤花棚下的那年夏天，满心想着那个男生，却死也不说喜欢。

歌里说：到不了的，都叫作远方。可是谁又知道，到了梦里的远方，心里最牵扯放不下的却是那个以前总也不想留下的家乡。想家，却不敢想家。

去年今日，回国探家，临行前让送行的人大为耻笑。一个二十六岁读至博士的人，告别的时候，居然犹如三个月大的从没有离开过家的猫咪，数小时哭哭笑笑吵吵闹闹，在姥爷怀里腻来腻去，在姥姥脸上亲了又亲。如果我说我知道那是永世的别离，我不会走，你信吗？视我如掌珠的亲人选在自己离家千万里的时候双双撒手人寰，是我一辈子滴血的千古愧憾。我不敢想，回家，看人去楼空生死两隔。虽然早知道，万事早随了他们去，黄土无情掩。我想家，想家里看电视时我专属的贵妃榻，想小时候和爸妈争抢遥控器，我把那个叫"权"。真的，十年没有抢过"权"了，没有机会，回家能看电视的时候，爸爸妈妈主动递"权"："你平时忙，放松的时候随你看，我们有的是时间。"

突然想到《红楼梦》里的《好了歌》："世人都晓神仙好，只有儿孙忘不了。"尚无子女，可能未能体会其深意。我走后的无数年，妈妈不准任何人动我闺房一丝一点，听说想我的时候就去坐上半天，任由思念满屋子弥漫。篡改沈从文家书里的一句话：我走过很多个城市，看过很多地方的云起，品过很多种酒，尝过很多种茶，却只有一对血肉相连的父母，有一个只要想起来便会微笑、心花开足开满的家。

05

远在天涯

国外的闲适犹如一碗清水，腹饥的行人吃下，
会更怀想故里短短长长千丝万缕的阳春面，
那价廉而悠长的过往。

送报歌

　　自大二开始，直到博士三年级，算算做过家教、调研员、文员、广告发放员、抄写员、督导员、翻译、策划员、写手、课题研究员，不能说没有勤工俭学的经历，工种大多属于廉价劳动力，只是一直没有做过苦力。

　　不是说没有做过苦力就是不完整的人生，但如果做过苦力，人生肯定要更加完整。

　　来挪威一年后，在 Mint 和 Nodd 的帮助下各找到一份兼职：送报和做餐馆服务生，尚属留学生打工工种里最好的也是相对轻松的体力活。于是，闲适一年的我又开始了打工生涯。

　　欧美大片两个人在街头对话的场景里，时常会出现骑着自行车的小男孩，一边飞快地骑一边把报纸丢到家门口，丢落在鞋毡上时常会有震撼主人公的消息。而今真难以想象，我成了傍晚时分背着报包、拿着地址本挨家送报的那个报童。

　　我的报纸平时要下午五点前送到，周末则要凌晨五点起床开始工作。真不明白挪威那么点弹丸之地能发生多少事情，又有多少可以登报的，一份份报纸厚重如书。尤其是周末，十份报纸居然可以捆成一尺来高，一次要送两百多份。我的送报路线是步行线，因此有类似三轮车一样的小报车可以推着走。挪威人的房子都建在山坡树林里，起起落落的坡度恨得我牙齿发痒。上坡时，我使出吃奶的力气，但装满报纸的小车仍然纹丝不动。说真的，长了二十七年，我从来没有那么迫切地需要那么实际的体能。现代化的今天，不知道自己体力的极限居然限制了自己的意愿，"百无一用是书生"果然是真理。唉，那一刻我真是希望自己能变成一个装卸工，如果不行，变成个男书生也是好的。

挪威的报纸送法和美国不一样，挪威每幢屋前都有报箱、报筒、报夹或者其他什么的，这意味着每户的报纸不能扔进院子里完事，你要老老实实找到他们各式各样藏匿严密的报箱、报筒或报夹，把它们打开，放进报纸，再盖上。这一简单动作重复两个星期后，居然磨穿了我一双新手套。

我最为痛恨的是周日和周四。凌晨五点开始工作意味着要在凌晨四点多起床。周日的报纸厚得夸张，除了将近一百五十幢屋子之外，我背着报纸要爬八幢四层楼、两幢十层楼，因为报车推不上楼，那个重啊。不过日久之后，发现这种负重登高运动造就我开始习惯走楼梯而不是乘电梯，而且健步如飞一步落下就是两级台阶。

不过，公寓虽然要爬楼，但有个好处就是很多人没有报箱，送报人可以扔到门前鞋毡上完事。我总是站在三楼半就开始对着四楼鞋毡飞报纸。三个月后，我成了优秀投掷手，无论报纸怎么脱手飞出，总是稳稳当当地落在我想让它落的位置，指哪儿打哪儿，毫不含糊。

周四更是夸张。不知道是不是挪威是福利国家的原因，每周四都有免费报纸赠送给所有人。这意味着，我两个小时要扔四百多"本"报纸——不是我中文退化了，而是用"本"来形容报纸比用"份"更加合适。四百本啊，装在报车里像小山一样。每个周四我总是希望我拿报纸的报点失火，可惜每每不如意。

　　初次送报归来，在床上躺了两个小时，那种感觉比久不运动被人拖出去跑个八百米累多了，第二天全身就像被人打了一样疼，说不出到底哪里疼，肩头臂弯腰肢大小腿脚底板着火一样，死活不舒服。第一个送免费报纸的周四，累得真是想哭都哭不出来，躺在床上觉得周身酸痛，至此才知道疲劳的真正含义，原来真的乏累不是呼呼大睡而是长卧不能睡。

　　如今，一个半小时跑两条线变得轻轻松松，有时候兴致来了，还能冲到打折超市去抢便宜货，不由得感慨自己因做苦力而日渐强壮。不知道如果继续"锻炼"，会不会就变成超人。

　　三个月的送报苦力得来一份对现在还是挺重要但是对以后不是那么重要的薪资。因为课程冲突，只好放弃这份工作。回头想来，苦力虽苦，但也不失为一份生活的馈赠。因为，我的那份苦力，辛苦而不心苦。我做苦力的时候，知道自己在生活反串，更是知道自己不会一辈子这样辛苦。

　　如果不做苦力，我想我一辈子都不能明白苦力的辛劳，不懂得真正的体力劳动者的辛苦与辛酸，错失掉理解另一个世界的机会。我可能依旧在上海做所谓的知性都市女，在公交车里对汗臭的民工掩鼻，不懂得对送水送奶的师傅说谢谢，在餐厅催促早已手脚并用忙得不可开交的服

　　　　　　　　　　　　　　　　　此 生 未 完 成

务员快点，诸如此类。

　　送报的时候，居然时不时把自己想象为来都市打工的人，在异地用汗水默默耕耘，换取微不足道的薪水养家，同时又要忍受诸多不公平，不被理解和不被关爱。他们其实和所有给他们白眼的人一样优秀，甚至在本质上比后者更为优秀，只是他们的出生不如后者，他们没有先天的机会，他们只有靠后天争取。

　　就如同，作为中国人的我在欧洲。

一箪食

初来挪威，曾一度把吃饭当作世间头等重要的大事。黑面包吃不惯，黑咖啡喝不惯，比萨虽好，多食无味且上火。牛排、三文鱼、北极虾性价比高，但赤贫如我，毕竟不能拿来日日果腹。资本主义高级发展阶段物质极度丰富，可琳琅满目的食品超市让人哭笑不得。看似堆积如山，种类繁多，实际上，挎了篮子晃来晃去却找不到华联里随处可以捡到的什物。整个超市四分之一卖的，可能都是往面包上夹或涂抹的各类选择：果酱、肝酱、肉片、鱼子酱、虾酱。放眼望去延绵一墙，高低错落的冷冻货架上，清一色的奶酪。

可是，如果放弃面包做主食呢？

只能去开在印巴人聚集地的越南店。

越南不再是大唐的藩国，里面售出的商品并不尽如人意。亚洲超市里，中国食品虽然是主流，但也不免要埋没在无数其他亚洲国家的瓶瓶罐罐里。更可气的是，中国食品都是为了进入日本、老挝、柬埔寨、菲律宾市场而做了口味改良，贴着周边小国层层叠叠的蝌蚪文，几经辗转到了挪威，再卖给华人。价格高、分量轻、种类少、味道差也就认了，可是一不留神买到的都是和《重庆森林》里的爱情一样不保鲜的过期产品，实在让人郁闷得很。

起初以为世界各地的华人都是像我们这般受苦的，于是心安理得跑越南店，以为"食之苦"就是海外求学必吃的苦。后来周游欧洲，发现原来世界各地的华人都比我们幸福，人家有唐人街、华人区，吃喝和国内无异：随便就能买到李锦记、甜面酱、洽洽瓜子和旺旺雪饼，价钱公道，出厂新鲜，更重要的是有正宗的中国味道。不像我们，冰天雪地坐二十分钟地铁跑去黑咕隆咚的越南店，花二十块人民币买国内两块八的冠生园，还不确定是不是过期的。人家花二十欧三十欧可以肉山酒海大撮一顿，我们跑到中餐馆，一杯啤酒六十块人民币，一只鸭子三千块人民币。

世界上真正可怜的是我们，原来并没有三分之二的人生活在水深火热之中，等着我们去拯救。

根据我的总结：来挪威生活的人有两种，一种或乐天知命无可奈何或善于接纳新鲜食物崇洋媚外，早早放弃每日中餐的梦想，拿起面包涂果酱；一种是坚持立场毫不动摇，坚持中国心、中国胃但几经抗争终于还是不得不放弃中餐的人，只是这后者拿起的面包上涂的是国内带来的老干妈辣酱或小绍兴玫瑰腐乳。

我承认我懒，但后来放弃"我手到我口"，可以连续吃一个星期的黑面包生菜叶而面不改色，最大的原因是，不在乎做饭难，而在乎一人做一人吃的难：难不在"做"，难在"一人"。如果吃饭做饭是必然的生存基础或者不可推卸的任务，如今却不能成为一种享受，那么无异于苦役劳刑。加之时间成本过高，索性不如滑雪滑冰享受人生。

不记得何时接纳了西餐。但是不自觉地发现，接纳西餐最大的障碍不是胃的习惯，而是心的转变。也就是说，是否能够调节自我，主动接纳。自己是最难了解自己的，所以并不能过早给自己下定义：我不习惯。人应该鼓励自己，我应该接受并习惯。

现在想想，人生的道理就在这每日的杯盏箸筷。

其实不单玫瑰腐乳好吃，鱼子酱也别有味道。好好的果菜生蔬何苦要煎炒烹炸，如果可以生吃，为什么不趁不用担心农药超标的情况下吃它个水灵新鲜？国人尚且要追赶欧美口味，上午肯德基，下午必胜客，我虽不齿这邯郸学步一般的用餐，但也不用人在欧陆却死抱着筷子。

当自己吃面包从不皱眉，做五六个中国菜不嫌麻烦，游刃于中西餐之间颇有余地的时候，突然发现，其实自己那一箪食可以吃得出更多更好的味道：那就是讨自己欢心。

高兴什么吃什么和拿吃讨自己欢心，对我来说是两种层次体验。第一种重心无非还是一个吃字，第二种却是把吃作为一种人生乐趣。也许后者更是一种乐观独自生活的精神体现。吃不是人生的全部，但是不能否认它是非常重要的一部分。如果它是你生命中的一部分，何苦不好好待自己？如果有时间有精力，何苦意兴阑珊、心绪慵懒，何不给自己备下一餐盛食丰宴？生命是自己的，哪怕，这个阶段，只是自己的。

吃饭是件高兴的事，一人做饭一人吃不能成为怠慢自己的理由。

享受自己当下的生活，知道番茄熟吃比生吃好就做番茄蛋花汤，知

　　　　　　　　　　　　　　　此　生　未　完　成

道生菜沙拉健康就不炒，火鸡翅膀用中国卤料腌渍也许是个不错的尝试。有时候在网上闲逛，翻翻食谱菜肴，发现食的要义千变万化，派系如同武林，也别有一番天地，于是不免开始找个好玩的菜谱细细依笈而循，随手练数手菜式，伺机显摆：跟 Erike 学烤 pizza（比萨），跟 Veumud 学酿啤酒，跟 Eve 学烤蛋糕，跟小菜学上海菜，跟兔子学武汉菜，跟大宝学京酱肉丝，杂七杂八，倒是自己学得自得其乐，把个烹饪界武林宗师级别的老爸放在家里顾自郁闷。

不辜负自己的每日一箪食，才不辜负每日想和你一箪食一瓢饮的家人。

翡冷翠

一直非常崇拜"五四"前后中国的文人，穿着长衫马褂，讲非常正宗的伦敦西区口音的英语，摇着梅花扇指点莎翁的名作瑕疵，学贯中西，以至于随手便能给某个神秘国度的某个传奇城市冠之神来的名字，Florence，人家不叫佛罗伦萨，叫作翡冷翠。

第一次接触佛罗伦萨非常羞赧，是从弱智风流无用诗人徐志摩的诗里。初中模样的时候读《翡冷翠的一夜》。现在想想，已经无处得知怎么会看他的东西。除却多情风流到疯狂而神经质，早些生活在国外而有了资格把自己的诗冠以"康桥"之类的异域名字，不知道他有什么长处。

无论如何，翡冷翠是个让人沉醉的地方，犹如一块碧绿清冷高贵的翡翠。

被历史洗练过的文明都是让人沉醉，何况在成百上千年的时间长河里洗练过的文艺复兴时期的欧洲文化。

一个处处是传奇和回忆的地方，连街道和窗棂都染满旧日的墨迹音符，走在古旧的大街小巷，或者廊桥上，仍可从片瓦青石里读出旧日文化繁华鼎盛时候的旖旎。

一不留神，居然住在了有着五百多年历史的家庭旅馆，高庭，宽门，黄铜古旧的中世纪插销。庭院门口的角落里弃着与大卫同一时期装束的半人高石像，是一个同样年轻的青年，尘埃满面，手按着佩剑远眺，石像身边伴着的是和岁月一样蜿蜒而倔强的青藤，老蔓新叶，让人同时看到沧桑和希望。

本是为了逃避北欧的风雪而选择来意大利度假的我们，去佛罗伦萨居然遇到了当地十一年未曾遇到的大雪。不知道算作幸事还是相反。但是不得不说，雪中的翡冷翠更是魅力逼人，别有一番风情，更符合这诗意的名字。

在翡冷翠住了三四天光景，意犹未尽，翡冷翠是旅游城市，不像个购物城市。然而我却忍不住，因为那个连空中雪花都会有米开朗琪罗雕琢痕迹的城市，售出的饰物样样经典可人。真的特别喜欢大野猪铜像旁边的小商品市场，那种感觉像足了上海襄阳路，却多以皮具、饰物、特色传统工艺品为主，东西比北欧便宜好多好多。

其实如果是观光，那么一天足矣，两天便可以到附近的比萨去看看斜塔。翡冷翠的景观不如罗马那样处处流光溢彩。我个人觉得罗马那样处处都是如雷贯耳景观的地方太容易让自己产生审美疲劳，是不宜于沉下心，把自己静静浸在如流水的诗意里，细细品味和享受的。

从这个角度上来说，佛罗伦萨是人生旅行中难得的驿站，景点都是经典，却不至于让你眼花缭乱。无数的亚洲青年顶着风雪爬到浸透在爱情里的 DUOMO 教堂（花之圣母教堂）顶层，希冀遇到生命里擦肩而过的那次爱情，更有无数人去乌菲齐博物馆，希望的却是让自己遇到百年前被达·芬奇定格捕捉并凝结在画布上的心灵之光。

　　大卫每日会招待好多好多慕名前往的游人，老桥每日会售光好多好多价值不菲、精良炫美的珠宝，迎来送往，翡冷翠顾自在那里，犹如冷艳少女，坐在时光的出入口，沉默而微笑。她不屑于急功近利地搞什么市政建设、经济腾飞，她就是她，安静悠然地生活在永恒的诗意文明里。

　　生命里最重要的应该是什么呢？一个城市最重要的又应该是什么呢？

子不语

在奥斯陆大学图书馆翻到了袁枚的《子不语》。

特喜欢袁枚，喜欢他诗词里那种清雅隽永的脱俗，更加喜欢他大俗大雅的生活，杂家大儒的身份，出人意料的行事，豪放不羁的个性。读他的书，是从父母书柜里那本《随园食单》开始的。那个时候家里虽穷，但藏书甚丰。而我虽懒，但逢书必读，聊以消磨孤独的暑假。我至今不知道那繁体竖排的古旧陈书是喜欢文学的妈妈的藏书，还是因为满纸精辟食家之言而成为烹饪爸爸的专业指导。但是我非常明白，这本书的确是我识知繁体字、一目十行看旧体竖排书的启蒙教材。

真的非常怀念小学暑假里，睡觉睡到自然醒，懒懒地躺着，一边看《随园食单》，一边想象书里的罗蓑肉、醋搂鱼、虾子勒鲞，一边吮手指的日子。这幼年时期读的食单奠定了我今生注定是馋虫食客的坚实基础。

扯远了。

其实今天分外沮丧。我发现，我已经丧失了读古书的全部兴趣。

不知道为什么。把《子不语》借来，心却不在其上。翻开书，突然发觉这竖排版的繁体字一个个那么别扭，竟然也开始像现代文盲们一样看竖排版看串行。天啊，我是怎么了？奈何字如珠玑、妙语连珠，却丝毫提不起我的兴趣。说实话，我真的慌了。

下午没有打工，晚上一个人在房间里，静思良久，自省。

发现，这段时间是不对劲，竟然不知不觉地失去了读书的冲动和热情，读书，而不仅仅是读古书。我很久没有读书了，上课学习以外的课外书；我也很久没有思考，那种自我心灵的思考。每天自己都不知道做了些什么，时间哗啦哗啦地过去，不着痕迹。

我给自己总结借口：英语不怎么好，挪威语没怎么学，看杂书也只喜欢看中文，然而中文里，2000 年后的书大多如同快餐面，花哨，勉强做充饥 kill time（打发时间）用，但是没底蕴，要文弄字就那么点功夫。20 世纪八九十年代的作家，数来数去就那么几个，张贤亮、梁晓声、铁凝、刘心武、王蒙，算上王朔、苏童，代表作在我没有读完高中的时候就看光了。一帮受年龄阅历限制的中老年人啰啰唆唆，北京胡同知青下放，小痞子混饭，就那么点子事，好啰唆。再往前数，张恨水倒是挺有时代特色，半古文半白话，看他的文字就能想到"五四运动"以及 30年代。读了他六七本小说之后，实在受不了他叙事的节奏，看白话古文间杂的十几页，少爷还没有把纸团扔给读了几天私塾的女学生。钱锺书、林语堂倒是狂赞的，那有限几本他们的通俗读物爱不释手，但巍巍泰斗高山仰止，那本《管锥编》害我高中时晕了半个学期，实在不是浅薄如我的人所能看。再数下去，余光中的书我是爱看的。但是，似乎也有限。

明清两朝的东西我着实喜欢，但是又耐不下性子，宁可舍了史书，去看宁静和马景涛演的《孝庄秘史》。

我给自己找了很多不肯读书的理由，到头来却发现，这些理由其实不是理由，最大的问题是自己静不下心来，空虚浮躁，总是觉得这个不好那个不好，丝毫不去体会读书的乐趣和作者的思想。

小时看杂书，喜欢华词丽句，后喜人行文巧思，再后来欣赏文人文风品行，到后来，却发现，读书，要读的是别人的思想，花鸟鱼虫固然是天然趣，仁孝廉礼立的是忠义魂。此间要参透的，是高尚悲悯的人性，矜贵持重的品行，洞明豁达的修养，坚而不舍的理想和追求。

猜想一个有故事的人

打工总是只能坐末班车。

午夜 12 点 20 分的班车，一般很少人。可能万圣节临近，今天多了很多外出寻开心的年轻人。年轻的欧洲人比中国人更懂得及时行乐，所以从不放弃这种可以肆意发疯的日子。

地铁对面，有个年轻人，穿了件白色带斗帽滑雪衫，牛仔裤，看不到脸，斜倚在红色马赛克墙上，地上放一台录音机，音乐跳跃激扬而轻快流畅，流淌在午夜的地铁站。

一个中国人坐在铁道对面，穿一件蓝色的羽绒服，看似很累。我看他时，他刚巧把眼镜拿下来，搓揉了一下脸上的肌肉，勉强挤出些精神，抬起脸。我突然发现我认识他。和我一个餐厅打工，后台做调酒的师傅。他平日很沉默，终日在咖啡机和各色酒瓶之间忙碌。酒水单来，他会无言接过来，打理好了，把酒水放在桌上，单子压在下面等服务生拿走。我偶尔上班赶巧自己身体不适，不能喝冷饮料的时候，会向他讨点热茶或者咖啡喝。他寡言得很，但是递上热杯的时候会说："一个人

此 生 未 完 成

在外面小心自己身体。"语气平淡，但会让人心头一热。

他似乎四十岁左右的样子，不高，但是魁梧，眉目里依稀可以看到往日的俊朗。我不知道他的名字，餐馆的同事可能多数知道的也仅仅是他的名字。这个人在餐馆不算我讨厌的人。

这样的中年男人在这极北的国度会有怎样的生活，没有人知道。

可能，这也是一个有故事的人。只是，我们不可能知道每个人身后的每一个故事。

走在卡尔·约翰大街的中国面孔，他们每个人的背后都有故事。

这样一个深夜里，我和一个个行走着的故事，擦肩。

浮生半日闲

其实，我在挪威偷的，何止是半日闲。

小时候识字，一直把"闲"理解为闭门不问世事，悠然种树养花，或者在树下下棋看书。门里的那棵木是不能或缺的。十七岁入沪求功名，人头攒动中竞争惨烈，每日几乎连滚带爬。虽然不知道忙的是什么，但还是不得不忙得手脚并用。待有闲心看车如流水马如龙，却蓦然发现，即便花月正春风，也是在钢筋水泥森林。

蓄养这份真正的闲适，是在来挪威之后。

终于可以做到闭门，闭心。住在深林里，自然而然有"木"可以成"闲"，只是这些木不在门里，在窗外。没有千丝万缕劳烦身心的大事小事，没有随时可能打来的电话，没有突如其来的变故，没有不期而遇的访客。世界是自己的，只有自己。我把整个深林放在自己的门里。

开窗，秋高气爽的季节，蓝天如水洗，阳光也是难得的北欧晴日。面窗的林子被秋风染得深深浅浅，斑驳错落的绿黄红，煞是好看。阳光柔软和煦地洒在桌上，静谧宁和在四周洋溢着。挪威的日子是我喜欢的

此生　未完成

那种，干净，明了，简单，自然。我可以想象，现在这份闲适自然，在国内很难再找到。

开始放依然如故的老歌，周华健、刘若英、莫文蔚、王菲。我自恃没有特殊偏好，今天却突然发现，那么多年一个人的日子里，自己放给自己听的歌反反复复就是那么几个人、那么几首歌。

于是索性把桌子上的东西全部移到地上，抱着膝盖坐在窗口的大桌上，迎着阳光，看着窗外的林子随着音乐哼刘若英的《当爱在靠近》。哼到周华健《一起吃苦的幸福》，突然心里像被重击了一下，开始想家，想国内的朋友，想他们给我的一切，想自己走过来的日子。

我蓦然发现，我不能静下来深层次去体味闲适，因为它会让我不禁心孤身单，会让我不禁想起国内的浮云，我的祖国，我的凡尘俗世，无论它是不是荣华锦绣，是不是腌臜阴暗。但是那里，有我的根，有爱我和我爱的人。国外的闲适犹如一碗清水，腹饥的行人吃下，会更怀想故里短短长长千丝万缕的阳春面，那价廉而悠长的过往。

云想衣裳

"云想衣裳花想容"，或者，云山雾海回想衣裳。

从国家统计局出来，看到旁边的 VIVIKES 在打折。不假思索地冲了过去，本想买件吊带，却没有想到看到他们的晚礼服打三折。华衣盛装面前丧失了全部理智，一个小时以后出来，捧着一件银灰色曳地大摆晚装付账，价格不菲。

这是一件简单得不能再简单、保守得不能再保守的晚礼服，银灰色，连衣束身，大裙摆，长及脚踝，裁剪得不能再得当。裙子本身没有任何装饰，唯一的卖点是腰身的裁剪功夫显得出肢体曼妙。看着试衣镜里的自己，觉得简直没有任何理由不付钱，心里劝自己：唉，不知道还有多久能有这种身段穿这样的衣服，买就买了吧，否则以后水桶身材，再好的衣服都像罩在煤气罐上一样。回到家和阿盟通电话的时候才突然想起来，其实回国后我根本没机会穿这样的盛装。虽然好看，但是终究落得锦衣夜行，再想想银行卡上的存款，痛定思痛，悔意顿生。

很是为自己扼腕，生如夏花，云裳无几。于是索性今儿个把自己从小到大能想起来穿过的衣裳仔细想想，也算做个念想。

记事开始，有一件翠绿的呢子大衣。左胸口绣一只戴着鸭舌帽的小鸭子，衣襟下有两个斜口袋。据说这件衣服是我出生不久爸爸到上海公干带回来的，那个年代的"上海货"大概相当于国人看现在的巴黎时装，是样式fashion（时尚）质地精良的代名词。或者当年钱粮稀少，大小尺码一个价钱，或者是初为人父没有经验，一心盼我早日长大成人的年轻的爹爹为尚在襁褓里的我买的大衣，让我一直穿到上小学，于是这翠绿呢子大衣毋庸置疑成为我童年时期最重要的行头。开始我穿它索性不如说穿袍，蹒跚学步时，记忆里似乎感觉那呢子大衣套上后很难能看到自己的脚，"袍"质地的确精良，那个时代的童叟无欺尽能展现。只是年幼的我不堪其厚重，每每穿上只能摇摆而行，又喜把双手插在口袋里，盖因大衣过长，天冷地滑刚刚学步的我总不免被衣摆绊倒，却来不及把手从大衣袋里拿出来，经常惊慌大叫"妈妈"的同时如同木桩一样直挺挺倒下，宛如一只笨乎乎的小企鹅。那种地面渐渐接近面颊却没有办法抽手抻身，为了避免鼻尖先着地，只能侧脸闭眼的险情让我早早记事。

我所记得的第二件衣服其实不是我的。大概六七岁时在妈妈理衣柜的时候看到一条新裙子，绛红亮绸真丝，半身长摆裙。大概这件衣服在布衣棉衫的20世纪80年代格外抢眼华丽。我无比艳羡。妈妈说这个是托人从外地带来送给表姐的生日礼物，等我到了十六岁，就可以穿这样的裙子了。我内心深处试图抢占，但是那裙对于身高不如桌子高的我来说的确不是很合身，深知自己说出来也会被无情拒绝。于是假装不经意，暗暗记住了妈妈存放在衣柜里的位置。

等家人不在，我大桌子摞小凳子地在衣橱里狂翻出当时在我眼中华美至极的裙子，迫不及待穿了起来。哪里知道，即便我穿了妈妈高跷一样的高跟鞋，狂跐脚，那裙子也如扫把一样拖在地上，把裙子提高，裙摆不拖地的时候我简直已经被全部装进那裙子去了。镜子里的自己蓬头垢面，裙腰在腋下，有如身穿朝鲜服，不得不让我恼羞成怒。

之后开始上学，小学第一天放学回家，因为看到别家小姑娘的花裙子吵着要买，被家人认为完全有必要进行彻底有效全面的洗脑。那段时间"衣锦绸衣""腹有诗书气自华"之类犹如黄河决堤，滔滔不绝于耳，现在想来妈妈真是恶毒，把我那幼小心灵最初萌发的那点子爱美的天性扼杀在摇篮之中，我确实成了只比学习成绩、思想境界、五讲四美三热爱的傻孩子。韶华虚度，花开默然，现在想来，居然不记得小学初中高中都穿过什么衣裳，居然连一件自己喜欢的都想不起来。

不过我想得起来，我当时的着装在学校里极为个性。因为我穿军裤和我妈妈不要的衣服。我早熟，初中就和我妈一个身段。军裤是4号的，最小的尺码，但是腰身过大，就买个军用皮带裹了又裹最后扎起来，衣服穿得似乎和我妈妈一样。因为当年她在忙事业，顾不得修饰打扮我，我也图省事，乐得不在乎，一天到晚剪个齐耳短发，穿军裤和文化衫抱个篮球在男孩子堆里到处疯。

看看现在的豆蔻少女，个个如花似玉争奇斗艳，穿戴讲究配色、样式协调、场合，看得我是眼花缭乱。不由得暗自伤怀自己的花季，硬是把青春裹进了面口袋一样的军绿色里。

能回想起来的第三件衣服也是呢大衣，考上本科时全家欢天喜地置办新衣送我读书。火红艳极，呢子的料子照旧好得不能再好，掂在手里让我想起了儿时不能承受之重的绿呢大衣。记得买这红大衣着实让我和我妈妈生了一场气。她喜欢红的热闹，刚好趁我热烈青春，我却嫌弃这红太招摇，又俗气。我当年相比之下看中一件不咸不淡的白色连帽衫，很有当年郭富城在某档综艺节目上唱《让我一次爱个够》里那件衣服的感觉，但是我妈说这件虽然便宜，但是货不好。于是母女俩第一次为了置衣各持己见，僵持不下。胳膊拧不过大腿，她又搬出来"腹有诗书气自华"，付了账。我郁郁然穿了那件即便混在一百个人里也能一眼认出来的火红大衣度过了四年寒彻骨的上海之冬。老妈是明智的，因为我发现不久以后我开始厌烦所有浅薄的连帽衫和郭富城，而对这实用的大衣开始爱不释手。

遇到人生初恋的时候我穿了一条蓝色棉布背带裤，上身穿带着没有洗干净的番茄汁的富华外企中专的文化衫。那是老妈一手创办的学校，故我此类文化衫泛滥。"女为悦己者容"对脑袋自小绝爱美之筋的我丝毫不起任何作用。大学约会，我顶多在一堆脏分分富华外企中专的文化衫里找一件相对干净的换上完事。时隔多年之后，我再次反省，扼腕顿首：如当年知道如何吸引男生眼球就好了，说不定可以找个多金帅哥什么的，可惜了大好青春和当年符合国际三围的身材。

大学毕业在沪上谋白领职位，穿着交大的百年毕业衫冲到申江服务导报社去谈八万一版连做二十次的广告，被人误以为是没有穿制服打扫卫生的外来妹，被门卫死活拦在门外。回家翻遍衣柜找不到一件不是运动休闲服的衣服。于是拉姐姐百忙之中置衣。整个上海打折店跑下来，买下了件 ESPRIT（思捷）黑色休闲西装套裙套装。这件衣服我之所以记得是因为价格太贵，至于啥样子我早不记得，因为买了没有穿几次，我就辞职做回了学生。

读硕士时身边人渐渐开始谈婚论嫁，于是受邀出席婚庆场合做伴娘。鉴于不能穿牛仔裤 T 恤做伴娘，情急之下再次冲去买衣服。于是，在巴黎春天买下了我第一件晚礼服——绛红色吊带小蓬裙。腰围居然改小了六英寸。我窃喜。

　　不幸，这件衣服极少场合穿。

一个人走在柏林街头

Moe 早我几天离开，于是她走后的柏林，我只能自己拉着自己逛。顶着大太阳走在忙碌的街头，看到的是内心深处无尽的孤独和荒凉。

一个人漫步在有着沧桑历史的欧洲现代都市的感觉闲适而惬意，信步而来，随兴驻足，满意而去。为了弥补一个人的孤单，于是端出"千金散去还复来"的"金钱补偿"心态，加之物价"平易近人"，于是柏林之旅成了个人最为奢侈的欧洲旅游点。想停就停，想吃就吃，想喝就喝，想买……价钱太高……忍吧……

这篇可能不算作游记，只是人在旅途中的心情而已。

Moe 说过一句很经典的话：人的相处分为两种，一种是和别人相处，一种是和自己相处。前者多为外向的人擅长，后者游刃有余的却是有着内向性格的人。

我一直以为自己是后者，虽然表面上经常为了聒噪而聒噪。殊不知，有些特质你一直假装一直假装，最后会变成真正拥有那种特质。比方勇敢，比方独立，比方聒噪。

然后，聒噪会挤走你对孤独的享受能力，当一个人面对自己的时候，突然对心底那个总是被友情、爱情、亲情、工作、家庭、学业填满的洞无所适从。尤其 Moe 刚刚离开的那个下午，在一起吃了一顿寿司，那曾经自己最拿手的日式海鲜蒸饭的味道勾起了我无限回忆与遐想，想家的感觉突然迎头棒打击倒了我，一下子晕然，不知道该如何面对一个人的柏林。

　　一个人，茫茫然走在因为世界杯而无限热闹繁华的街头，更是那种"热闹是他们的，我什么也没有"。一个人衔着咖啡啤酒棒棒糖，在大街小巷无尽游走穿梭，自己看，自己笑，自己乐，自己给自己拍照，突然想到什么，打算交换下看法，转过脸去却发现自己对着一团空洞的空气，映着自己尴尬的不甘寂寞。

　　后两日住在小 C 那里，走回她家需要走一段荒芜的柏林墙。每当太阳下山，一个人漫步在四周静寂的墙下，看着身边映着黄昏的墙上的孤影，不由得会哼那首很老很老、老到小 C 根本没有听说的《难舍难分》：我茫然走错了地方，却已不敢回头望……走过了一生有多少珍重时光，与你爱的人分享，我总是选错了方向，伤心却又不能忘……

　　我不敢肯定是否走错方向，却依然不敢回头望，因为，人生其实无多少珍重时光与爱的人分享。以前总是以为，人生美在天高海阔百舸争流，美在鹰击长空鱼翔浅底，美在一种尝试一种探索，到底可以飞多高，走多远，经历多少。时至今日，突然发现，一直保持竞飞游走并且一直乐在其中的因由并不仅仅是 enjoy my life（享受自己的人生），而是，分享。

　　我一直都在和身边的人分享，不是吗？如果有一天，突然没有了人

　　　　　　　　　　　　　　　　　　此 生 未 完 成

分享，那么任何的快乐又有什么满足？任何的探索又有什么乐趣？任何的尝试又有什么意义呢？

　　一定一定要和你觉得可以彼此珍重的人一起分享，否则对不起自己。我说的是：彼此珍重。

　　彼此珍重就好了，彼此珍重就好了。

　　突然想到了《大话西游》里那句"长夜漫漫，无心睡眠"，想说点什么，却不知从何说起。

　　有伴，人生才可以不怕长。

06

生为女人

我的房间很小，我就把窗户开得很大。
我的感情很重，我就把诺言许得很轻。
我的往昔很空，我就把今天填得很满。
我的喜悦很少，我就把笑容积得很多。

十　年

突然不想学习，和小 T 在网上聊天，似乎不知道怎么绕到了感情上。她不屑和我谈感情，因为我纵然有无数的理论经验，实践课却几乎可以忽略不计。她是情场高手，觉得我单纯幼稚。每逢她逗我玩，就会和我谈感情看法，嘲笑和瞻仰一下我那开水泡馒头不加糖一般的爱情。

她说："你们十年了吧？"

吓了自己一大跳，十年。呵，人生华章中，再也未有这样青春单纯的十年。十七岁到二十七岁，女子一生最好的栀子花开的年纪。如斯青春，我给了谁？

我终还是给了人的。

自认为我并不相信爱情，不相信怦然心动一瞬间，不相信天长地久，不相信所有爱情童话，我甚至有种偏见，爱情有很多种——厮守一生的爱，单纯地为了爱而爱，仅供消遣寂寞的爱。当初爱他，已然忘记了为什么爱，是什么样子的爱，但比较清楚记得，当年订终身，只觉得和他的感情刚好，不多不少。生活在一起的爱人，爱不能少，维系生活，是男欢女爱的必要前提，但是爱也不能太多，免得失去自我。对他的爱少于对自己的爱，自认为不会因着他一举一动心神皆乱，也不会把所有生活重心移至他那里，找一个一眼看不到就天塌地陷的老公无益。

十年，如此的爱不浓不淡，没有浓得化不开隔不断，恰恰好。

他工作需要去日本。我说："去吧去吧，趁着年轻多发展。"我学习需要，来北欧。他说："去吧去吧，趁着年轻多学点，为日后打基础。"也许爱不应该是自由的反义词，可能更加深层的原因是，只是希望对方做他想做的事情。并且，离开对方的世界依然精彩。

其实，我并不懂自己的感情。那不是不痛不痒不浓不淡。

就像我以为自己坚强，其实是因为从来没有受过伤。

我不知道隔着半个地球，一个电话就能让自己翻江倒海。

没有了对方的世界虽仍精彩斑斓，却总是有一块空白。试图将那块空白填满，却发现任何找到的东西都不合适，那块空白是专属的。

十年的爱，或许，应该叫作十年的感情。我似乎从来没有留意过太多这份十年，之于它，借张爱玲一句比喻，犹如人生华美的袍，是生活的底子，我往日关注的仅仅是上面趴着的虱子。真是幼稚可笑，可是这种幼稚可笑恰恰是常人都会有的错误，太过基础而且已经拥有的东西往往不知道它的重要。也许任何东西，得到之前，不要轻言珍贵，失去之前，不要轻言轻贱。

我并不奢望爱浓烈甘醇，却不经意发现，岁月在酿酒。不过，我仍然相信没有什么非谁不可，也许换作另一个人，你花人生最好的十年和他一起，只要他也是真诚地如此反馈，那么，仍然是坛好酒。只是人生多数时候是矢量，尤其感情的付出，珍惜一个和你一起分享十个年华的人，往往最本原的，是珍惜自己。

现在才知道，十年，不仅仅是可以让一棵树枝繁叶茂，同样可以使一个人根植于你的生活。

如果两棵树幼年就在一起生长，势必盘根错节，难以分离。

平川之爱

如果将人生比作一条路，那么朋友就是你的同路人。从生到死的一路，你走过无数的阶段，每个阶段你都会遇到某些人。如果同路，你们会成为朋友；如果不同路，那么就此擦肩。而那些曾经同路现今不再同路的友情，很难在现代都市里找寻，我们生活的环境变了，那么我们的友谊也变得陌生，不再亲密如初，或者，心有灵犀。

平是特例。平是我的闺中密友，大学同学。令人难以置信的是我们在大学里了解或者往来并不多。我们属于两个类群，我喜好热闹，呼朋引伴乐此不疲；她喜欢独行，沉默持重不善和他人交往。我喜欢风头浪尖、出类拔萃，她喜欢鱼翔浅底、中庸之道。我凡事果断坚决几近武断而刚愎自用，她处处小心谨慎，让我极度窒息。我喜欢和一帮男生打篮球，她从来不参加任何运动，唯一的闲暇消遣是看闲书，而且是我颇为不齿的言情小说。于当时年轻的我来说，她不思考，或者说，很少思考我思考的东西。我不知道怎么和她成为莫逆，她的性情品质和我截然相反。她是我认识的都市女子中最为平凡的一个，她唯一令我喜欢的品德就是：善良。我从不认为她有多优秀，一直到我们一起长大。

平是美女。面如银盘，双眸如星。但经济学上说，资源如果废弃不用，那么它产生的效用将会是零乃至负数。无论女生寝室中如何公推平为美女，但平终究不是小龙女，她的深居简出与世隔绝一样的生活，居然让她安然度过止水般的四年大学，没有一个追求者。

对比之下，我相貌丑陋，所以没有抛头露面的顾忌，也没有奇货待沽及上涨空间的考虑，于是一旦有追求者也就饥不择食，早早私订终身，免得日后没有人要。我和静曾经为平物色数个相亲男子，可惜结果并不理想，经常上演张生错爱上红娘之类让平伤痛欲绝的悲剧。红娘是静，在静身边，我只是个没有风情的媒婆。

年少轻狂前景无限的小男生私下说，平漂亮是漂亮，但是，她的漂亮犹如口衔块蜡，全无味道。这种评价是非常具有杀伤力的。但是从大学男生的角度来看，的确是事实。大学毕业后，平寻得一外资公司，做起了都市白领。然而都市白领的生活并不如电视剧本或小说里描述的那样风光。整月辛劳，薄薄薪水，房租、电话费、水电费、交通费，去之所余得少之又少，平尽力攒钱，说是为以后的嫁妆打算。我那个时候也在上班，工资似乎比平要高，非常肯定的却是每月永远没有节余。我不存钱做嫁妆。我们都对自己的工作有些不满，她的舒缓方式是约我一起聊天泡方便面发牢骚，而我的解决方式是把老板炒掉，然后背着刚买的考研书去星巴克看帅哥。工作后的年月少了大学的闲适自由，奔波苦累的日常上班和如同上班一样的日常加班，让平更是难以寻觅心上人。她的交友圈子相对很小，而我认识的男子们年轻，并不识得珍宝。她开始有些烦闷，经常在看电视的时候无缘由地长叹，我第一次在她身上看到新千年国际大都市里依然有待字闺中而无人问津的年轻貌美女子。很多年后我看《粉红女郎》，突然觉得她当年的状态非常像剧中的刘若英，结婚狂一样地希冀有个人有个家可以让她来爱。

　　除了上班和攒钱，除了依旧看她的言情小说，平开始雷打不动地去网吧上网。她会不断地上网聊天，约会网友，然后经历无数次见光死。那个时候在我看来，约会网友是非常勇敢出格的事。可是如此保守的平却如此不平凡地开始网络寻情。貌似保守实际勇敢的平喜欢童话和言情小说。童话里，灰姑娘最终和她的王子过上了幸福的生活。一直在看言情小说的平终于在现实里找到了自己的版本，并最终成为女主角。

　　平遇到艳遇的时候，我在日本，忙于游历山水，思索民族感情。我的思索在她看来无疑就像我看她的言情小说一样荒诞可笑。断断续续的邮件，她告诉我她在 SINA 的聊天室遇到一个工程师，聊得很开心，她和那个男人见面了，相貌还可以，她主动问那个男人说："你做我的男朋友吧？"那个男人没有说什么。最后一封邮件说："我们确定关系了，我要嫁给他。"我大惊，回国后立刻约他们见面。人心如江湖。我非常担心如此善良温顺的平会不会被色狼骗？交大草坪上，春日阳光树影摇曳下，一对金童玉女携手迎面。工程师沉稳持重大方，修养有蕴，谈吐得体，职业也好，收入颇丰，竟然剑眉星目、身材魁梧，连姓名都是如同言情书里节选下来的，绝对不雷同我们这帮俗子。我疑心平是不是拿着言情小说到网吧用 Google 按照她心目中的白马王子搜索的奇迹。谈笑间，平悄问我："如何？"我笑着说："无可挑剔，可以考虑拿我自己的男朋友等价兑换。"

我依然过着江湖逍遥的生活：读研，看书，BBS 灌水，思考不成问题的人生问题，犹如一只小泥鳅在复旦这个我称之为人生泥潭的地方，自得其乐而不能自拔。当我正在筹备海边学生度假旅馆，跑到海岛上买房置地，被一帮渔民不是普通话的普通话折磨得头痛欲裂的时候，我的手机响了。平说："我要做妈妈了。"接下来的几个月，我奔波于上海和小海岛之间，为了我的创意和度假房操劳万分，而平在淡然平和中享受孕育一个小生命的快乐。我没有来得及去看待产的平，这似乎于好友之间有些不妥，因为我开始人生大战，开始读博士，开始参与重大经济决策课题，开始着手出国，我开始忙得像个陀螺。

倒是平经常电话过来，问我："你忙得怎么样？"

我说："很忙很忙很忙，只是不知道自己在忙什么。"平生产，是个男孩。圣诞节回国，去探望平母子。那是一个小天使，健康活泼漂亮，留着员外小儿的茶壶盖头发，笑起来会露出小小的新牙。做母亲的平淡淡然地幸福着，抓着小儿胖乎乎的小手逗子为乐，令我极度嫉妒。

此 生 未 完 成

勇敢爱了就要勇敢分

讲一个朋友的故事。

他和她是大学同学，相识、相知、相恋、相爱，坦坦然然，不紧不慢，青春大把，有的是时间彼此磨合。毕业后她进了国家财政部，旱涝保收。他到了航天部一个单位，事业亦顺心。衣食无忧男欢女爱的北京爱情故事，结婚不结婚不过是早晚的事情。平日他来她家吃饭，周末她去他宿舍料理巨细。

日子只是太平静，一切只是太舒缓了。两三年弹指芳华。

她不甘心如此默默老去，于是想着趁年轻出国读读学位，看看外面的世界，再谋发展也好。

他从来支持她的决定，只是默然片刻说："结了婚再走吧。"

她想，这样的感情和结婚有什么区别呢？一时间小女子调皮浪漫作态："我学成回国就结婚，也好考验下你是不是像你说的那样对我。"

她出国了，欢天喜地，现代网络和通信技术发达，几乎可以保持随时通话写信，传递信息似乎不是问题，但传递温存却远不如在身边时随时递上的那杯温水便利。

国外单身求学女子的生活诸多波折坎坷，她只身迎上，不怕什么，反正晚上打电话给他，会有他支持。

日复一日，月复一月，她渐渐发现他似乎有些忙，不如先前那般想什么时候联系什么时候联系，想怎么就怎么。那丝若有若无的疑虑不敢也不忍心去想。一直等到他开口说出那个事实。

第三者是他的同事，她也认识，原来只是知道那女子对他比较亲近，没有想到居然可以亲近到床帷里。她更是没想到，鹊巢鸠占是如此形象简单的一出活剧。

地球两端，他和她抱着电话哭。他不是不后悔，但是后悔又如何？

她说："一切等我回国再说好吗？"

结束了两门要命的考试，她回国已经是两个月之后。

因为他们是同班同学，共同的朋友圈子里人所共知这场感情异变。她处境楚楚可怜，身后都是军师同志，即便没有回国。他的一举一动早已洞察。而他却四面楚歌，孤立无援。其实感情的世界里，哪个比哪个更可怜呢？昼夜颠倒春夏秋冬迥异的两个世界，朝向对双方来说都很陌生的一切，却要保持相同的心跳，远远比和并肩的女同事相视一笑要难得多。并不是每个男人都能在孤寂的时候总是能推开芳心暗许、投怀送抱的温香软玉。如果，那么一次的按捺把持不住，等于前节尽失。面对爱人和自己便要经历无数的灵魂和道德拷问，再如那新人如果主动泼悍，执意纠缠，那么男人更是左右为难。一步错，索性就随了那错步，闭了眼睛，被外力推着走下去。

回国的时候他去接她，两下无言。机场到家里的路上，她刻意和他前后排坐着，他转身说话，她用手轻轻把他的脸转回，看得到像熟悉亲人一样熟悉的爱人的脸，却看不到他的心，那么宁可什么都不要看。

他送她到父母门口，她说："有空联系好好谈谈吧。"

她的淡然不是没有原因，因为听说刚巧那女子为了他怀孕堕胎，她不想他难做。

北京夏天很热，对她来说更是度日如年。她从同学那里知道了他的无奈，更是知道那女子的强悍泼辣和咄咄逼人。她这次回国的确为了争夺爱情而来，但是临至战场，却怯了。他们的感情和过去越是甜蜜温存，她就越是对他心疼。往昔她对他越是依恋信任，那么现在她对他越是失望。满大街的人都会哼"爱有多销魂，就有多伤人"，可是真正明了这句话后面血泪的究竟有几个？如果这场爱情自卫战能成功，那么以后呢？距离学成归国还有一年，或者说，这辈子难免有两地分开的日子。再退一步，即便他们和好如初，她真的能够保证自己可以冰释前嫌一辈子不再提起？

他们见面长谈已经是三个星期后，她的假期还有一个星期的光景。地点在北航，他和她的母校，也是开始相恋的地方。那场谈话没有开始之前，她已经知道是尘埃落定。因为三个星期里他和她很少甚至不联系。她和他谈，可能要的就是一个死心。

她本不知道自己对他的态度，没想到见面看他居然会对他如此地心疼和怜惜。她本可以疯闹一场，可是歇斯底里不是每个知性女人都可以做得到，她不想做任何伤他的事情，不是故作伟大，是真的不想。

她最后给他一次电话，是要到他们曾经的小家取回她的东西。

她来得仓促，他和那个女子的生活细节毕现眼前，活脱脱还是鹊巢鸠占的现代解释，杯盘狼藉，尘埃满地，墙上一起贴的装饰还在，她和他的枕巾湿答答晾在绳上，她的杯子居然那女人也在用，她含泪一一扯进自己带来的袋子里，一一带走，狠狠扔到垃圾箱里，犹如狠狠扔了和他的种种过去。

女人之于爱情战场，也是狭路相逢勇者胜，不要说什么男人喜欢温良大度善解人意，其实三角恋里每一次都是那个主动泼悍、苦苦纠缠、步步相逼的一方获胜。哪怕你有那么一点点心软，不忍看着男人左右为难腹背受敌，那么败兵的终归是你。换句话说，三角恋里，最先放弃或者被动的那个女人更爱那个男人，可惜男人们都不明白。

遇　见

　　她和他高中邻班。现在想来，似乎一天真正的同学也没有做过，虽然，他们彼此介绍给自己以后的圈子，总是说，同学关系。

　　他们似乎不记得怎么认识的，似乎一上高中就很熟稔。她父母在外地，寄居在姑姑家，和他家住得很近。初来骑车路上遇到只是一起同路，渐渐开始一起回家。虽然没有约定，但是总是那么"巧合"地每次遇到，即便他们不同班。有时候遇到一个拖课的老师，另一个就也会"有点事"，在夕阳西下人稀车少的自行车车棚里斜倚着自己的车子看风景。

　　他们没有说过什么，一起上下课，一起讨论题目功课，一起在没有课的时间约好了去市中心图书馆唯一的自修室。他周日懒起，她就帮他占位子，她懒得吃早饭，他就帮她买早点带去图书馆。偶尔天气好的时候，他们会偶尔放松逃避高考压力，即兴拐弯骑自行车去郊外看睡莲。她会告诉他寄人篱下的心情，他会告诉她被寄予厚望的压力。他发现她其实内心也是同样地高傲，只是被随和掩饰得很好。她发现他并不像其他人评说的那样冷漠，只是性情所致，不喜欢和其他人倾诉解释。他是个寡言的人，却喜欢和她聊天。她的善解人意，让他有种不需要多说就能找到共鸣的感觉。

没有人敢说他们之间没有什么，但是他们之间的确没有什么。他们什么也没说过，有的，也只是相视一笑的会心。

高考结束后，她如愿进了所名校，他考得不是很好，没有进想进的大学。

他情绪低落，因为他向来自信得自大，而且他们约好了考同一所大学，他不能也不想承认，自己和实力相当的她有差距。

他们一直保持通信，十几年前没有电子邮件，没有 MSN，没有 QQ，甚至，寝室没有电话。打长途要去学校的电话中心排长龙用磁卡电话拨号，电话的那头，他或者她的名字被楼管阿姨用地方口音响彻整幢楼，等他或者她慌慌张张从四楼跑下，她或他磁卡的钱仅仅够说几句诸如"你好吗"的话。

他很不喜欢自己的学校、自己的专业，甚至所在的城市。她劝他：人应该随遇而安。

暑假、寒假回家，他们依旧约了一起骑自行车，"出来骑骑车"成了他们约定出来的理由。自行车上他们的话越来越多，骑出去的路也越来越长。但是她发现，比起早先，他越来越不喜欢谈对未来的规划，也越来越不喜欢用我们这个词，她问他未来会不会到她就读的城市发展，他总是顾左右而言他。她又问他如果她去他读书的城市读研究生怎么样，他会说："你那里是国内最好的城市和学校，我这里是三流城市三流学校，你疯了。"她也不知道应该告诉他什么样的消息，告诉他坏消

　　　　　　　　　　此　生　未　完　成

息，他总是为她担心，告诉他好消息，他总是说完"恭喜"之后就默不作声。

第三个暑假，月明星稀栀子飘香，他们骑车到附近的师大，她对他说："你做我男朋友吧。"

他一言未发把她抱住，带翻了他和她的自行车，月色里车轮悬空链条空转的声音让四周愈加寂静。两个人有些发抖。

很久，他说："你还是好好理理出国前的事吧。以后的事以后再说，不是想怎么就怎么的。"她前几天告诉过他，学校选优，她有幸被选去做国际交流生，半年时间。

年轻总是和不懂事连在一起的。

那个晚上她笑着说："好，我是应该理理自己的事。"

第二天他约她出来骑自行车，她推说病了。

第三天，她约了他出来看风景，一切如常。

她提前回校，迅速有了男友，迅速定了读研学校，迅速安排了"自己的事"。他给她的信她没有再拆过，但是还会写信给他，不咸不淡无关痛痒的话题。她不是很清楚他的情况，但是依稀从同学那里听说，考研不是很顺利之类。朋友说："你要理解他，他内心可能比较自卑，他觉得感情不仅仅是感情的问题。"她想了想说："他没有自卑的理由。更何况，自卑也不是拒绝爱的理由，如果他喜欢我。感情就是感情，夹杂了其他的那还算作感情吗？"

再次回家隔了很久，他约她出来。那个时候她已经没有了自己的自行车，他说接她。

还是原来的师大校园，他说："我们还有机会在一起吗？"她说：

"我有男朋友了。"他说:"你要是说那种男女朋友,我现在也是有女朋友的,我就是问你我们还有没有机会在一起!"她看了看他,幽幽地说:"你以前到哪里去了?"他突然冲过来吻她。她泪流满面,没有回避,但是,这次她学会了像他那样一言不发。

她是个小女孩,一直很顺利,不懂得一个发展不顺利的男孩子面对一个什么都很顺利的女孩子的心态。

时光荏苒,此后七八年或者八九年,他们没有见过。她慢慢成功,越发成熟,也开始练达世事,慢慢明白感情其实不仅仅是感情。

朋友知道他们的事情,他从朋友那里听说她出国、回国、读研、恋爱、分手、毕业、恋爱、结婚、工作、留京。她也听说他恋爱、考研、读研、毕业、工作、留晋。他们有彼此的电话、邮件,联系方式远远比当年写信简单得多,可是,对他们而言,和他或者她联系,现在却困难得多。因为,彼此已经有彼此的生活。

姑姑去世,她回去料理后事,开了一部别克君威。事情料理得差不多的时候,她关了手机,漫无目的地开车游荡在这个生活了十一年又离开了十一年的城市,温习这陌生而熟悉的一切,想年轻的日子里年轻的自己。在高中母校附近,她遇到了他。他也坐在车里,是一部银灰帕萨特。车里有一个女子,亲昵地挽着他的臂膀和他轻声说着什么,他似乎不经意地听着,悠然神往地想着什么。她蓦然想起,半年前朋友告诉她,他大概这个时间婚后省亲回家。

她愣在那里,直到一对高中生从身边骑车掠过。

她不知道他有没有看到她,可能像她一样看到也只能惘然。

流　年

　　挂网，遇到在纽约的 F，天南地北海阔天空地聊了很久。最后，她怅然说："写写我那个故事吧，我想知道你怎么看我这段感情。"于是我毫不犹豫，迫不及待地开始写她的故事。

　　因为于我，她是个传奇。她这段感情，更是。

　　一个好友在中欧谋到了一份优差做助理，疯狂爱上了正在中欧读 MBA（工商管理硕士）的 F，可是追求过程极度坎坷，面对谦逊温顺不卑不亢的 F 犹如饥犬遇刺猬，不知道从哪处下手。一日在交大闵行校区我偶遇他俩，好友得知我和 F 同乡，是旧日相识（无非以前在校友同乡会见过数面），于是日后总扛着我做理由去约他总也难约到的 F，屡试不爽。直至我和 F 熟得一塌糊涂，直至 F 和 S 沸扬得一塌糊涂。

　　那时候的 F 二十六岁，在一个卖汽车的公司做至销售经理，名下有个自己的汽车维修站点，年轻、漂亮、多金、智慧，却难得地谦和柔顺，穿范思哲的套装犹如 ELLE 画册走出来的模特，举手投足无不韵畅如诗。如果上帝真的有宠儿，那么她便是了，青春年少样样红。

可能是在上帝和人间那里太受宠了，于是她认识了 S，认识 S 是她的劫数。所有人都那么认为，包括当初的 F。

2000 年的 F，MBA 毕业，一帮并不是很相熟的同学，或者应该说是借着同学由头的关系网上的大小经理们相聚庆贺。F 和几个稍微熟稔些的年轻人自觥筹交错的盛宴逃了出来，在淮海路附近随便找了个酒吧迪厅轻松。霓虹闪烁中一个高挑的年轻人从 DJ 台上跳下来，和 F 那群里一个胖啤酒桶身形却卖健身器的经理招呼着，他居然是他的初中同学。

F 礼节性地微笑点头致意，礼节性地握手。那个自称 S 的人笑着，用眼睛深深地看着 F，有意无意握手时多用了几分力气。这不能不使 F 垂了眼睑注意到了 S 伸出来的右手，这一望不禁让 F 有些失态地小声"哇"了一声，S 的右手虎口有一块硬币大小的胎记。

那块胎记的大小位置和 F 的前男友的胎记竟然一致。那胎记的主人去剑桥读博士之前，F 说："分手吧。"

这幕情景如果是用作电影或者小说，或许比现实来得自然，可是事实有时候会比电影小说更加离奇荒谬。F 因着这一小块胎记非常反常地开始接受 S 的调侃话题，开始在那夜纵酒，欢歌夜场结束，S 拦着 F 送她回家，并留宿于 F 在淮海新公馆三壁都是落地窗的房子里。

或许，不是因为胎记，而是因为寂寞。

也或许，是因为未来，F 深知和 S 并无任何可能，因此并无未来可想。

S 很快有了 F 家的钥匙。很快很快。

所有最初听说 F 和 S 在一起的人无不屏息，包括我。不知道为什么我会联想到茨威格那本《一个女人一生中的二十四小时》。一个人一生中会有这样的时刻，自己也不认识自己，明知万丈悬崖却身不由己。F是那种传统而顺利的女子，或许是太顺利，所以想离经叛道剑走偏锋来诠释内心的不甘。

可惜我当初和F并没有相熟到当面质疑别人一夜情对象的地步，何况当年我比她小很多。

曾经见过S两次，那是个高挑白皙的青年，面庞清秀，但也只是清秀而已。我是个看男人定要看气质的人，但是从S那里我找不到什么气质可言，只是觉得他身上有种飘忽而不可捉摸的东西。S似乎没有受过什么正规教育，终日昼寐夜出，在酒吧迪厅做DJ为生。开始和我们在一起的时候S非常明智地很少说话，可惜后来熟稔之后几度畅所欲言毫无保留地暴露了他不可救药的知识贫乏与人性浅薄。不过我承认这个看似一名不文的男人会下蛊，那种男女之间的蛊，可以让刚刚签掉千万美金订单的女子托腮莞尔静静听他啰啰唆唆讲迪厅老板如何抠门，不给他加十块夜宵补贴，可以哄得那个无数青年才俊追求未遂的尤物可人对他言听计从。认识他才知道男人对付女人的手腕有时候真的可以敌过他没钱没权没知识没文化。

F一直承认和S在一起的多半年里她的确快乐。所以最初以为是一夜情的感情开始在温湿暧昧的氛围里演变成那种相对稳定的同居式生活，如同偶然在路边小店吃了一碗可口小馄饨，觉得不错，不自觉地常来常往，慢慢那馄饨小摊演变成了食堂。

他们的生活犹如 *Sex and the City*（《欲望都市》）里 Miranda 和她的酒吧男幸福生活的现代上海版。F看似坚强独立、果敢能干，却是内心纯明若小女孩，S有着阅女无数而练就的江湖泡女绝艺足能化百炼刚为

绕指柔。F 的世界远远比 S 的要远阔深邃，除却男女是非儿女情长。F
日日退掉一切应酬日出而作日落而息地下班回家，S 则在 F 的家里白天
睡觉看碟打游戏上网，偶尔烧菜讨欢心等 F 回来吃饭，而后自己上班。
周末，F 陪 S 做 DJ 在震耳欲聋的迪厅待一整夜，像个吧女一样坐在霓
虹照不到的角落喝最便宜的啤酒打发昏昏欲睡的夜，等在 DJ 台上狂放
陶醉的 S。他们没有人打算明天如何，所以从来不想今天的安排对不对。

　　F 后来坦言，他和她从来不谈感情，情到浓处只说对对方好不好，
从来不说爱不爱。当初那么大胆和 S 在一起也正是因为这点，可以不谈
感情，就那么糊里糊涂地在一起，甚至糊涂到她至今仍然不知道和 S 在
一起的原因。可能当时落寞，可能一时间并没找到合适的人恋爱。所谓
合适，可能哪个追求者都比 S 合适，但是正是因为 S 处处都不合适，让
F 放心地认为他只是个任由怎样都不会有结果的玩伴，和 S 在一起什么
都可以不想，像他那样过一天算一天的人生哲学其实非常符合 Live in
the Present（活在当下）的通理，所以更是容易感染一度泡在为前程步
步为营锱铢必较的紧张心绪里的 F。

　　F 和 S 在一起的那段时间很少和其他人来往，没有人知道，也无须
知道他们之间的情感细节。时间长了，他们偶尔也带彼此进自己的朋友
圈子，单单介绍彼此的名字，并不明言关系，却在他人面前毫不遮掩地
相互拥抱甚至亲吻。我无处得知 S 的圈子对 F 的反应，但是 S 事件在 F
的圈子却无疑有着原子弹爆炸的后果。

　　F 对一切的反应表现得从容平静而无谓无畏。

　　周围清楚这件事的人，都知道他们终究不能善终，可能包括 F 本身

在内。只是所有人都猜到了前头，没有猜到后头。

S突然两夜两日未归。

F心神不定坐卧不安，生怕S在迪厅那种是非之地惹上了什么麻烦，于是频频打电话，少说有几百通。但是对方手机初时无人接听，后来打过去索性是关机应答。

午夜三点独卧在沙发上等S的F听到话筒里他的关机应答，突然脑里电闪雷鸣霎时明白了，因为想起最初他和她在一起时，他的手机亦如抽筋似的每隔几分钟便有电话进来。当时的他不管不问，把手机调至无声，转身柔声地和她继续欢爱。她问谁打电话找他，他边说着"无聊的人，不理她"，边关了手机。

可是，她即便猜到，又能怎样？她不由得心里无名地怕了，不是怕他，而是怕自己。

女人通常都会低估了自己爱人的能力和能量，女人是感性动物，日久必生情，即便对方再不堪自己去爱去生情，但是如若有足够的时间两人愉快相处，再或者是那男人温柔体贴懂得让她懂得他对她好，她便不敌，即便是如F那般优秀美丽果敢坚强的女子。

但是，如果非常不幸，对手是S这般的人呢？他会对女人很好很好，甜言蜜语温汤暖水锦衣滑缎，但是这种好，只是他打发无聊时光的一种方式，就如同大凡孤单的人喜欢养猫养狗打发寂寞。不能说他们对猫狗没有感情，只是这种感情也是爱自己的一部分，若与另一种享受冲突，猫狗大多是被牺牲掉的。

白日继续上班下班签订单忙应酬，夜晚便整夜开了电视卧在沙发上发呆。S终于在失踪后的第三日凌晨笑盈盈推门进来，说："哎，你没有睡，还是睡好了啊？"脸上没事人一样没心没肺地温柔地笑。

F居然躺在沙发里姿势也没有变，微笑说："你去哪里了？"

S过来抱她，开玩笑似的说："遇到个小妞，挺不错。"

F起身，笑着抱了下迎上来的S，然后说："别闹，我要上班去了。"

两个人立身之本的饭碗原本就是昼夜两分，以前用心思把起居时间并起，现在倒是稍用一点心思便能错开。F拿捏不定怎么去面对S和他的失踪，于是只能小心错开起居，当作无事一般给S打电话请假一样交代："我今天有个应酬，你晚上按时上班，不用等我。"S不愧是老手，依然笑盈盈轻声细语应声。

S第二次的失踪时间是三天四夜。F白日按时上班，却每夜枯坐在沙发上看电视。

S凌晨回来没有料想到F依然在沙发上等他，或可能更没有料想表面上看似练达通明的F，怎么变得如此歇斯底里拉扯不清。

那次会面发生了什么，F终究没有细说，于是我并不明了。

但是她和他没有任何争吵。或许，是没有争吵的权利。

F一口气用了五年不曾用过的年假，在自己的落地窗旁独卧独饮不吃不睡，她此后把这段日子叫作修行，据说修行里明白了好多真理。女人有时候幡然觉醒并不是因为哪个男人，但是绝对需要男人做领悟生活的催化剂。

修行之后，F把房间内S的用物快递回那家他仍在做DJ的酒吧，而后辞了人人艳羡的那份工作，把汽车维修站点交给合伙人，转租了自己那所三面都是落地窗的豪宅。

自此人间蒸发。

　　　　　　　　　　　此生　未完成

半年后，她请我吃饭辞行。

其实我并不惊异于她去美国读书，这年头去美国所谓读书的人一把一把。

只是，我不能不惊异于她要去的美国学府——MIT（麻省理工学院）。

后来江湖上流行一句话，强悍的人生不需要解释。每听一次，便不由得想到 F。

一切，似乎都不需要解释。

去年圣诞回国，刚巧 F 也回国，约了在淮海路逛街采购。

在百盛对面的星巴克小憩。F 饶有兴致给我讲拿铁和卡布奇诺的区别。我蓦然看到穿黑色风衣和烟灰毛衣的 S 拥着一个看似白领装扮的娇小女子走进来，霎时脸上僵硬。F 觉察出我的异样，转身顺着我的目光看去，脸上表情却远远比我自然，一片风平浪静。

S 看到了我们，附耳和女伴交代了两句，独自向我们这边走来，面带微笑风度翩翩，似乎比先前看上去成熟了些。不知道一个成熟的人，身后有多少异性阶段性地为他或她这般的成熟付出代价。

我硬生生勉强微笑致意，倒是他和她谈笑风生。

F 待他离去，抿了口咖啡，不动声色低声说："知道吗？上次我们见面是三年前，我蓬头散发跪卧在他面前，哭着问他为什么离开我。"

我骤然大惊，急问："他怎么说？"

"他什么也没有说，只抱着我柔声对我说：'你要自己照顾好自己。'"

F 轻笑。

"后来呢？"

"后来就是刚才啊，你都看到了。'情深不寿，强极则辱。'其实，如果你用情用错了人，或者在不该用情的逢场作戏里用了情，无论深浅多寡都一样是个'辱'字。"

"辱完了就完了？你这样的人被他这样的人辱？"我仍旧不甘。

"那又怎样？这种纠葛里只分男女，不分任何形式的优劣。"F微微有些皱眉，"说到辱，唯一的解释是我太年轻愚笨，也怪不到别人。再说了，即便真的全是他的错，他对不起你，难道你被狗咬了一定要追回去咬狗一口？当年他倒卖摇头丸，咬他实在太容易。可是，何必呢？除却最后，和他在一起还是挺开心的。他太懂分合聚离这种感情游戏，而我只是太未经世事。"我噤声。看着活得幸福滋润的F，没有去咬狗的她从那场蝉蜕后一如既往样样红，虽然已经不能说青春年少，但是比青春年少时更有魅力。

F说这些的时候犹如说故事，远比听着的我平静安谧。我的不平因为陆续从那个在中欧教书的她的追求者那里，听说过S离去之后F痛彻心扉的挣扎。毫无感情色彩却对一个孤寂女子一味深情地嘘寒问暖以排遣闲暇，无疑是蛊是毒，最残忍莫过于兴味索然之后忽然转身，让对方失重失衡失去早已习惯依赖的温情毒蛊，任由其生死而面不改色。

这不仁义。

但是反过来说，作为一个情场上的玩者，又能如何？如果他喜欢的仅仅是逐猎的过程。

与其说这是一场爱情，不如说是一场情事；与其说是一场情事，不如说是一场流年。

结婚话题

这个季节流行吃菠萝，复旦附近漫山遍野到处是堆在水果摊、三轮车里黄灿灿甜丝丝的菠萝，空气里弥漫着清新而香甜的菠萝味道。

许是菠萝树长到了这个辰光，想不结果都难。

就像人们，到了这个季节，不想结婚也难。

自从我开始放炸弹说要结婚，不足一个星期，被几个人连番轰炸。

首先通知我要结婚的是 P，忠贞不贰的单身族，男朋友连续八年蝉联未曾更名，但是死活不结婚："那张纸有啥用？领了就不知道扔到哪里去，找它可能就是因为离婚。"反正她现在的生活除了那张纸，倒也和婚姻生活没啥两样。就是这样一个主儿，前两天某个深夜突然午夜凶铃，说要结婚了。我没有问她为啥，我想我是知道的。

第二个倒是正常，一门心思脱贫致"妇"的主儿，可惜自打工作了，只认识年方十三至十六的少男，或者是少男的爹爹。谢天谢地，网络也是能找到可人的地方。一来二去不够我写篇论文的时间，两个人情投意合到了谈婚论嫁。为她高兴得欣喜雀跃……暗地里，回头问自己，是不是我老了，或者心态老了？我总是觉得没有个三年五年，谈婚论嫁都是极具危险系数的终身投资。

第三个，是高中同学 H。和 Y 谈了四年，折腾分手复合无数次，把周围人眼睛都看得花花的。去年终于好聚好散彻底分了手。平静了多半年之后，昨天跑来找我吃饭，在我衔着块西柠鳕鱼的时候突然说，Y 昨夜来找我来着，他决定结婚，我同意了。

搞得我嘴里那块鳕鱼，重新掉回了盘子。

这个世道，到底是怎么了？周围的人都在演肥皂剧，而且还那么来劲。

或者不是菠萝上市和结婚季节有相关性，而是我们的年龄。

女人再好，也是敌不过一个老。平平实实地放下自己也许才是真正安宁温暖的幸福。

秦香莲的思维定式

夫妻情分，做到陈世美与秦香莲的程度，索性不如将单身进行到底。

陈世美是忘恩负义男人的代名词，尤其用来指忘恩负义先行毁约负情的丈夫。秦香莲则是我见犹怜的佳妇，是遭到抛弃的贤良女眷。中国传统文化和道德积淀决定了丈夫发达却抛弃发妻是不对的，尤其飞黄腾达还另择高干子女重婚，还对发妻暗下毒手，更是罪不可赦。加之朝廷执法严厉，整风运动打击高层犯罪正是时候，于是陈同学万事皆空了，虽然死后倒是名垂千古，可惜臭名而已。

当时没有记者采访，不知道秦香莲同学看到铡刀下血淋淋的陈世美，做何感想？如果她爱他？如果她不爱他？

斗胆推测一下，也许陈秦二人的不幸，更多在于秦香莲，而不是陈世美？

敢肯定的是，秦香莲同学没有学过博弈论。状告陈世美，原本就是双输的结果。假设她不爱他，何必闹腾？弄点青春损失费，好好安身立命过日子。反正她起初嫁给他，并没有打算赌个小概率事件，做宰相夫人，只是希望男耕女织安分生活。如果不爱，陈世美、李世美、王世美似乎没有啥区别。有了青春损失费做第一桶金，生活只会越过越好。如果秦同学爱陈同学，又干啥闹腾？不是说爱他只要他幸福吗？她帮他侍老养小供他读书赶考，不是希望他有升迁提拔机会？或者功成名就荣华富贵？现在通过勤奋读书，陈同学得到了上级提拔和垂青，何必因为他没有分享自己的劳动成果给老婆，独吞了军功章，就非要死要活状告高级法院？弄得深爱的人丢官丢命遗臭万年？秦香莲开始明显社会心态不好，后来心理承受能力欠缺。

假设不提爱或者不爱的问题，可能秦同学觉得背信弃义属于道德问题，一定要讨个说法，那么这番道理却也难让人想通。状元是人家陈世美考来的，为什么非要把功劳收益和秦同学平分？随着读书和自我学习的不断深入，所有善于思考的人都会发现自己的思想意识和评判水平不断上升，自己的兴趣和话题也在不断地转移和拓展。善于思考钻研的陈世美和从来不看书读报的秦香莲无疑会产生知识分歧和思维障碍，很难产生平等交流和共鸣。换句话说，有时候思维和生活层次一样是有钢性的，只能上，不能下。

感情永远都是见异思迁的。所谓感情，大概就是人孤寂时刚好两个人可以做伴，由是所谓日久生情。但是思想共鸣，却是真正可以产生相互吸引，引以为思维融通的知己和伴侣，通常不会因为时间和距离受到影响。小秦目不识丁，也不善思考，很可能和院士级别的陈世美缺乏共同语言，加之时间和距离冲淡感情，从而婚姻破裂。

如果不能比翼齐飞，那么秦香莲同学要好好反省一下，是否自己思维和意识上的创新意识缺乏？需要能力的再培养？但凡男人娶了自己就要男人死活负责到底，只会让那男人越走越远或者走到山穷水尽。夫贵妇荣是千古不变的真理，哪怕全世界人民和真理都站在秦香莲这边，也终究不能推倒秦香莲同学变成了寡妇的不变事实。争来争去，真理是从公主那里抢来了，可是一个死的老公真的不如一只活着的小猫能带给秦香莲同学快乐。毕竟我们不能要求男人们不进步，我们只能要求自己和自己的男人保持同速进步。如果守不住，就放手好了。讲理需要付出代价，对一个让你伤心的人，何必纠缠过多。你为他付出得已经够多了，何必再多花心力在不值得的人身上，一个鄙视的眼神也不要给他。

　　秦同学要明白，真正能对自己负责和可依赖的，只有自己。如若万一发生突变，是如何让自己摆脱阴影，如何过得好，而不是打击报复搞垮搞臭负心汉。自己过得好才是生活真谛，时代越来越真实，何必楚楚可怜让自己接受怜悯？

爱一把智慧

和 F 用电话线绕了半个地球聊天，F 训斥我："你这个人，简直可以说没有哲学的视角。"

细细思忖，果然如此。philosophy（哲学），其中的 philo 是"爱"，sophy 是智慧，我从不乏爱和智慧，也极度爱着智慧，可是不得不承认，我并不懂多少哲学。

的确，我不懂哲学。所以若下文有啥哲学认知论的错误，希望大家指正，让我学习学习。

说来好笑，从小到大，以"哲学"的名义，被上课上了过百节，不懂得什么是真正的哲学。唯一能记得清楚的，无非是中考高考前类似政治的东西，记得所有唯心论都是错误的，我们要坚持科学的唯物主义辩证法，记得人类经历了五种社会形态，懂得自己是在最最高级和幸福的"社会主义"阶段，记得"资本家生下来，每个毛孔都堆满了血和其他肮脏的东西"。再有？没有了。那个刚刚毕业任课的小老师也不懂什么是哲学，她唯一懂得的是我们背熟了哲学书上写的每一个字，她就会加工资。

没有人懂得如何知道人为什么活着。

十四岁的时候翻老迷糊的书柜，20世纪80年代初有个系列，是那种类似计划生育手册那么薄而窄的小册子，讲西方哲学家简要思想的，版本是经过凝练和批准的。第一本看了康德，做睡前读物花了半年；第二本看了叔本华，差不多也是半年的样子。拗口抽象深奥的文字里深藏的那个世界对一个十四岁的孩子来说，是那种好过安眠药百倍的催睡剂。可惜第三本非常不幸地抽到了尼采的时候，我被班主任抓去给她的一个亲戚替考技校，事后送了我一整套的《道教十三经》注释精装版和《唐宋诗词》精装版作为答谢。于是老子打败了疯子，东方文化打败了西方哲学。通往某个重大而重要的世界那扇可怜的小窗户就在那么不经意的一瞬间，关上了。我再也没有philo过sophy，因为，人长大了，世界会长大，嘈杂的事件人物填满了有限的时间空间，迎面而来的是无数学不尽的功课，无数见不尽的人，无数做不尽的事情，无数想不尽的对策，无数搞不清的东西。

不知道在忙什么，反正总是在忙就是了。有人会和你谈股票，有人会和你谈利率谈房市车市外汇市场，也有人和你谈化妆品谈美食，甚至，有人和你谈情说爱，有人告诉你他的专业就是陪你谈心，他们叫心理医生。

没有人，和你谈哲学。

不知道，是不是所有人都距离哲学太远，还是，我们距离哲学的人太远。

相处可以分两种，一种是人和外界的相处，自然，社会，物，和他人。另一种是人和自己、和内心的相处。可能中国自古以来人口众多，儒家道家似乎更多在论述人如何和外界相处，孔子告诉大家，君子呢，是最可以相处的人，无论对外界物质的相处，还是对他人的相处，因此，君子是可以得小红花的小朋友，至于怎么样是个君子，嗯，孔子的学生们可以把老人家的言行记录下来，权且做个行为准则的参考……老子呢，不屑和乱七八糟的人搞在一起，委屈了自己就为了别人一句君子的赞扬，因此另辟一家，教给人类如何与自然相处，如何与物相处（说这句话的时候有点心虚，突然感觉其实可能不懂老子的精髓），老祖宗们相信魂魄和肉身，但是从来不会像西方哲学家一样去探讨肉体、灵魂、本我、原我，从来不会对自己的肉体说"我是他的老仆人，他让我为他洗脚"。

所以，中国人似乎对如何处理人际关系"天生丽质"，可是对于如何与自己相处似有挑战。西方人精神分裂症的比例似乎更高，因为对自我思考的智慧越多，就越是会矛盾。于是想想，其实，作为中国人不懂得西方哲学，也是好的。因为如果知道自己还要和自己相处，知道世界上最重要的那个人——"我"的存在，在已经繁复的社会生活里，再加一个绝对冲击力的主角，事态将是如此一塌糊涂的不堪：我们不能像西方人，作为中国人，我们要权衡外界的仁义礼智信、温良恭俭让等行为准则。

我是绝对可以像个乞丐一样生活，为了我心里的自由宁和，可是我要为父母的后半生幸福负责。所以西方哲学不适合我们。

而中国的哲学偏重的，似乎更是一种行为准则和导师思想历程录，如果能再告诉我们中国人，如何和自我相处、如何自我与外界统一，是不是更好？

俗世凡尘里

如果说，人过而立，才刚刚开始体会俗世凡尘，不知道会被多少人耻笑。

就那么清清静静地长大。小时候不懂得很多事情是单纯的，到长大了，再不懂得就是愚蠢。一直喜欢简单的世界和简明的事情，也一味喜欢自己简单透明的世界，简单到谈恋爱都觉得麻烦，简单到结婚也是前一分钟决定下一分钟去民政局。十七岁就知道感情最麻烦，二十三岁知道钱权最可怕，所以远离再远离。清静最重要，只要能活得过去，少掺和最好。

曾经和 T 一样迷恋诗词曲赋，一部《红楼梦》可以清清静静顶得上十年二十年喧闹的青春闲赋。倒不是说拒绝淮海路酒吧里通宵捧着杯鸡尾酒和大伙儿一起疯狂开心，或者和某个人花前月下儿女情长，只是更喜欢一个人静静待着，没有别人，没有网络，没有电视，开盏灯，但凡有本书，翻翻。只是，这样的清闲消遣，竟是越发难得。难得到从挪威回来以后，似乎一夜也不得。

世界变得喧嚣，我变得浮躁。

不知道如果说仍旧喜欢在雨里撑把伞随意走，近十年认识的朋友多少人会狂笑。我不是旧年那个雨巷结着丁香般幽怨的姑娘，似乎以前也不曾是。我只是喜欢一个人，静静在雨里走。估计现在没有人知道咋呼爱闹的我曾经比钟爱悍马更加欢喜一个人清宁地漫步。对我来说，在雨中静静细数心事、梳理心绪，其实是种自我与自我的对话，可以反思，可以回顾，可以怅然，可以微笑，可以天地一心。

今天下雨，恰巧在闵行交大，撑把伞便去校园湖边，找了个地方静静坐了大半个小时。因为怀孕，很少上网或者聚会，便多了很多独处的时间。俗世里凡尘纷扰，更需得心灵洗涤。雨里是我从挪威回来后难得的清静和反省的时段。只是这般的独处已经不是真正意义的独处，腹中的宝宝一直提醒尚没有完全习惯做妈妈的我，他的存在。突然悟得，日后清清静静一个人的日子是越发不可得。我的生活不再是一卷旧书几行诗文。我一再信奉的远离名利权情变得不切实际，开始一点点卷入，一点点陷入。也许，这就是生活，凡尘俗世里的生活。

回来写个课题申请，顺便在网上瞄了几眼，突然发现儿时秉性很是相似的 T，竟然今日一个人在雨中游大观园。博客里面雕梁画栋曲池回廊良辰美景奈何天，不禁哑然失笑。她仍是云端天女般的日子，依然有着一个人独处的权利。而我已然俗世凡尘里。我的话题除了股市房价，便是什么牌子的尿布好什么牌子的奶粉营养全。有时候看看她的博客，倒是会让我找到十七岁之前的心绪和影子，找到一些岁月无痕。也更因为这样，越发让我觉得现在身上的烟火味道。我曾经也是如此清静透明地活在一个人的精神世界里，幸福而满足。

此 生 未 完 成

因为出去没有带手机，一个人在雨中散步竟搞得全家担心慌乱，回来被一顿好教训。也是，不再是思春少女，身怀六甲跑去湖边一个人走走停停，实在不合景致。

人生如华章

2005 年最后一天和 2006 年第一天的交界处，我站在空旷几近无人的法兰克福机场，四周寂静落寞，窗外白雪黑夜一片苦寒。

2005 年于我，无疑是丰盛的一年。所谓丰盛，并非丰收。

也许是自己，不够睿智，不够勤勉，不够兢兢业业，不够得失小心，或者不够运气，于是 2005 年那片原本绚烂的时光被我东突西进，唐唐突突乱七八糟织就一匹草锦，看似五光十色花团锦簇，细细品鉴却经纬紊乱漏洞百出。

这草锦是事业学业，也是心路历程。

我像个笨拙的小女孩，左手金丝，右手银梭，织机上一片明晃晃的狼藉，我不满意，可是经纬早已亲手织成，我不后悔，因为眼前即便是错织的锦缎，但仍然是锦缎。

站在时空的织机前，一弦一柱思华年，心绪犹如冷暖甘苦自知的蓝山咖啡，深沉悠长。

不知如何去回顾 2005 年。如果我的人生如华章，那么，我不否认

2005 年这一段不乏有亮音响段，更免不了那几个错音，漂亮的自然不去说它，甚至错音似乎都不曾后悔，因为弹的都是以前不曾试过的音阶弦声，觉得错，只是站在终结的角度，感觉当时如若怎么怎么，那么可能会更为鲜亮明快。

谁人能在时间或者经历之前早早明白？

我是春吟诗，夏品茗，秋看晚景，冬玩雪，还是青灯古佛到白头之后要那份难得的正果？

人越是长大，越是不知道自己要的是什么，越是不知道想要什么，就越是会去拼命想自己到底要什么。

我不知道自己想要一份怎样的生活，但是我知道，只要我宽容而认真地对它，那么生活不会亏待我。人生如华章，不指望 2006 年这个章节毫不错谱，即便有跳音，就当它是 2007 年的练习曲吧，我心中有谱，在岁月的弦柱上，日渐走向完美。

成功的意义

到某位良师益友家中煮酒品茗聊天，收获颇丰。

夫妇二人皆是我心中的楷模，事业成功，家庭幸福，伉俪情深，子女皆卧龙雏凤。

从某种意义上说，女主人是我做女人的路程中某个阶段的某盏明灯。

男主人温润博学，平易和蔼，席间一定要辩论自己做的酸菜鱼比老婆做的好吃，引发众人非议。

丝毫看不出，看到我进门，就以此为借口蹦跳到阁楼上开红酒自己喝的这颗童心，居然是学界泰斗，亦是世界自然基金会中国区负责人。

切水果品红酒吃甜点的时间居然不自觉成了我的学术时间，大受启发受益匪浅的浓缩程度远远超乎想象。学术与人生交织的话题在两位良师益友间行云流水收放自如，良师与益友的那种感觉不说如沐春风，却真的是泡思想温泉一样，或者不只舒适，更有无尽营养。

如果说一个人没有追求，或者追求仅仅限于马斯洛五大需求的前二者，那么无非行尸走肉；如果这个人的追求止于个人自我享乐或者所谓个人价值实现，那么无非常人，大限之日或感叹一切如浮云；如果这个人一生都执着贡献，为了梦想信仰而献出一生，可能他个人非常享受，但是在我看来，似乎有点太过超然而脱离了现实。

也许，一个真正快乐而成功的人，应该将个人的价值实现融入到崇高的社会事业中去，实现社会价值和个人价值的统一。比方昨晚和我执酒夜话的伉俪。他做的是环境与能源的课题，亲眼看着自己的工作如何影响企业和政府，一步步推动着中国节能技术，一步步看着越来越多的人因着他的行为受益，越来越多的环境因着他的工作得到挽救和保护，亲眼看着自己所谓的人生意义和社会价值融为一体。能做到他那等影响力的人举世无几，可是他做人的境界真是让人羡慕，由羡慕生敬仰，由敬仰生出效仿之意。

我不是他，但是我可以想见他的满足和欣慰。

心　烛

始终相信人人都有一种向善的心力，或者叫作心烛。

人人都有恻隐向善之心，小到怜花惜草施舍粥饭，大到慈悲天下救赎苍生。无论东方的佛教还是西方的基督，所追寻的无非是大善大慈，大到可以牺牲自己，把自己变作舍利或钉在十字架上似乎是一个道理，他希望用自己来唤醒苍生、拯救苍生。

东方人相信"人之初，性本善"，西方人却力主"原罪说"，无论人心生就如何，但是所有的宗教文化都在教化人心。向善、宽容、慈悲可以让人心明亮，然后以众多明亮温柔的人心来点燃世界的光明，我姑且比喻它作心烛。人心里的慈悲良知向善才是真正让世界温暖光明的太阳。

人人都有心烛，即便十恶不赦的凶神恶煞。《绝代双骄》里的恶人谷，里面个个其实内心都挺可爱。无非犹如菱状球体，我们角度不同而已。或者说这心里的光亮强弱明灭的程度不同而已。

很多人的内心光热强势如火炬，比如《射雕英雄传》里的南帝。他是那种大慈悲的人，超然不食人间烟火，置七情六欲于度外。不是所有人都能一边当着皇帝，一边武功独步天下，所以没有多少人可以临高望远看破红尘劳碌。更没有多少人在超脱万物的时候唤醒心里的良知慈悲，以自己来洗涤整个世间。那种看破不是一般的看破，因此执着。

不知道如果拿南帝来比喻费孝通是不是合适，但是两者却有着共通之处。

救百姓大众苍生于疾苦的慈悲。

这种慈悲来自一种良知，知识分子的良知。

窃以为中国不乏知识分子，知识分子不乏良知。只是中国的知识分子看多了千百年来的焚书坑儒，变得懦弱逃避，忍受着人格或者精神强奸，在公众面前变得猥琐，且叫着归隐啊归隐，做了埋头入沙的鸵鸟在东篱边上种菊花。明哲保身实则犬儒。另一方面又忍受不来精神之苦，牢骚满腹，怨声四起。一个个怀才不遇，生不逢时。而或，渐渐变成了温水青蛙，一个个腐烂掉，变得恶俗庸糜。最可怕的是，那种腐烂是由内而外，首先糜烂的是良知。

隐约记得恩师一句话，说有着良知的知识分子是中国的脊梁。当时并不大懂，现在开始渐渐明其大义。知识分子应该是社会的监督者和批评者。身体力行慈悲天下去为民众想和做，如费孝通。

我们仍然有知识分子力图做实事，怜惜弱势群体，关怀苦难大众。

不过仍然会有人有异议，因为不明白那份慈悲，所以会有着一份嘲鄙。是，自古空谈皆误国。可是这种空谈我认为是一个绝好的话题。因为这种空谈会唤醒大众深睡的良知慈悲。去设身处地为他人着想，会吸引越来越多的人去关心关注社会问题，从而真正避免很多发展暗礁，强壮我们的国家。

每个时代都有文人哀叫"世风日下、人心不古"。窃以为可笑。设若所有人都在哀号，那么大家索性找豆腐撞死，然后重新投胎去古代好了。没有人有参照经验说当下不如某某朝代，除非他是千年王八。没有中国人有经验说此朝不如前朝。因为我真的相信现在活着的中国人现在所过的日子都是他此生之中最为国强民安的时代。

有人选择沉默着腐烂，有人选择愤世嫉俗发牢骚，有人真正怀着良知去慈悲去做事。

唯希望所有的中国知识分子都能挺起脊梁，拒绝腐烂，去想，去做，去悲悯世间，关心民众疾苦，甘于做真正的社会监督者。去学习费老体恤大众。

追问良知，悲悯世间。

女人三十

上次写自己的生日感言，是二十岁。刹那芳华。

二十岁到如今，是人生的近代史。三十岁或许是女人最好的时光，尚有青春芳华，初识世间人性，生命犹如郁金香，丰盈且饱满。作为成人，经历了生与死、荣与辱、成功与失败、离别与重逢；作为女人，经历了爱情、婚姻、生育。璞玉初琢。

二十岁那年遥想自己的三十岁，应该是如杨澜那般雍容而知性的。谁承想，不等我有机会买到她发间那种圆润光泽的珍珠耳钉，我的三十岁，就如同夜间地铁，闪着斑驳光影风驰电掣呼啸而来。

鲜有机会持高脚酒杯流连于名流酒会，倒是经常会和哥儿几个提着瓶装啤酒去逛海鲜排档；从来没有念头买个LV（路易威登）或者GUCCI（古驰）提升档次，觉得背着JANSPORT（杰斯伯）东奔西窜也不错；从来没有想过驾名车，甚至因为泊车艰难，宁可揣着驾照坐地铁在地图上横冲直撞。三十岁，应该稳重成熟，应该斯文端庄，应该容装精致，应该生活优雅。而我的三十岁，竟然在我的梦想与现实差距如此之大的时候，就这样到了。不由得长叹年华似水。

想起了这几天经常对着儿子唱的一首童谣："小花狗，雪地走，留下脚印一大溜，回头看，数一数，一、二、三、四、五、六，一数数到家门口。"夜深人静，灯盏如豆，独自坐在电脑屏幕前，回望十几年，竟觉得如同童谣里的小花狗，望着自己一路走来的远远近近深深浅浅的脚印，一时间无语亦无叹。二十岁与三十岁，差别好大。

二十出头的时候，时常觉得自己与众不同，注定会特立独行、率性上演与身边人不同的人生故事。近几年，却越发觉得自己无非平凡小人，和所有人一样在温适环境里过着命运平顺的日子。如今仍然有梦，仍然励志，但是开始相信上帝也会说善意的谎言，那句"Nothing is impossible（没有什么不可能）"并不适合现实的自己。

二十出头的时候，时常觉得自己成熟练达，对父母长辈为人处世的做法深感迂腐。近几年，却发现生活小事有时候比《圣经》《论语》更来得哲理，自己最初的想法何等幼稚可笑。深味之中难免会心微笑，醇厚绵长。世事洞明皆学问，人情练达即文章，此间的学问与文章，怕是人世间最难的课题与修行。

二十几岁的时候，学会的是红色娘子军那样积极争取拼争领先，比别人慢下一拍就难受。无奈现在没有了年轻时候的冲劲，虽仍然向往努力上进，但是会偷懒似的找借口，告诉自己且行且珍惜。爬山的步子慢慢地慢下来，赏花玩草看风景，很少真正关心别人爬到哪一阶，累了会让自己找机会坐在树下休息。守株能待兔，有时候幸运需要等待。

二十几岁的时候，觉得人生冗长，善待自己最重要，于是爱自己甚于爱别人。现如今想来，善待自己不是给自己多买几盒价值不菲的化妆品那么简单，宽容他人才是最好的善待自己的方式。既然上善若水，那么自心间流出的大爱大善，自会延绵回转到自己。

二十几岁的时候，总是觉得自己聪明，却从来不懂得聪明误。可能前几年聪明误误多了，近几年，开始在聪明误的教训里懂得自己不懂得，知道了自己不知道。认真地去做自己踏实厚道的傻瓜，比在别人面前要聪明要开心且得益。

二十几岁的时候，觉得功成名就衣锦还乡才是所谓的成功，把三十岁的自己定位在雍容高贵那档才觉得解气。现如今三十岁就那么无声无息地到了，我竟然不觉得自己默默无闻一贫如洗是没有出息。三十而立，三十岁的我可以手握自由之思想独立之人格"立"在世间，坦诚而从容地微笑。

不知道十年后，我是否仍然会在这样静思的夜里为自己写生日感言。回首今天，会不会莞尔这字里行间的稚气未脱。人生浩渺，我等待我的那份精彩。

07

刹那芳华：于娟的诗

人生的宴席一场接一场，锦灯繁花音裹舞影，
却冥冥间笃定相信自己在赶着自己寂寞的路。
因此三十出头的人，所谓分离不知道经历了多少，生离无数，死别亦有之。
虽是性情中人，在深夜一个人听那句
"走吧走吧，人总要学着自己长大"而挥袂洒泪之后，
很快便能调整到自己独有的世界里，找到只属于自己的那份潇洒和独立。
因此，如果真的要离开，我会是那个从容不迫收拾行囊的人，
面容微笑而平和，找不到一丝一毫的悲悲戚戚。

青　春

青春不断变成往事，

唯一能做的，就是抓住每一天，

把它压成一帧微笑的照片。

等到后来捻着，稀释成愿意回忆的回忆。

学校是青春最后的牧场，

所有宣泄的情绪都是如此的激烈而张扬。

无人的角落里静静想，

为什么自己会那么恐惧繁华冷酷的江湖，

入世，难道不是多年来的梦想？

青春不再湿润朦胧，

可是青春也还未远去，

就像雨还未歇，

一切都开始被记录被收藏。

我老了，因为现在便开始了留恋，

与回忆。

五月的新娘

祝福你，五月的新娘。

春日里，你将披上世人羡慕的嫁衣。

做他永远的春日新娘。

五月的新娘，月圆酒满花容云裳。

相信五月的婚纱，

会给你春天也难比的娇柔魅靓。

五月的新娘，愿你的新婚如蜜如糖。

希望你们执手的幸福，

岁月沉酿。

五月的新娘，永远要明白幸福在你身旁。

如果他仍然血气方刚，

你要多给他些体谅。

如果他仍然急躁劲昂，

你要轻声提醒他，岁月恒长。

人生其实并无多欢畅，

多少人深情似海却永远苏武牧羊。

既然缘分可以使有情人终成眷属，

那么尝试理解温柔珍惜包容海量。

祝福你，五月的新娘。

幸福凝聚的那一瞬间，如花儿般绽放。

今生来世爱情的希望。

枕着你的名字入眠

白天与黑夜之间，

枕着你的名字入眠。

不知道是习惯了一种习惯，

还是喜欢想起你时，

心头一悸的那丝温暖。

千山与万水之间，

枕着你的名字入眠。

不知道是留恋那种缠绵，

还是喜欢想起你时，

遥遥感知到那份远远的牵念。

茫茫人海之间，

枕着你的名字入眠。

不知道是沉醉自己对自己的那种欺骗，

还是喜欢想起你时，

默默奢想你真的就在身边。

或许会世事变迁，

或许会有沧海桑田，

尔尔莞尔，枕着你的名字入眠。

醒来那天，

和你一起坐看云起风轻云淡。

腕上的双表盘

腕上的双表盘，

无情走着你我各自的时间。

被时与空割裂的世界，

似乎并无关联。

仰首的天，

看牛郎对织女说要勇敢。

俯首的地，

想雪拥蓝关马不前。

我的世界，只剩孤灯一盏，

对墙上的只影固执地说，

要快乐，哪怕没有人做伴。

双表盘上的时间，

轻笑着无情腐蚀去青春容颜，

偷去了似水流年。

却不告诉我，

还回来的是花好月圆功德圆满，

而或断瓦残垣分飞劳燕。

别无选择的我只能愤然，

拿苦读驱寂，

拿回忆取暖。

把表盘的内容写在这里，

却不期望所有人都能看懂这字里行间的艰难。

轻易点一支烟，

掐不断的却是明明灭灭对家的思念。

十不适（只作了六首）

唐　婉

琴瑟和鸣相与共，

举案齐眉织绮梦。

奈何婉贤不适母，

独向沈园钗头凤。

昭　君

绝色容姿世惊艳，

琵琶擅拨舞亦翩。

奈何清高不适画，

大漠尽头数归雁。

绿 翘

豆蔻十三已娉婷，
偏向厅堂展俏灵。
奈何奴命不适主，
阎罗又添绿翘名。

杜十娘

才貌胆识世无双，
不恋千金恋李郎。
奈何偏遇不适君，
断魂江上沉宝箱。

穆桂英

梨花宝枪桃花马，
碧血如注疆场洒。
良将偏遇不适君，
香魂碎骨无归家。

严 蕊

佼容才学易兼之，
红颜难有侠义情。
奈何正色不适伪，
玉消香殒百花亭。

　　　　　　　　　　此 生 未 完 成

夏　殇

旧巷乌檐夜深沉，
星辰惨淡灯尚温。
紫藤花绕有余情，
核桃园空无故人。
芳菲有意随春去，
苦蝉夜夜唤不回。
桃李自古独钟秋，
鸣蛙无缘空唱悲。

七夕

幼童尚不解风情，
未识牛郎织女星。
七夕最忙轰喜鹊，
把扇巧执扑流萤。
廿载流光成画屏，
离怨鬘做眉间冰。
影单方知惜织女，
独望牵牛怜苦情。

女进酒

君不见，白鬓将军卸征袍，残血夕阳照独酹。

君不见，红颜绝色三千宠，一抔黄土掩所得。

胜败荣辱岂足贵，仙慕闲庭看梅鹤。

情浓爱重又何如，华清空余长恨歌。

古来圣贤皆寂寞，清者未有醉者乐。

故而貂裘常换酒，呼友唤朋醉落寞。

劲松喜，王乔笑，晨星闹，我作和。

幸得众乐乐，今宵诸君皆在侧。

通宵对影豪倾坛，千杯不醉酒正酣。

晨来上马重提剑，万里狼烟挑雄关。

早知功名如浮云，饮鸩浮云醉寥落。

惺惺作惜尔苦博，相视共斟玉琥珀。

庄生蝶，好了歌。

世是世否世非世，梦里梦外梦中客。

代后记：
老于的森林

郑培源

明天是老于的头七。七天前，也是在晚上九点多，我接到于妈妈的电话后赶到中山医院三号楼 27 病区，见了老于最后一面。

那是一个绝望的夜晚，空气中弥漫着死别的气息，压得人喘不过气来。我已经预先感觉到那一晚将要发生的事，在书架上匆匆拿了一本《临终备览》。出租车上，我找出相关的章节来折上页。车在剧烈地抖动，我很奇怪自己的手指居然稳健。老于、百岁、姐们儿，我不忍送你，不愿送你，但机缘造化，上天安排的是我，我要平平静静、体体面面地送你走。

过去的三天，我每天都来看她，也看着她生命之火一点一点地熄灭：她曾经健美的身躯蜷缩得像婴儿一样，侧卧在病床的左上角，以至于我第一眼看过去曾以为床上是空的；她呼吸急促，心跳极快，几乎吃不下任何东西，说话要拼尽力气；她的躯壳已经脱缰，冲刺在生命的终点线上，越跑越快，越跑越快。这一晚的九点钟，她已经失去了意识，进入了弥留阶段。

此 生 未 完 成

于妈妈就那样眼睛直直地看着女儿。昨天她一度崩溃，最后的时间，她以知识女性特有的成熟和坚定让自己平静下来，商量女儿的后事。光头始终没有放弃，他坚定地认为还有希望，还能熬过今夜。但我更相信于妈妈的判断，母亲爱自己的骨血甚于爱自己，对自己骨血的状态有着"母子连心"式的判断。

作为家乡人和于娟最信赖的朋友，我参与了她的身后事的讨论安排。于妈妈说出了于娟最后的遗愿：关于法事和安葬，老人和孩子的安排。她希望葬回山东的能源林，希望父母在上海陪土豆长大，希望能启程，去一个佛的国度。

我离开医院的时间是 19 日凌晨一点多，光头陪我走到电梯前。我看着这个令我极度佩服和崇敬的大哥，说不出什么话来。

一夜翻来覆去，半梦半醒。

凌晨五点，光头给我电话，那一刻我心里还存了一丝丝幻想，但光头声音嘶哑着说："于娟走了……"

老于走了已有七天，敲出上面的文字，眼前依然一片朦胧。

我曾经很认真地跟老于说："很羡慕你病后大彻大悟的状态，情愿和你换一换，经历你所经历的，获得你所获得的。"老于更认真地用那双直白的大眼睛瞪着我说："没有人愿意真的和我换。我也不忍心让你跟我换，太疼了，太累了，太苦了。"

媒体称老于是抗癌勇士、博客达人、生命体悟者、环保理想者、才女、高知、海归、博士……这些似乎都对，却忽视了最重要的一点：老于是一个好人，透透彻彻、干干净净、明明白白的一个好人。这个好人情愿把苦痛自己扛了，换成文字来让大家开心；识透了人情却没惊破胆，保留着孩子似的童真和大胆；拼了命地去写博客，插着输氧管还要写博客，就只为了多留些警醒世人的文字；直到她走的时候——那么痛苦、那么不舍地离开这个世界——她放不下的还是能源林这个几乎耗尽她最后一点心力的事。

老于，你一个癌症晚期病人，为什么要承受那么多？

在最后五个月，老于放下了生死，放下了名利权情，赤裸裸地去反思和写作。这也正是她生命最后阶段留下的文字如此感人的原因。所有的浮躁沉淀了，所有的伪装剥离了，所有的喧嚣停止了，所有的执着放下了。只有一个普通的女子，普通的女儿、妻子、母亲对生命最单纯的感悟。最心痛的地方在于：这个普通女子剥去了凡常所欲的一切，最后所欲的还是为他人谋福祉。

老于，你走了，好人又少了一个。让我们这些坏人和不好不坏的人情何以堪？

我很怕媒体把老于解读成一个关于都市健康的新闻快餐话题人物，得出譬如"晚睡导致癌症，请别学于娟，早睡早起"的速食结论。在我的心里，老于和她的文字无关病症和养生，只关乎理想和灵魂。她是我们这一代人中理想主义者的缩影，胸怀大志，学贯中西，抱着一腔的热血想给这个世界多留下些什么。

尽管出师未捷身先死，但是老于留下的文字，却足以穿越时空，直指人心。

老于，走好。你的心愿，我们来完成。

2011 年 4 月 25 日夜

附录：山东曲阜能源林项目

当年于娟去挪威学习环境经济，中间死说活说要让妈妈也来欧洲看看，不惜每天凌晨四点在及膝的大雪中送报纸攒钱……在女儿居住的奥斯陆湖边，她们看到郁郁葱葱的挪威的森林。女儿说："好不？"妈妈说："真好。""我们把挪威森林搬回去吧！"

——摘自《于娟和她的生命日记》，《三联生活周刊》2011年第12期，作者：贾冬婷。

一个美丽的生命和一片树林紧紧联系在一起。

于娟生前曾在挪威奥斯陆留学，专业从事生物质能源政策研究，并对挪威的森林情有独钟。回国后，她曾反复思考发展能源林对于绿化、碳汇、可再生能源、山区脱贫的重要意义。在于娟的规划中，希望能结合她在学校的项目研究，在家乡山东济宁的曲阜山区建立一个能源林研究基地，深入研究以黄连木（楷木）为代表的能源林推广栽种的投入、产出，对项目的社会效益和经济效益进行定量化评估，了解并解决其中的关键技术问题和政策问题，以推动能源林在山东和全国范围的发展。她生前和复旦、挪威的导师均讨论过这个想法并得到支持，还多次与母亲提起如何将其付诸实践。

于娟提到的能源林树种黄连木，又名楷（音"皆"）木。传说是孔子弟子子贡奔丧时，带到曲阜去的；他守墓多年，种植了楷木，并用楷木雕刻了孔子形象。楷木是山东曲阜孔林中最著名的树种。《说文·木部》："楷，木也。孔子冢盖树之者。"《清朝野史大观卷五·清人逸事·孔东塘出山异数记》："孔林草木……惟楷木蓍草二种最著。上问：'楷木何所用之？'尚任（孔尚任）奏曰：'其木可为杖，又可为棋，其木之瘿可为瓢，其叶可为蔬，又可为茶，其子榨油可为膏烛。'"

黄连木（楷木）是能源树木中的一种，喜光，幼时稍耐阴，喜温暖，畏严寒，耐干旱瘠薄，对土壤要求不严，微酸性、中性和微碱性的沙质、黏质土均能适应，而以在肥沃、湿润、排水良好的石灰岩山地生长最好，深根性，主根发达，抗风力强，萌芽力强。黄连木生长较慢，寿命可长达三百年以上，是城市及风景区的优良绿化树种。它树冠浑圆，枝叶繁茂而秀丽，早春嫩叶红色，入秋叶又变成深红或橙黄色，红色的雌花序也极美观，宜做庭荫树、行道树及山林风景树，也常做"四旁"绿化及低山区造林树种。黄连木材质优良，耐腐性强，是名贵的雕刻、装饰及家具用材。

最关键的是，黄连木作为油料能源林，可以利用林木及其果实所含油脂等，将其转化为生物柴油或其他化工替代产品。黄连木的果实含油

此 生 未 完 成

率在 35% 左右，种子含油率在 25% 左右，2.5 吨黄连木种子可以生产 1 吨生物柴油。因此，黄连木全株利用潜力大，用途广泛，具有很高的产业发展价值。

无论从社会还是从经济的角度来说，发展能源林都是一件功在当代、利在千秋的大事。

发展能源林有利于促进经济社会可持续发展，保障能源安全。我国人多地少的国情决定了不能以农作物为主生产生物质能源，而丰富的林地资源可以培育生产液体燃料的原料林，是构建安全经济清洁能源供应体系的重要环节。

发展能源林有利于改善生态，保护环境。生物柴油不仅无毒，还能生物降解。一般情况下汽油中添加 20% 的生物柴油可减少排放二氧化硫 70%，降低 90% 的空气毒性。发展生物能源林还有增加森林覆盖、构建多种功能森林生态系统、吸收二氧化碳的碳汇作用。

发展能源林有利于促进农村经济发展，增加农民收入。林地大多处于经济欠发达的偏远山区，能源林具有一次栽植、长期受益的特点，发展以果实加工为原料的生物质能源林，可以吸收当地农民就业，并与农民共享经济收益。

1950 年代，美国科学家就开始对野生油脂植物的开发利用进行研究，从油料植物中提取碳氢化合物，分离、加工成石油替代产品。瑞典在 1980 年代提出"能源林业"的概念，将发展能源林作为一项国策，把 1/6 现有林用作能源林，其 2005 年生物质能源已占能源总量的 17%。英国亦辟出 8 万公顷土地，专门用于发展能源林。

我国政府高度重视生物质能源发展。2005年颁布实施的《中华人民共和国可再生能源法》将包括生物柴油在内的生物液体燃料的发展，列入我国经济发展规划，政府对液体生物质燃料的生产实行鼓励和支持。《全国林业生物质能源发展规划（2011—2020年）》提出我国能源林面积规划达到2000万公顷，每年转化的林业生物质能可替代2025万吨标煤的石化能源。国家林业局编制的《全国能源林建设规划》计划到2020年，全国将培育2亿亩高产优质能源林基地，可以满足每年600多万吨生物柴油和装机容量1500多万千瓦的发电原料需求。国家支持生物能源发展的主要政策措施包括：建立风险基金制度，对企业实行弹性亏损补贴；鼓励开发荒山、荒地等未利用的资源建设原料基地；进行示范补助；实施税收优惠政策。

　　"如果我去了，在上海火化，然后把我的骨灰带回山东，在那片我曾经试图搞能源林的曲阜山坡地里随便找个地方埋了，至少那里有虫鸣鸟叫、清溪绿树，不要让我留在上海这种水泥森林里做孤魂野鬼。"这是2009年末于娟第一次生死系于一线时告诉妈妈的话。2011年4月19日凌晨告别这个世界之前，她重申最后的愿望：希望葬到山东曲阜的能源林，希望看到后来人把能源林项目做成、做好、做大。

　　于娟的家人表示，本书的版权收益将用于支持能源林建设的公益基金。为了实现她的遗愿，于娟的家人和朋友正在积极同山东省、济宁市有关政府部门，当地农村合作社，复旦大学相关项目课题组，挪威奥斯陆大学相关项目课题组，上海交通大学材料学院环保与能源材料研究室，中国旅挪专家学者联合会，等等机构进行沟通，对项目运作模式、团队组建、参与方式、运作步骤等进行详细规划。作为一个论证摸索过程中的项目，我们希望广大关心于娟、关心环保与能源事业的朋友能够给予持续的关注和支持，尤其能从各个方面给出可行性的建议和意见。我们的邮箱是 godloveyujuan@163.com。"活着就是王道"的新浪博客（http://blog.sina.com.cn/yujuanfudan）以及"复旦教师抗癌记录"微博（https://weibo.com/1758970411/profile?is_all=1）都将继续下去，作为支持这个公益项目的平台。

于娟走了，但她的灵魂依然寄托在故乡的能源林上。或者，她已经化作一棵破土而出的楷木，在向你我迎风微笑……

图书在版编目（CIP）数据

此生未完成：增订新版 / 于娟著 . —长沙：湖南
文艺出版社，2019.8（2022.2 重印）
ISBN 978-7-5404-9300-4

Ⅰ . ①此⋯ Ⅱ . ①于⋯ Ⅲ . ①日记—作品集—中国—
当代 Ⅳ . ① I267.5

中国版本图书馆 CIP 数据核字（2019）第 105415 号

上架建议：当代·散文随笔

CISHENG WEI WANCHENG：ZENGDING XINBAN
此生未完成：增订新版

作　　者：于 娟
出 版 人：曾赛丰
责任编辑：薛 健 刘诗哲
监　　制：毛闽峰 李 娜
特约策划：李 颖 张若琳
特约编辑：周子琦
特约营销：霍 静 吴 思 刘 珣 焦亚楠
封面设计：尚燕平
版式设计：梁秋晨
出版发行：湖南文艺出版社
　　　　　（长沙市雨花区东二环一段 508 号 邮编：410014）
网　　址：www.hnwy.net
印　　刷：三河市中晟雅豪印务有限公司
经　　销：新华书店
开　　本：875mm × 1270mm 1/32
字　　数：217 千字
印　　张：9.5
版　　次：2019 年 8 月第 1 版
印　　次：2022 年 2 月第 5 次印刷
书　　号：ISBN 978-7-5404-9300-4
定　　价：42.00 元

若有质量问题，请致电质量监督电话：010-59096394
团购电话：010-59320018